KB045981

나나미 씨는……
흰 와이셔츠에 파란 넥타이를 매고
검은색의 딱 달라붙는
타이트한 치마를 입고 있었다.

"요신한테 공부 알려주겠다고 했더니
엄마가 빌려주셨어.
어때? 선생님 같지? 귀여워?"

꽃구경 데이트

레트로한 거리 산책 ♪

"⋯⋯미안해, 나나미.
여러모로 오해하게 만든 것 같아."

그 순간, 나나미 씨는 내 품에
뛰어들 듯 껴안아왔다.

아싸인 내게 벌칙 게임으로

고백해 온

샤루가 아무리 봐도

나한테 반한 것 같다

volume **3**

글·**유이시** Yuishi　그림·**카가치 샤쿠**

커버 그림, 본문 일러스트 | 카가치 사쿠

Contents

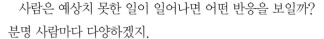

사람은 예상치 못한 일이 일어나면 어떤 반응을 보일까?
분명 사람마다 다양하겠지.

굳어서 아무 말도 못 하는 사람.

큰소리로 외치는 사람.

되는대로 지껄이는 사람.

여러 사람이 있을 것이다.

나라면 어떨까. 분명 놀라서 굳은 채로 움직이지 못하는
타입 아닐까. 그때 나나미 씨*와 친구들의 이야기를 엿듣
고 있었을 때도 난 그저 듣고만 있었고.

그런 것들을 난…… 나나미 씨의 잠든 얼굴을 바라보며
멍하니 생각하고 있었다.

오해하지 않도록 미리 말하자면 같이 잔 것이 아니다. 난
다른 곳에서 잤고 지금 막 나나미 씨를 깨우러 온 참이었다.

평소였다면 나나미 씨가 이미 일어났을 시간대인 것 같
은데, 오늘은 어제의 소동 때문인지 좀처럼 일어나지 못해
서…… 내가 깨우는 역을 맡게 된 것이다.

---

*일본에서는 학생끼리라도 격식을 차릴 땐 씨를 붙여서 부른다. 전권까지는 가
독의 편의를 위해 씨를 생략하고 번역하였으나 본권 내용 특성상 '씨'를 붙여서
번역하였다. ―역주

하지만 지금 그녀가 일어난다면 어떤 반응을 할까? 그건 좀 무섭지만…… 살짝 보고 싶기도 하다.

"응…… 음……. 흐어……?"

그런 생각을 하고 있는데 나나미 씨가 귀여운 한숨을 내쉬며 천천히 눈을 떴다. 아무래도 내가 말을 걸기도 전에 일어난 것 같다. 보고 싶다고 생각하자마자 일어나다니…… 엄청난 우연이다.

그리고 그 뜬 눈은…… 반쯤 뜬 상태로 한 번 멈췄다.

"좋은 아침, 나나미 씨."

"……허?"

나나미 씨는 내 모습을 보고는 조금 움직였던 몸을 딱 멈췄다. 응, 나나미 씨도 나와 같은 타입인 것 같다. 보기 좋게 침묵한 채로 굳어 있다.

나와 눈이 마주친 나나미 씨는 상황이 이해되질 않는 것인지 이불에 감싸인 채 미동도 하지 않았다. 마치 게임 속 포즈 같았다.

그대로 이불을 감싼 그녀는 몸을 숨기며 천천히 상체를 일으켰다. 혹시 좀 쌀쌀한가? 두리번거리며 좌우를 둘러보더니 고개를 갸우뚱하며 내게 시선을 돌린다.

"……여기 어디야?"

"으음…… 나나미 씨의 집 서재야."

아무래도 잠이 덜 깬 데다 자신의 방도 아니라서 혼란스러운 것 같았다. 나는 그녀를 안심시키기 위해 그 옆에 앉아 잠자코 나나미 씨의 다음 말을 기다렸다.

"나 왜 여기서 자고 있어……? 맞다, 어젯밤에 요신이 자고 간다고…… 같이 대화하자고 해서……. 기억이 애매해. 어라? 요신은 어디서 잤어?"

어젯밤 일이 기억나지 않는 건가. 으음, 어디까지 말해야 하지……? 뭐, 본인 일이니까 나나미 씨에겐 전부 알려줘야겠지.

"나나미 씨, 기억 안 나? 어제 말이야……."

나는 어제 이 방에서 있었던 일을 설명했다. 그러자 나나미 씨는 순식간에 홍조를 띠며 그대로 이불 속으로 숨듯이 들어가 버렸다.

가운데가 볼록 솟아올라 마치 만두 같은 모양의 이불이 완성되었다.

"……으으…… 내가 그런 짓을 했어? 창피해애."

거기서 얼굴만 쏙 내민 그녀는 만두에서 거북이로 진화한 것 같았다. 그 후 손을 살짝 내밀어 고양이처럼 쓱쓱 눈을 가볍게 비빈다. 만두에서 거북이, 그리고 고양이. 그녀의 진화는 멈출 줄을 모른다.

난 그런 그녀 옆에 벌렁 드러누웠다. 그리고 눈높이를 맞춘 채 부끄러워하는 나나미 씨를 관찰하듯 시선을 돌렸다.

"지금도 뭐 했는지 기억 안 나?"

"음…… 기억나. 아니, 희미하게 기억나는 것 같기도 하고……? 떠올랐다고 해야 하나…….."

확인하려는 내 물음에 나나미 씨는 기억하고 있다고 말했다. 기억한다……. 그 한 마디에 나는 심장이 철렁하는 기분이었다.

희미하다는 건…… 내가 저지른 일은 기억하지 못한다는 거겠지? 아니, 그때는 자고 있었으니까 눈치 못 챘을 것 같긴 하지만. 걱정 없을 것 같긴 하지만.

여러모로 분위기에 휩쓸렸다고는 해도…… 실수를 해버린 게 아닌가 하는 죄책감이 뒤늦게 몰아치고 있었다.

여기서 말할까?

나나미 씨의 이마에 뽀뽀했다고.

응, 말 못 해. 하지만 말하는 게 좋지 않을까 하는 생각이 드는 것도 사실이다. 어쩌지? 그런 식으로 내가 갈등하고 있는데 나나미 씨가 불쑥 중얼거렸다.

"……그렇구나. 같이 수다 못 떨었네. 미안해."

"사과하지 마. 그건 어쩔 수 없는 일이었고 예상 밖이기도 했잖아."

취한 나나미 씨가 방으로 쳐들어올 것이라고 누가 예상할 수 있었겠는가. 심지어 그런 모습으로 왔으니…… 버텨준 내 이성을 칭찬해줬으면 한다.

아니, 이마에 키스는 했지만. 그래도 잘 참은 편이다.

"으음. 요신이 오늘도 자고 간다면 좋을 텐데."

"거기까진 어렵겠지……. 어젠 다들 있었고 상당히 특수한 상황이었으니까 잘 수 있었지만. 그리고 연속으로 그렇게 신세를 질 수는 없지."

"치이. 뭐, 그렇겠지. 난 대체 왜 잠든 거야……. 데이트 감상이나, 다음 데이트 장소는 어디로 할지, 이것저것 얘기하고 싶었는데……."

자고 가는 것에 대해서는 밑져야 본전 삼아 물어본 거겠지. 하지만 어제 자신이 잠든 것에 대해서는 후회하는 것인지 정말로 아쉬워 보였다.

입술을 삐죽 내민 나나미 씨는 그대로 몸을 일으키더니 크게 기지개를 켰다. 나나미 씨의 몸을 감싸고 있던 이불이 중력을 이기지 못하고 그녀의 몸에서 미끄러지듯 떨어졌다.

누운 채로 시선만 움직여 그녀를 바라보는데…… 나나미 씨는 자신의 몸을 내려다보고 다시금 굳었다.

응…… 불가항력으로 보고 말았는데, 아래에서 보는 앵글은 엄청나구나. 새로운 발견이다.

"……나 왜 이런 차림이야?!"

크게 소리친 나나미 씨는 떨어진 이불을 재빨리 들어서 몸을 가렸다. 어젯밤 일을 기억한다고 했지만 아무래도 그 부분은 잊은 것 같았다.

"어쩐지 쌀쌀하다 싶더니……."

"나나미 씨, 그거 입고 이 방까지 왔는데 그 부분은 기억 안 나?"

"거짓말?! 나 이상한 짓 안 했어?! 이상한 말 안 했어?!"

내가 무슨 짓을 했을지는 걱정되지 않는 걸까. 그 말은 날 신뢰하고 있는 거라고 봐도 되는 걸까?

나나미 씨는 자신의 행동을 필사적으로 떠올리려는 것인지 머리를 감싸고 있었다.

"괜찮아, 아무 일도……."

거기까지 말을 하려다 나는 순간 말문이 막혔다. 떠올라 버렸기 때문이다. 그녀가…… 내 배를 만졌다는 것을.

"아무 일도 없었어."

"……그 얼굴을 보니 뭔가 있었지?"

"괜찮아. 내 배를 조금 만진 것뿐이니까. 아무 일도 없었던 거나 마찬가지야."

"그게 뭐야?! 전혀 기억 안 나는데?! 떠올려…… 떠올려라, 나……."

이번엔 이불이 몸에서 흘러내리는 것도 개의치 않고 나나미 씨는 다시금 머리를 감싸고 끙끙거리기 시작했다. 아무래도 어떻게든 떠올리려고 애쓰는 것 같았다.

나는 그런 나나미 씨를 보고 몸을 일으켜 그녀에게 손을 내밀었다.

"그럼 갈까? 나나미 씨."

"······응."

나나미 씨는 내 손을 슬쩍 보고는 시선을 떼고 체념한 듯 고개를 푹 떨궜다. 그리고는 고개를 들어 내 손을 잡고 천천히 일어났다.

"으····· 평소보다 졸려·····."

그녀가 약간 비틀거리며 걷기 시작했다. 몸을 다 일으키면 손을 뗄 줄 알았는데 그녀는 내 손을 꽉 잡고 놓으려 하지 않았다.

마침 잘 됐다. 어쩐지 휘청거리는 게 위태로워 보이니까····· 이대로 같이 걸을까.

"나나미 씨, 걸을 수 있겠어? 괜찮아?"

"뭔가 어질어질하네·····. 이게 숙취라는 걸까? 술은 스무 살 이후부터라고 하지만, 이런 거라면 스무 살이 돼도 난 안 마실래·····."

나나미 씨가 살짝 내게 기대왔다. 나는 그녀가 넘어지지 않도록 지탱하며 천천히 걸었다. 자고 일어나서 그런지 체온이 따스해서····· 내 뺨은 조금 붉어졌다.

그건 그렇고 위스키 봉봉만으로 이렇게 되다니·····.

나도 술은 안 마셔봐서 모르겠지만, 그렇게 기분이 안 좋아지는 걸까?

그렇다면 나도 어른이 되어도 술은 마시고 싶지 않았다.

"있잖아, 요신. 어부바 해줘~."

"아니, 계단 내려가야 하니까 위험해. 자, 받쳐줄 테니까 똑바로 걸어."

"우……."

계단도 위험했지만 그런 얇은 옷으로 업혀 온다면 다른 의미에서도 위험했다. 나나미 씨는 그걸 알고 있는 걸까? 아니, 보아하니 모르는구나. 아직 머리가 잘 돌아가지 않는 모양이다.

그렇게 우리는 거실에 도착했다.

주방에는 사야와 겐이치로 씨가 함께 요리하고 있었다. 오토후케 씨와 카모에나이 씨도 두 사람을 돕고 있었다.

"좋은 아침~."

"나나미, 좋은 아침. 잘 잤…… 나나미?!"

인사를 건넨 나나미 씨를 본 겐이치로 씨가 놀라 소리쳤다. 바로 옆에선 오토후케 씨와 카모에나이 씨가 일 났다는 표정을 짓고 있었다. 사야는 어딘가 흥미진진해 보이는 얼굴이었다.

"아, 아빠, 어서 와. 어제는 늦게 왔어? 너무 많이 마시면 안 되지."

"아니, 어제는 그렇게 마시진 않았는데……. 아니, 그게 아니라……."

겐이치로 씨는 나나미 씨의 모습을 약간 떨리는 손으로 가리켰다. 나와 손을 잡은 건 눈에 들어오지 않는 것인지,

고개를 천천히 움직여 내게 시선을 보냈다.

나도 겐이치로 씨를 똑바로 바라보았다. 그 눈빛은 무언가 호소하는 기색이 담겨 있었다.

"요신 군, 자네가 소파에서 잔 이유가 혹시……?"

"……생각하신 대로입니다."

나는 작게 고개를 끄덕이며 겐이치로 씨의 말을 긍정했다. 살짝 어깨를 늘어뜨린 겐이치로 씨가 내게 다가와서는…….

"우리 딸이 여러모로 미안하다. 하지만 요신 군은 잘 견뎌냈구나……. 애썼다."

내 양어깨를 꽉 잡고는 진지한 사과의 말을 건네 오셨다. 너무 과장이 아닐까……. 사과받을 일은 아니라고 생각하는데.

하지만 견딘 것은 사실이었기에 그 부분을 칭찬받은 난 어딘가 간지러운 듯한, 묘한 기쁨을 느끼고 말았다. ……나는 잘 견뎠다고?

내가 고개를 갸우뚱하자 겐이치로 씨는 내게 작은 소리로 속삭여왔다.

"……당시에 난…… 못 참았다."

순간 내 머릿속에 한 여인의 미소가 떠올랐다. 아니, 겐이치로 씨가 구체적으로 언급한 것은 아니지만, 짚이는 것이 한 사람뿐이었다. 다시 말하자면 나나미 씨의 어머니다.

나와 겐이치로 씨는 서로 고개를 끄덕이며 가볍게 악수

했다. 그 모습을 보며 나나미 씨가 무슨 일인가 하고 고개를 갸우뚱했다. 모르는 게 약인 이야기입니다, 나나미 씨. 분명 남자들만이 알 수 있는 걸 테니까.

"좋은 아침, 미스마이."

"안녕~. 두 분 다 어젯밤엔 즐거우셨나요~?"

……카모에나이 씨, 어째서 그런 표현을 알고 있는 거야? 그보다 딱히 즐거운 전개가 되지 않았다는 것은 두 사람도 알고 있을 텐데.

"좋은 아침, 오토후케 씨, 카모에나이 씨."

"두 사람 다 좋은 아침~. 하츠미랑 아유미까지 요리 도와주고 있었어? 못 일어나서 미안. 나도 바로 도와줄게."

나나미 씨는 거기서 나와 잡은 손을 떼고 주방으로 들어가려 했다. 두 사람은 그런 나나미 씨를 손으로 막았다. 갑자기 제지당한 나나미 씨는 약간 비틀거리며 내게 기대왔다.

"괜찮아. 오늘은 재워준 보답이랑 여러모로 사과하는 뜻으로 우리가 할 테니까."

"맞아, 맞아~. 편안한 마음으로 기다리고 있어~. 가끔은 좋잖아?"

과연. 그렇다면 나도 도와주는 게 좋을까. 그런 생각으로 한 발 내디뎠는데, 나나미 씨가 투정했다. 작지만, 분명하게 귀에 들릴 목소리로.

"에이…… 요신 도시락은 내가 만들고 싶었는데."

그 한마디에 그 장소 전원의 움직임이 멈췄다.

나나미 씨는 무의식이었는지, 곧바로 헉하며 입을 양손으로 막았다. 나는 한발 내민 자세 그대로 굳은 채 서서히 뺨에 열이 오르는 것을 느끼고 있었다.

그리고 내 볼이 붉어지는 속도에 맞추기라도 하듯이 눈앞에 있는 사람들의 표정이 점점 미소로 변해갔다. 다들 어딘가 기뻐 보이면서도 짓궂은 기색을 띠고 있었다.

"그렇구나~, 미스마이 도시락은 직접 만들고 싶구나~."

"우와, 방금 대사를 찍어뒀어야 하는데. 토모코 씨 일어나면 보여주게."

"아침부터 뜨겁네. 부럽다, 언니."

"나나미…… 어느새 이렇게 커서……."

4명이 각자 다른 반응을 보이는 가운데 우리 두 사람은 붉어진 채로 입을 다물고 말았다. 나는 심지어 묘하게 땀까지 나서 등이 축축하게 젖은 것이 느껴졌다. 이게 정신적인 발한이라는 건가.

하지만 나는 이후 더욱 땀이 나는 상황과 마주하게 됐다.

"뭐, 아침이나 겐 씨 도시락은 우리에게 맡겨. 미스마이 도시락은 나나미한테 맡길게."

"재료 준비만 해둘게~. 아, 미스마이랑 이때 얘기나 나누는 게 어때?"

그렇게 말한 카모에나이 씨는 주머니에서 스마트폰을 꺼내 화면을 우리에게 보여주었다. 거기에는 한 장의 사진이 찍혀 있다. 내게는 기억에 남아 있는 사진이 한 장.

어제…… 내가 나나미 씨의 이마에 키스하고 있는 사진.

바로 옆의 나나미 씨가 숨을 들이마시는 것이 공기를 통해 전해져왔다. 스마트폰의 사진을 보지 못한 겐이치로 씨는 나나미 씨의 반응에 의아한 표정을 지었다.

등에서만 흐르던 땀이 얼굴로도 뿜어져 나왔다.

"있지, 요신. 자세히 들어볼 수 있을까?"

"네."

얼굴에 아주 상냥한 미소를 띤 나나미 씨가, 아주 상냥한 어조로 내게 말해왔다. 표정은 너무나 편안한데, 내 땀은 멈추지 않았다. 즉시 긍정의 말을 뱉을 수밖에 없었다.

나나미 씨는 내 손을 잡고 둘이서 천천히 거실로 이동했다. 하려고 생각만 하고 하지 못했던 주제를 여기서 마주하게 될 줄은 몰랐다. 애초에 후회할 일을 만들지 말라는 말이 바로 이런 것인가.

어떻게 변명해야 하나 생각하는데, 모두에게서 떨어진 곳에서 나나미 씨는 내게만 들리는 목소리로 속삭여왔다.

"오해하지 마. 화난 게 아니라…… 왜 한 건지 알려줬으면 하는 것뿐이니까."

검지를 입술 앞에 붙인 나나미 씨는 살짝 뺨을 주홍빛으로 물들이더니 나를 보며 기쁘게 미소 지었다. 지금부터 내게서 들을 설명을 기대하는 것 같은…… 느낌이 들었다.

그 말에 난 안심하면서도, 이유를 나나미 씨에게 설명해야 하는 현실에…… 역시 폭포수 같은 땀이 멈추질 않았다.

이럴 줄 알았으면 그냥 혼나는 게 낫지 않았을까? 그런 생각을 하면서 나는 어떻게 설명해야 할지 필사적으로 머리를 쥐어짰다.

아침을 먹고 교복으로 갈아입고 옷매무새를 정리한다. 학교에 가는 당연한 루틴이지만, 그것을 본인 집이 아닌 곳에서 한다는 것은 실로 기묘한 체험이다.

평소와 같은 모습으로 평소와는 다른 곳에서 나온다. 그리고……

"다녀오겠습니다."

"……그래, 다녀와. 으음…… 조심하고……."

평소와 다른 사람들에게 나는 다녀오겠다는 인사를 건넸다. 아니, 평소와 다른 건 나뿐인가? 적어도 나나미 씨에겐 평소와 같은 일일 것이다.

귀여운 연보라색 잠옷을 입은 토모코 씨가 눈을 비비며 우리를 배웅했다.

"다녀오겠습니다. 별일이네, 엄마가 일어나 있다니."

……아무래도 나나미 씨에게도 평소의 아침과는 좀 다른 것 같았다. 아침에 심하게 약하다고 들었는데 이 정도일 줄은 몰랐다.

"토모코 씨도 무리하지 마세요. 다녀올게요."

"맞아요~, 수면부족으로 못 움직이면 큰일 나요. 다녀오겠습니다~."

오토후케 씨와 카모에나이 씨도 저마다 토모코 씨에게 손을 흔들며 인사했다. 토모코 씨는 졸린 기색으로도 작게 손을 흔들고 있었다.

그건 그렇고, 이 네 명이서 등교하게 될 거라고는…… 예상하지 못했다.

"집에서 같이 등교하고 싶다. 매주 정기 행사로 삼고 싶어."

나나미 씨가 내 옆에서 불쑥 중얼거렸다. 매주까지는 힘들지 않을까 생각하면서도 나 역시 어딘가 신선하고 기분 좋은 감각을 맛보고 있었다.

이렇게 많은 인원과 함께 이동하는 것은 얼마 만일까? 4명이라면 대수롭지 않다고 생각하는 사람도 있겠지만, 내게는 대규모 인원이었다.

중학교 때 수학여행은…… 아마 이동할 때 인원은 이것보다 많았던 것 같지만 기본적으로 난 혼자였다. 방에서도 곧바로 자 버렸고.

친구 관계인 사람들과 이동하는 경우라면…… 그야말로 초등학교 이후로 처음이었다. 그때는 분명……. 아니, 어중간하게 떠올리지 말자. 허무해질 뿐이다.

중요한 것은 지금이다.

……그러고 보니 오토후케 씨와 카모에나이 씨도 친구로

포함시켜 버렸는데, 여친의 친구는 내 친구라고 말할 수 있나? 그 부분의 감각은 잘 모르겠다.

뭐, 평범하게 생각해서 그녀 외의 여자와 필요 이상으로 친하게 지내는 것도 좋지 않을 것이다. 오해를 낳을 수도 있고. 설령 두 사람에게 남친이 있더라도 말이다.

중요한 것은 적절한 거리감이겠지. 응, 거리감⋯⋯. 거리감은 중요하지. 그걸 틀리면⋯⋯ 생각지도 못한 충격을 받을 수도 있고.

그 거리감 잡는 법을 잘 모르겠다는 이유로 발을 빼거나 귀찮아하기만 했던 것이 얼마 전의 나였다. 그건 그거대로 편하긴 했지만.

단 며칠 만에, 사람은 이렇게나 바뀌기도 하는구나.

"요신, 왜 그래?"

"응? 아무것도 아냐. 다 같이 등교하는 게 꽤 오랜만이라 좀 낯설다고 생각했을 뿐이야."

"그렇구나. 근데 다 같이 가는 것도 즐겁지. 초등학교 때로 돌아간 것 같아."

나나미 씨도 마침 나와 같은 생각을 하고 있었던 걸까. 그것이 기뻐서 나는 무심코 미소 지었다.

지금 나와 나나미 씨는 나란히 걷고 있는데, 몸의 흔들림으로 인해 서로의 손이 약간씩 닿는 것이 좀 답답하면서도, 닿을 때마다 그녀의 따뜻함을 느낄 수 있어 어딘가 즐겁기도 했다.

평소 같으면 손을 잡았겠지만…… 오늘은 두 사람도 있으니 나나미 씨도 약간 자제하는 것처럼 보였다. 뭐, 두 사람에겐 이미 손을 잡은 모습을 보여 버렸지만.

"뭐야, 우리 신경 쓰지 말고 손잡아도 돼."

"맞아~. 자, 평소랑 같이 손을 잡으세요. 사양하지 말고."

오토후케 씨와 카모에나이 씨는 우리와 좀 떨어진 위치에서…… 좀 더 자세히 말하자면 우리 뒤에서 따라오고 있었다.

그리고 뒤쪽에서 우리에게 손을 잡으라며 부추겼다. 즐거워 보인다.

나도 나나미 씨도 반쯤 뜬 눈으로 그녀들을 돌아보았다. 나나미 씨가 작게 한숨을 내쉬었다.

"그런 말을 들으면 더 잡기 어려운데……."

"에이, 나나미, 우리한테 이미 손잡고 교실에 들어오는 모습 실컷 보여줬으면서~."

"뒤에서 관찰당하면 하기 힘들다고!"

뭐, 확실히 하기 어려운 마음도 이해한다. 관찰당하고 있다고 생각하면 좀…… 아니 꽤 부끄러운 느낌이 드니까.

하지만 나나미 씨는 그 외에도 이유가 있는 것인지 내 손을 다시 보고, 뒤의 두 사람을 보며 입을 열었다.

"게다가…… 아유미도 하츠미도 남친이랑 손잡고 등교를

못 하는데, 나만 남친이랑 손잡고 등교하는 걸 대놓고 보여주면…… 좀 싫지 않아?"

나나미 씨의 그 한마디에 나도 두 사람도 잠시 침묵했다.

"정말…… 배려가 지나치다니까."

"그러게~. 물론 부럽긴 하지만. 그래도 둘이 손을 잡았으면 좋겠어."

두 친구의 말을 들은 나나미 씨는 조금 망설이는 듯했지만, 이윽고 다정한 미소를 두 사람에게 지어 보였다.

"오늘은 모처럼 다 함께 있으니까 같이 가자."

"뭐, 나나미가 좋다면야. 미스마이는 그걸로 괜찮아?"

"음, 미스마이는 손잡고 싶은 거 아냐~?"

이런, 화살이 내게로 날아왔다. 두 사람은 그렇게나 손을 잡게 하고 싶은 건가? 아니, 딱히 손을 잡는 건 어렵지 않지만, 나나미 씨가 싫어한다면 하고 싶지 않았다.

"솔직히 나나미 씨랑 손은 잡고 싶어. 하지만 나나미 씨가 그렇게 말한다면 난 나나미 씨의 의사를 존중할래. 게다가 손은 언제든 잡을 수 있고."

누구의 말을 듣고 잡는 것이 아닌, 자연스럽게 잡는 것이 가장 좋다. 그런 내 생각을 전하자 두 사람은 약간 어이없다는 표정으로 쓴웃음을 짓고 있었다.

"잘도 그런 소리를……. 미스마이."

"정말, 미스마이는 아무렇지도 않게 말한다니까."

어쩐지 감탄을 받고 말았다. 그렇게 이상한 말을 한 것 같진 않은데…… 싫어하는 나나미 씨와 손을 잡아도 불쾌하게 만들 뿐이니까.

옆의 나나미 씨는 수줍은 얼굴로 미소 짓고 있었다. 어딘가 만족스럽고 기쁜 얼굴로 몇 번이고 고개를 끄덕인다.

……곧바로 발언을 철회하고 손을 잡고 싶어져 버렸다. 위험해.

결국 이후에도 우리는 손을 잡지 않은 채 넷이서 등교하게 되었다. 나와 나나미 씨의 양옆으로 오토후케 씨와 카모에나이 씨가 둘러싼 형태로. 어째서인지 두 사람에게는 가는 도중 질문 공세를 받게 되었다.

이때의 난 전혀 생각하지 못했다.

지금의 내가 이런 형태로 넷이서 등교하는 것이…… 주위에서 볼 때 어떤 의미를 갖는지에 대해.

아니 땐 굴뚝에 연기 나랴.

소문이 날 때 흔히 말하는 속담이다. 소문이 난다는 건 뭔가 근거가 있고, 반드시 어떤 원인이 있기에 소문이 도는 것이다. 그런 의미였던 것으로 기억한다.

하지만 알고 있을까? 이 속담과 반대의 뜻을 가진 속담도 있다는 것을. 바로 이런 속담이다.

뿌리가 없어도 꽃은 핀다*.

근거 없는 이야기라도 세상에 퍼질 수 있다. 그런 뜻이다.

결국 속담이라는 것은 결과에서만 쓸 수 있다. 일이 다 끝나고 나서야 짜 맞출 수 있다는 것이다.

왜 이런 이야기를 했는가 하면, 나에 관한 소문이 나버렸기 때문이다. 그 소문은 내가 보기엔 뿌리가 없는 쪽에 손을 들어주고 싶을 만한 아무 근거 없는 것이었다.

하지만 주위에서 본다면 분명 내 행동이 원인이겠지. 아무튼 당사자가 듣기엔 황당하지만, 주위에서는 근거가 있는 그런 소문이 학교에 떠돌았다.

결론부터 말하면 떠도는 소문은 주로 다음 세 가지다.

『미스마이 요신이 바라토 나나미에게 차였다.』

『미스마이 요신이 바라토 나나미와 사귀고 있으면서도 주위 두 사람에게도 손을 댔다.』

『미스마이 요신은 인싸 삼인방으로 하렘을 구축하고 있다.』

……머리가 아파지는 소문들뿐이다.

참고로 이것은 크게 나눠서 세 가지라는 뜻으로, 여기서부터 더 세밀하고 꼬리에 꼬리가 붙은 여러 소문이 돌고 있어서…… 도저히 영문을 알 수 없는 상황이었다.

어쩐지 첫 번째 소문만 묘하게 신빙성이 느껴지는 건 기

---

*일본의 속담.

분 탓일까. 그보다 뒤의 두 소문과는 정반대다.

어째서 이런 소문이 나 버린 것일까? 내 추측이 어느 정도 가미되긴 하겠지만 이런 소문이 난 것에 대한 근거를 설명해 보고자 한다.

우선 첫째로, 수족관 데이트가 끝난 다음 날 나와 나나미 씨는 따로 교실에 들어갔다. 그것은 정말 우연이었다. 내가 학교에 도착하자마자 복통을 일으켜 나나미 씨 일행과 떨어진 것이다.

아니, 그러니까…… 익숙하지 않은 잠자리에 몸이 좀…….

변명해도 어쩔 수 없지만, 그렇게 나나미 씨 일행이 먼저, 내가 나중에 들어가는 꼴이 되었다.

사실 이것뿐이라면 이런 소문은 나지 않았을 것이다.

여기서 둘째…… 내가 머리를 자르고 왔다는 점이 또 오해를 낳았다.

만화 같은 데서 흔히 보는, 내가 머리를 잘라서 갑자기 여자한테 인기가 많아지고, 나나미 씨가 질투를 한다든가…… 그런 비현실적인 전개를 말하는 게 아니다.

머리를 자른 내가 혼자 교실에 들어갔다는 게 문제였다.

나나미 씨와 손을 잡고 교실에 들어가지 않은 내가 머리를 잘랐다. 두 가지가 물리면서 억측을 불러일으켰다.

아니, 분명 본래라면 손을 잡고 교실에 가는 경우가 더 적겠지만……. 익숙해진다는 것은 무섭다. 결국 주위에선 그 일로 떠들썩했던 모양이다.

그리고 셋째는 우리가 등교하는 모습을 많은 학생이 목격했다. 내가 나나미 씨와 손을 잡지 않고…… 넷이서 사이좋게 등교하던 모습을.

내가 나나미 씨 일행과 함께 등교한다는 비현실적인 광경을 마주한 나머지…… 상상력을 과감하게 발휘한 사람들이 꽤 많이 있었겠지.

아마도 이것이 세 가지 소문이 돌게 된 주원인이리라. 어느 것이 어느 소문의 근원인지는 분명했다. 그런데 차여서 머리를 잘랐다는 건 좀……. 나도 만화 같은 데서 본 적 있지만.

소문이 퍼지는 속도는 내 상상을 훨씬 뛰어넘었다. 요즘 고등학생은 대부분 스마트폰을 갖고 있다 보니 소문도 월요일 오전 중에 온 학교에 퍼졌다.

내가 소문을 알게 됐을 무렵엔, 내가 바람을 피워 나나미 씨에게 차였다는 불명예스러운 수준까지 탈바꿈해 있었다.

내가 나나미 씨에게 들은 대로 머리를 왁스로 정리하고 나오지 않은 것도 실수였는지도 모른다. 왁스로 다듬어서 조금이라도 겉모습을 신경 쓸 걸 그랬나……?

아니, 그래도 소문을 부추겼을 것이다. 외모에 신경을 쓰면서 나나미 씨 일행 셋과 등교했다면 하렘 운운하는 쪽의 소문에 신빙성이 더해졌을지도 모를 일이다.

그렇게 생각하면 머리를 다듬지 않은 게 오히려 다행이었다.

같은 반 아이들은 나와 나나미 씨가 곧바로 합류해서 어제의 데이트에 관해 대화하는 모습을 보고 있었기에 그런 소문에 휩쓸리진 않은 것 같지만.

문제는 이에 휩쓸린 사람들이었다.

참고로 소문을 몰랐을 때의 난 어쩐지 주위에서 묘한 시선이 느껴진다, 정도만 인식했다. 나나미 씨 일행 역시 소문에 대해서는 직전까지 모르고 있었다.

내가 소문에 대해 알게 된 것은 시베츠 선배 덕이었다.

아니, 선배도 알려주려고 온 건 아니었다.

쉬는 시간에 시베츠 선배가 느닷없이 돌격해왔다. 3학년인데다 농구부 에이스인 유명인의 등장에 교실이 어수선해졌다.

선배는 날 발견하자마자 큰소리를 내며 내게 다가왔다. 여자들은 선배의 등장에 눈빛을 반짝였지만, 선배는 개의치 않았다.

"요신 군! 바람을 피워서 바라토 군의 분노를 사 차였다는 게 사실인가?! 걱정 마라, 분명 오해일 거다! 나도 함께 사과하마! 성심껏 사과하면 바라토 군도 분명 오해라는 걸 알아줄 거야!"

이때서야 난 괴소문이 났다는 사실을 알게 되었다. 혼란스러워하는 나를 보고 선배는 나나미 씨와의 화해에 관한 이야기를 꺼내려고 했다.

저기, 선배……. 지금 바로 옆에 나나미 씨가 있는데요?

"아뇨, 선배……. 저 차인 적 없는데요? 봐요, 나나미 씨도 여기 있잖아요."

나는 옆의 나나미 씨를 손바닥으로 가리키며 소리치는 선배를 향해 조심스레 말을 걸었다. 선배는 그때서야 내 옆의 나나미 씨를 보고 고개를 갸우뚱했다.

"흠? 그게 무슨 소리지?"

아니, 무슨 소리냐는 건 제가 할 말이에요. 대체 뭐죠? 바람을 피워서 나나미 씨를 화나게 했다니. 뭐, 시베츠 선배는 아무래도 그 얘기를 듣자마자 날아온 것 같지만.

고개를 갸우뚱하는 선배를 앞에 두고 나나미 씨는 마치 우리 사이를 증명하듯 말없이 내 머리를 꽉 껴안았다.

아니, 뭐 하는 거야, 나나미 씨? 여기 교실인데?

당돌한 나나미 씨의 그 행동에 나는 당황했지만, 시베츠 선배는 오히려 그 반대인지, 우리들의 모습을 보고 대놓고 가슴을 쓸어내리고 있었다.

"이거 참, 말만 무성한 헛소문이었군!"

발끈 화를 내는 선배. 하지만 나는 그것보다도 소문의 내용이 신경 쓰였다.

내가 소문의 내용을 물어보려는 순간, 어디선가 카메라 셔터음이 울려 퍼졌다.

"얍, 나나미. 좋은 사진 건졌다~."

"와, 진짜네. 사진 보내줘."

어느샌가 오토후케 씨가 나나미 씨가 날 안고 있는 사진을 찍어서 보여주었다. 아니…… 뭐 하는 거야. 나나미 씨는 기뻐 보이니 뭐라 말하진 않았지만…….

"요신도 이 사진, 갖고 싶어?"

"……갖고 싶어."

내게 사진을 보여준 나나미 씨는 해맑은 미소를 지으며 내게 사진을 보내주었다.

사진을 본 나는…… 머리의 감촉을 떠올리며 수족관 때도 이런 느낌이었을까 하는 생각을 했다.

"그나저나…… 시베츠 선배, 소문이라는 게 뭐예요?"

"아까까지만 해도 바라토 군의 품에 안겨 히죽거렸으면서 갑자기 진지한 표정을 지어 봤자…….

어? 제가 그런 얼굴을 했어요……? 무심코 볼을 더듬거리며 만져 보았다.

시베츠 선배는 그런 내 모습을 다소 어이없는 눈으로 바라보면서도 교내에 떠도는 소문에 대해 알려주었다. 그때서야 겨우 나와 나나미 씨, 오토후케 씨와 카모에나이 씨도 소문의 내용을 자세히 알게 되었다.

"아니, 그런 소문이……."

"으음, 아침에 손을 잡았어야 했나……."

"미스마이가 하렘이라니……. 멤버는 우리야?"

"아하하~. 하렘이라. 미스마이, 하렘 만들고 싶어~?"

사양할게요, 카모에나이 씨.

우리의 반응을 본 시베츠 선배는 작게 고개를 끄덕였다.

"역시 소문은 믿을 게 못 되는군. 확인하러 오길 잘했어. 내가 소문은 거짓이었다고 전해두도록 하지. 농구부에서 퍼트리면 어느 정도는 가라앉을 거다."

"선배, 같이 사과하자고 했잖아요. 반쯤은 믿었던 거 아니에요……?"

"무슨 소리냐. 난 네가 그런 짓을 하지 않았을 거라고 믿었기에 그렇게 말한 거다."

뭐, 확실히 오해라고 말해주긴 했었다. 좋은 의미로도 나쁜 의미로도 직설적인 사람이다, 정말. 지금도 해맑게 웃고 있고…….

나와 나나미 씨는 얼굴을 마주 보고 서로 쓴웃음을 지었다.

"그럼 부탁드릴게요."

"음. 그나저나 그런 당치도 않은 소문을 퍼뜨리다니 정말 괘씸하군! 범인에겐 농구부의 지옥 특훈 풀코스형에 처하게 해주마! 그럼 요신 군, 바라토 군과 사이좋게 지내라!"

그렇게 잠시 화를 낸 시베츠 선배는 미소를 남기고 떠나갔다.

……시베츠 선배도 변했구나. 지금은 순수하게 우리를 응원해주는 것 같고. 어느샌가 날 이름으로 부르고 있다. 전에는 성으로 불렀었는데.

인싸의 소통 능력, 무시무시하군.

"그런 소문이 돌고 있었다니, 전혀 몰랐는데."

"맞아~. 반 그룹에서도 그런 화제는 없었어~. 묻기 어려웠던 걸까~?"

두 사람도 몰랐던 건가.

반의 그룹……이라는 건 메시지 앱을 말하는 거겠지. 거기서 화제가 되지 않았다는 건 다들 개별적으로 어딘가에서 정보를 얻었다는 뜻인 걸까.

……내가 그 그룹의 존재를 지금 처음 알았다는 게 좀 신경 쓰이지만. 응, 잊어버리자. 어차피 그룹에 들어가도 딱히 말할 일은 없을 거고.

나나미 씨와는 연락처를 교환했으니 그걸로 충분하다.

어쨌든 시베츠 선배의 오해는 풀렸고…… 남은 건 소문이 가라앉을 때까지 인내심 있게 기다리는 것뿐인가. 남의 말도 석 달이라는 말도 있고. 아니, 석 달이나 이 소문이 남는 건 좀 싫은데.

그래도 다들 곧 질리겠지. 그런 생각을 나는 하고 있었다.

하지만 진정한 파란은 점심시간에 일어났다.

평소와 같이 나와 나나미 씨가 옥상에서 함께 도시락을 먹고 있는데…… 여러 사람이 찾아왔다. 정말 많은 사람이 왔다.

제일 먼저 온 것은 소문을 들은 나나미 씨의 친구들이었다.

나나미 씨는 나와 달리 친구가 많다. 인싸 같은 애나 성실해 보이는 애, 여려 보이는 애, 체격 좋은 무력파까지, 그야말로 각양각색이었다. 물론 전부 여자였다.

그녀들이 일제히 모인 이유는…… 나나미 씨를 위로하기 위해서였다.

아까도 말했지만, 소문은 엄청난 속도로 변화하고 있었다. 그러니 다들 각자 들은 소문에 분노해서 너나 할 것 없이 자연스레 모여든 것이다.

정말로 소문이라는 것은 무섭다.

처음에는 모두 한결같이 화를 내는 통에 나와 나나미 씨는 쩔쩔매야 했다.

모인 여학생들은 나나미 씨가 겨우 생긴 남친…… 즉, 나를 먼저 찼다 하더라도 본인이 상처받았을 줄 알고 찾아온 것이었다.

그 일 때문에 남자가 싫어졌을 수도 있고, 만약 바람피 웠다면 나를 흠씬 패주겠다든가, 아무튼 다들 상심했을지 도 모를 친구를 위로해주고 싶은 마음으로 가득해 보였다.

나는 나나미 씨가 많은 사람의 호감을 받고 있다는 사 실에 조금 기쁜…… 동시에 무력파의 의견에 살짝 겁을 먹었다.

뭐, 갑자기 폭주하지 않고 먼저 나나미 씨에게 확인하러 왔으니 문제는 없었지만. 위해를 가한 것도 아니었다.

그녀들 다음으로 모여든 것은 남학생들이었다.

그들은 그들대로 프리 상태가 된 나나미 씨에게 고백하 기 위해 모인 것 같았다. 나나미 씨가 처음 사귄 상대가 나 였으니 자기도 기회가 있지 않을까 생각한 남자들이었다.

아까와는 달리 나나미 씨는 남자들에게 연애적인 관심 을 집중적으로 받고 있다……. 이건 남친으로서 실로 기쁘 지 않은 이야기다. 호감이라는 의미 자체가 조금 전까지의 여자들과는 전혀 다르지 않나.

하지만 동시에 자신 안에…… 벌칙이라고는 해도 지금 은 내가 나나미 씨의 남친이라는 검고 칙칙한 우월감 같은 것이 솟아났다. 아니, 이럼 안 되지. 들뜨면 안 된다.

기쁘지 않은데 기쁘다. 아주 복잡한 기분이지만…… 적

어도 이걸로 기분이 좋아지거나 우위를 잡았다고 생각해서는 안 된다. 그러면 분명 좋은 결과가 나오지 않을 것이다.

오히려 이 정도의 남자들이 나나미 씨를 노리고 있다는 것을 알아야 한다. 늘 긴장감을 갖고 경쟁자가 있다는 걸 의식해야 한다.

다만 적어도 지금은 모두의 목표는 무산되었다고 해도 좋을 것 같았다.

어쨌든 남자든 여자든 모두…… 마침 나나미 씨가 내게 음식을 먹여주려는 장면에서 모여들었으니 말이다. 타이밍이 좋은 건지 나쁜 건지.

그리고 그렇게 모인 모두는…… 나와 나나미 씨가 도시락을 함께 먹고 있는 모습을 보고 일제히 크나큰 한숨을 내쉬었다.

여자들은 안도의 한숨을.

남자들은 낙담의 한숨을.

각각 의미는 다르지만…… 모두가 훌륭하게 하모니를 이룬 한숨이었다.

"뭐야~, 다들 걱정이 지나친 거 아냐? 모여준 건 기쁘지만 나와 요신은 보는 대로 알콩달콩 지내고 있어. 봐봐, 이런 사진도 찍었다니까."

어딘가 허무하다는 듯한 시선을 보내는 모두에게 나나미 씨는 들뜬 얼굴로 스마트폰을 보여준다.

아, 오토후케 씨가 찍은 사진을 보여주려는 건가. 그렇게 생각했는데…… 나나미 씨가 보여준 사진에 주위는 모였을 때보다 더 소란스러워졌다.

술렁술렁, 그야말로 파문이 퍼지듯 사진을 본 이들이 하나같이 입을 떡 벌린다.

어라? 뭔가 반응이 이상한데……? 다들 나와 나나미 씨의 얼굴을 번갈아 보고 있다. 그중에는 얼굴을 붉힌 여자아이까지 있다. 왜 저런 반응을 하는 거지?

그야 껴안고 있으니 좀 민망한 느낌은 있겠지만…… 그렇게 새빨개질 정도의 사진은 아니지 않나. 그렇게 생각한 내가 나나미 씨가 보여준 사진을 들여다보자…….

그곳에 표시된 사진은 나와 나나미 씨와 유키…… 셋이서 찍은 사진이었다. 마치 한 가족처럼 보였다.

"나나미 씨! 그거 아닌데?!"

"어? 헉?! 아냐, 이쪽! 이거야!"

나나미 씨가 황급히 사진을 바꿨지만 때는 이미 늦었다. 여자들의 눈이 호기심으로 물들어 있었다. 당장이라도 나나미 씨에게 이것저것 캐묻고 싶다는 얼굴이었다.

남자들은 일제히 절망한 표정을 지으며 털썩 주저앉거나, 내 어깨에 손을 얹고 "행복해라……"라고 말하며 떠나는 사람들까지 나오고 있었다.

그렇게 다들 우리 쪽을 보면서도 그 이상 소란을 피우지도 말을 보태지도 않은 채…… 무리는 자연스럽게 뿔뿔이 흩어졌다. 조금 어수선하긴 했지만 우리는 점심을 무사히 다 먹을 수 있었다.

하지만……. 이걸로 안심이라고 할 수는 없었다.

"저기, 나나미 씨. 이거…… 새로운 소문이 생겨나지 않을까……?"

"으음…… 글쎄. 그래도 뭐, 그런 쪽 소문이라면…… 생겨도 괜찮지 않아?"

"뭐어……?"

"뭐, 괜찮아. 분명 저 애들이 우리의 이상한 소문을 불식시켜 줄 거야."

내 걱정에 대해 나나미 씨는 별로 신경 쓰지 않는 것 같았다.

아니, 아니. 괜찮을 리가 없잖아……. 나는 둘째치고 나나미 씨의 평판이 떨어지는 건…… 그렇게 생각했는데 나나미 씨는 스마트폰을 만지작거리며 아무렇지 않게 말했다.

"상식적으로 생각해서 나와 요신에게 아이가 있다는 소문은 안 돌 거야. 뭐, 만약 그런 소문이 나면 유키 어머님께 설명해달라고 할까?"

내 생각을 나나미 씨가 콕 집어 맞춰버렸다. 굳이 말로 하지는 않았지만 듣고 보니 나나미 씨의 말이 옳다.

"……연락처, 받아뒀었나?"

"응, 모처럼 만난 거니까 교환해뒀지. 유키도 귀여웠고."

역시 나나미 씨⋯⋯. 소통 능력이 굉장히 높다. 나라면 절대 흉내 내지 못할 것이다.

결과적으로 나나미 씨가 그 사진을 보여준 것은 정답이었다.

여러 소문이 돌 때는 더 임팩트 강한 소문이 퍼지는 속도가 더 빠르다. 이번에는 아침에 난 소문이 곧바로 점심에 부정되었다는 이유도 컸으리라.

방과 후까지 소문의 내용은 완전히 돌변해서⋯⋯ '미스마이 요신과 바라토 나나미는 휴일에 아이와 함께 부모 자식처럼 외출했다', '저 두 사람은 완전히 부부'라는 것으로 덧씌워져 있었다.

그리고 시베츠 선배도 애써 주셨겠지. 어쩌면 나나미 씨의 말대로 모인 여학생들도 근거 없는 소문을 불식시키기 위해 움직였을지도 모를 일이다.

전화위복이라는 것은 이런 말일까? 아니, 이게 복인가? 뭐, 이상한 소문이 사라져 안심한 것은 분명했다.

그렇게 생각하고 나도 나나미 씨도 완전히 안심하고 있었다.

"그럼 나나미 좀 빌려 갈게~?"

"미안해, 요신…… 자주 연락할게…… 이따 만나서 같이 쇼핑하자?"

"괜찮아, 재미있게 잘 다녀와."

방과 후. 나나미 씨는 점심시간에 모였던 여자애들에게 포로처럼 양 옆구리를 단단히 붙잡혔다. 그 사이엔 오토후케 씨와 카모에나이 씨의 모습도 있었다.

왜 이렇게 되었는가 하면…… 나와 나나미 씨의 진전 상태를 듣고 싶다는 이유로 대규모 여자 모임이 개최되었다. 지금까지 우리의 진전 상태가 수수께끼에 싸여 있었기 때문에 다들 궁금한 모양이었다.

그러던 차에 때마침 진전 상태를 물어볼 계기가 생겼다. 그 소문과 그 사진 말이다. 사진 덕분에 소문은 덧씌워졌지만, 대신 여자아이들의 호기심이 폭발했다.

평소 같으면 분명 거절했겠지만, 이들 덕분에 소문을 불식시킬 수 있었으니 흔쾌히 받아들였다. 나나미 씨도 교우 관계가 있을 테고, 게다가 오토후케 씨와 카모에나이 씨가 함께 있다면 안심이다.

나는 그녀들을 배웅하고…… 혼자서 늘 찾는 쇼핑몰로 향했다.

최근에는 늘 나나미 씨와 함께였기에, 오랜만에 혼자 움직이니 감회가 새로웠다. 아니, 그래봤자 겨우 2주 전이잖아? 와, 아직 2주밖에 지나지 않았다니.

어쨌든, 이 상황은 내게 아주 좋은 기회였다.

이상한 짓을 하려는 게 아니다. 지난 데이트 이후 내 안에서 한 가지 생각이 떠올랐기 때문이다.

수족관 데이트에서 나는 연인이 직접 만든 것을 받는 기쁨을 절감했다. 휴일에도 그녀의 도시락을 먹는 행복은 그야말로 극상이었다.

그래서 나도 그녀에게 직접 만든 무언가를 주고 싶었다.

뭐, 이런 건 마음이 중요하니까 내용은 뭐든 상관없……을 리가 없지.

이럴 때는 '음식'을 주는 게 부담스럽지도 않고 딱 좋다. 그녀를 위해 내가 요리를 만들 수 있다면 더할 나위 없다.

하지만 난 아직도 나나미 씨에게 요리를 배우고 있는 도중이니…… 어떻게 봐도 그녀에게 만들어 준다고는 보기 어려웠다. 나나미 씨라면 그래도 기뻐할 것 같지만…… 이왕이면 뭔가 형태가 남는 것을 선물해주고 싶었다.

나는 어젯밤, 바론 씨 일행과 채팅을 이어가며 무얼 줄지 계속 생각했다. 그리고 문득 전에 바론 씨가 했던 말을 떠올렸다.

『선물은 한 달 기념으로 하는 게 좋을 것 같아.』

그랬다. 한 달 기념일…… 2주 앞으로 다가온 그 기념일 말이다.

내게도 그녀에게도 그날은 아주 중요한 날이다. 처음에 그녀가 제시했던 벌칙의 기한이 그날이기 때문이다.

그날 그녀가 어떤 행동을 할지…… 난 모른다.

어쩌면 거기서 이별의 말을 건넬지도 모른다. 아무 일도 없을지도 모른다. 반대로 성대하게 축하하려고 할지도 모른다.

그녀의 속마음을 정확히 알 수 없으니 상상할 수밖에 없다. 그렇기에…… 나는 바론 씨 일행과 이야기를 마치고 한 가지 결심을 했다.

한 달 기념일…… 나는 다시 그녀에게 고백한다.

수족관 데이트 때 꿨던 꿈 때문이기도 했다. 그때 꿈속에서 나는 솔직하게 그녀에게 좋아한다는 말을 전했다. 그 것을 현실로 만들고 싶다는 생각이 든 것이다.

……그리고 그때 그녀에게 직접 만든 물건을 주고 싶다. 한 달 기념…… 그리고 내가 다시 고백하며 주는 선물의 의미로.

"방식이 좀…… 너무 부담스러우려나……."

난 자조하듯 중얼거렸다. 이런 방면에서는 여자 경험이 적은…… 아니, 없는 것이 여실히 드러났다. 그 부분의 가 감을 알 수 없으니 어림짐작으로 해야 한다는 것이 무서웠다.

하지만 뭣 모르고 비싼 선물을 사는 것보다 직접 만든 물건을 주는 편이 마음을 직접적으로 전할 수 있으리라. 나나미 씨도 그걸 더 기뻐하지 않을까 하는 기대감이 있었다.

결심해 놓고 망설이는 게 상당히 나답다는 생각이 들지만, 그래도 할 수 있는 건 다 해보자. 후회하지 않기 위해서.

내가 선택한 건 레진을 사용한 수제 목걸이였다.

처음에는 반지를 하려고 했는데, 만들기도 어렵고 받는 사람도 부담스러울 것 같아서 생각을 바꾸었다.

목걸이라면 만드는 방법이 담긴 영상도 꽤 많고 재료도 저렴하게 구할 수 있다. 반지만큼 부담스럽지도 않다……고 생각한다.

즉 오늘은 목걸이의 재료를 살 좋은 기회였다.

그런데…….

"나나미 씨, 이거 귀엽지 않아?"

나는 무심코 나나미 씨를 부르고 말았다. 음, 혼자 왔는데 이러면 이상한 사람이 아닌가. 수상하기 짝이 없다.

그 후로 되도록 입 밖에 내지 않으려고 했지만 보는 것, 만지는 것, 모든 것에 나나미 씨가 떠올랐다.

그녀에게 줄 선물을 생각하고 있어서 그런 걸까?

그렇게 눈에 띄는 재료를 좀 넉넉하게 구입하고, 가끔 나나미 씨의 연락도 받으면서 쇼핑몰 안을 어슬렁어슬렁

걷고 있는데…… 뭔가…… 좀…… 진정이 안 된다고 할까, 위화감이 든다고 할까…….

"뭔가…… 외롭네……."

무의식중에 중얼거린 그 한마디에 정신이 번쩍 들었다. 아, 그렇구나. 나는 외로운 거구나.

나나미 씨가 옆에 없어서 쓸쓸한 거구나.

돌이켜 보면 토요일부터 오늘 아침까지, 심지어 아까까지도 나는 쭉 나나미 씨와 같이 있었다. 갑자기 여친이 사라져서 나는 상실감을 느끼고 있었다. 지금까지 느껴본 적 없는 감각이었기에 깨닫지 못하고 있었다.

시베츠 선배한테 변했다고 말할 때가 아니네. 나도 예외가 아니잖아.

이건 좋은 변화일까?

짐을 가방에 넣고 쇼핑몰 안 벤치에 걸터앉아 잠시 천장을 올려다보았다. 나나미 씨에게서 여자 모임을 끝내고 돌아간다는 메시지가 와 있었다.

그것을 본 나는 이번에는 의식적으로 말을 중얼거렸다.

"나나미 씨…… 빨리 보고 싶다……."

"나도 빨리 만나고 싶어서 서둘러 왔어."

대답을 기대하지 않았던 말에, 내가 듣고 싶었던 목소리가 곧바로 돌아왔다.

깜짝 놀라 소리가 난 방향으로 시선을 돌리자…… 나나

미 씨가 오토후케 씨와 카모에나이 씨와 함께 서 있었다.

"……어디서부터 듣고 있었죠?"

"외롭네~ 하는 부분부터? 요신도 참~ 그렇게나 내가 보고 싶었어? 외로움을 많이 타는구나? 자, 어리광부려도 돼."

굳이 내 옆에 걸터앉은 나나미 씨가 나를 부르듯 두 팔을 벌려왔다. 내가 여기서 정말 껴안으면 새빨개진 얼굴로 당황할 거면서…….

뭐, 이런 장소에서 내가 못 할 거라는 것을 알고 한 것 같지만.

하지만 뜻하지 않은 곳에서 지원사격이 날아왔다.

"그게 말이야, 애들끼리 노는데 나나미가 갑자기 미스마이를 보고 싶다고 하더라고. 그래서 억지로 마무리하고 서둘러 왔어."

"뭐…… 다른 애들도 듣고 싶은 얘기는 다 들은 것 같으니, 다들 만족하지 않았을까~? 도중부터는 완전히 나나미의 자랑담이랄까~ 거의 나나미 혼자 독주해 버려서~ 그 장소가 온통 달달해졌……."

"두 사람 다 쓸데없는 소리 하지 마!"

벌리고 있던 손을 되돌리고 두 사람에게 항의하는 나나미 씨. ……그 많은 인원을 향해 그녀가 무슨 말을 했는지 묻는 것이 두려웠기에 나는 굳이 그 화제를 파고들지 않기로 했다.

"두 사람, 나나미 씨를 데려다줘서 고마워."

"감사할 필요 없어. 그럼 방해꾼인 우리 둘은 사라질 테니, 두 분은 사이좋게 신혼 쇼핑을 즐기시길~."

"미스마이랑 나나미, 바이바이~. 내일 봐~."

"신혼 아니거든! 평범한 저녁 장보기야!"

"아하하, 내일 봐."

그대로 우리는 손을 살랑살랑 흔들며 떠나는 두 사람을 배웅했다.

남겨진 나와 나나미 씨는 아주 잠시 말이 없었다. 주홍빛으로 물든 그녀의 옆얼굴을 보니 어쩐지 기뻐져서 난 그녀에게 손을 내밀었다.

나나미 씨는 말없이 손을 잡았고, 우리는 평소처럼 손을 잡은 채 식품매장으로 향했다.

응…… 역시 옆에 나나미 씨가 있다는 게 굉장히 잘 전해져. 그대로 우리는 오늘 저녁은 무엇으로 할지 의논하며 쇼핑에 나섰다.

나나미 씨의 손의 온기를 느끼며 한 달 기념일…… 설령 어떤 결과가 나온다 한들, 내가 먼저 고백하겠노라 다시금 결심했다.

한 달 기념일에 나나미 씨에게 다시 고백한다.

그렇게 결심한 것도 좋고, 준비도 하고 있지만…… 그와는 별개로 난 현실적인 문제에 직면해 있었다.

"으아…… 이건 위험한데……."

나는 지난주에 치러진 수학 쪽지 시험 결과를 보고 책상에 엎드리며 중얼거렸다.

점수는 36점.

상당히 위험했다. 아슬아슬하게 낙제점을 피했다. 낙제는 아니라고는 해도 지금까지 본 점수 중 가장 위험했다.

지금까진 대체로 50~60점 정도로, 썩 좋지도 절망적으로 나쁘지도 않은 점수를 지켜왔는데, 최근 들어 부쩍 점수가 떨어졌다.

"요신, 시험 결과 어땠어? 앗, 기운이 완전 빠졌네……. 그렇게나 심해?"

나나미 씨가 내 자리에 왔기에 나는 말없이 나나미 씨에게 시험지를 건넸다. 침울한 내 표정을 보고 헤아린 것인지 나나미 씨는 말없이 내 시험지를 보더니…….

"와아……."

저도 모르게 중얼거리고는 입가에 손을 얹는다.

이렇게 거리감이 느껴지는 나나미 씨의 목소리를 들은 것은 처음이었다. 또 처음 듣는 목소리를 들은 셈이지만 이번 경우엔 기쁘다는 느낌이 들진 않았다.

뭔가 그 "와아……"라는 한마디에 많은 의미가 담겨 있을 것만 같다. 여기서 만약 날 깔보는 듯한 시선으로 본다면 새로운 문을 열어버릴 것만 같았지만, 다행히 씁쓸한 미소가 돌아왔다.

"뭐, 뭐어…… 이번 시험은 좀 어려웠잖아. 낙제점이 아닌 것만으로도 대단한데?"

차마 쓴웃음을 지우지 못한 채 그녀는 내 머리를 쓰다듬으며 날 위로했다……. 하지만 나는 알고 있다. 나나미 씨는 성적이 좋다.

아니, 그보다 먼저 교실에서 머리를 쓰다듬는다는 걸 지적해야 하지 않을까. 어쩐지 주위의 시선이 따스하게 느껴지는데.

"……나나미 씨는 점수 어떻게 나왔어?"

"으음…… 이렇게."

나나미 씨는 내게 슬며시 시험지를 보여주었다.

……87점?! 내 2배가 넘잖아?!

좀 어려운 시험에서 이 점수라고? 그렇다면 평소엔 어떤 점수를 받는 걸까?

성적이 좋다고 듣긴 했지만 설마 이 정도일 줄은 몰랐는데.

"굉장하네. 난 이번에는…… 공부도 거의 못 했거든…….
좀 더 힘내야겠다……."

"……혹시 나 때문이야?"

"아니야……. 그냥 단순히 내 노력 부족이지……."

조금 속상해하는 나나미 씨의 물음에 나는 큰 하품을 하며 부정했다. 뭐, 확실히 나나미 씨와 행동을 함께하는 경우는 많았지만, 공부할 시간이 없었던 건 아니다.

그저 공부할 시간을 근력 운동이나 소셜 게임, 바론 씨에게 보고하면서 다 써버렸을 뿐이다.

이유야 어쨌든 상황이 좋지 않다. 그녀와 사귄 뒤에 성적이 떨어졌다고 하면 나나미 씨에게도 화살이 갈 수 있다. 그것만은 피해야 한다. 지금이라도 공부 시간을 확보해 볼까? 선물도 만들어야 하니 다소 무리해서라도 밤을 새워서…….

"지금 밤샘으로 무리해서 공부해야겠다고 생각했지?"

나나미 씨가 반쯤 뜬 눈으로 노려보며 한 말에 나는 흠칫했다. 눈을 게슴츠레하게 뜬 나나미 씨가 내게 얼굴을 들이밀었다. 코가 부딪칠 정도의 거리에서 나를 지긋이 노려본다.

나는 그녀와 시선을 마주치지 못한 채 눈을 이리저리 굴리기 바빴다. 거리가 너무 가깝다.

나나미 씨는 내 반응을 보고 확신했는지 그대로 한숨을 내쉬었다. 그녀의 한숨 소리가 내게 닿으면서 심장이 크게 뛰었다. 무의식적인 행동이겠지만 심장에 매우 좋지 않았다.

"요신은 정말 알기 쉽다니까……. 밤샘하면서 무리하면

안 돼."

"그래도 저기, 젊으니까 조금만 자도……."

"내가 걱정하니까 안 돼. 하여간……."

그렇게 말하고 내게서 멀어진 나나미 씨는 이마에 손을 얹으며 어이없다는 듯 나를 나무랐다.

으음, 나나미 씨에게 걱정을 끼칠 수는 없지…….

그러면 소셜 게임 시간을 줄여야 하는데……. 아니, 이게 당연한 대답이다. 바론 씨 일행에게 조금 양해를 구해야 할 것 같다.

내가 속으로 의지를 다지는 사이, 나나미 씨는 스마트폰을 만지작대더니 혼자 고개를 끄덕이고는 다시 내게로 다가왔다.

"요신, 오늘부터…… 나랑 같이 공부할래? 지금까진 내방에서 수다만 떨었잖아. 그 시간에 공부를 알려줄게."

더할 나위 없는 제안이었다.

그런데…… 그 수다라는 건 내가 그동안 나나미 씨의 공부 시간을 빼앗고 있었다는 의미가 아닌가?

그런데도 이런 성적을 유지하다니, 그녀가 정말 대단하다는 것을 새삼 실감했다.

"응…… 아니, 난 기쁘지만, 나나미 씨는 괜찮아?"

"딱히 문제없는데? 그런 건 공부 데이트라고 한대. 매일 방과 후에 데이트할 수 있다고 생각하면…… 멋지지 않아?"

공부 데이트……? 뭘까, 이 모순되는 결합은

공부와 데이트를 양립할 수 있나? 굉장히 어렵지 않아? 뭐든 데이트로 연결시킬 수 있다니, 세상의 발상은 무시무시하다. 적어도 내게선 나올 수 없는 사고방식이다.

"어? 그럼 지금까지 나나미 씨 방에서 했던 수다도 전부 데이트에 들어가는 거야?"

무심코 한 발언이었지만…… 정답이었는지 나나미 씨는 얼굴을 붉히며 내 등을 팡팡 쳤다. 응, 나도 말하고 나서 좀 쑥스러웠다.

주위의 시선은 '쟤들 또 저러네'라는 반응이 나올 정도로는 익숙해진 것 같았다. 아까 머리를 쓰다듬었을 때도 그렇고, 뭔가 지난번 사건 이후 주위가 부드러워진 느낌이다.

실제로 그런 건지 내 기분 탓인지는 모르겠지만.

나나미 씨는 "그럼 오늘부터 하는 거다"라고 말하더니 들뜬 얼굴로 스마트폰을 조작했다. 그날 학교에서 벌어진 일은 그 정도였다.

어제의 소문도 어느 정도 가라앉아 있었다. 물론 일부 소문은 아직 돌고 있는 것 같았지만 대부분 소소한 것들이라 누군가가 찾아오는 일은 없었다.

그리고 학교가 끝나고…… 우리는 평소처럼 장보기와 요리, 저녁 식사를 마치고 나나미 씨의 방으로 이동했다.

본격적으로 공부를 하려고 하는데…… 나나미 씨는 "잠

깐만 기다려"라는 말을 남기고 방에서 나가버렸다. 나는 그대로 그녀의 방에 혼자 남겨졌다.

공부 도구도 가져왔는데…… 뭐가 더 남은 걸까?

비교적 긴 시간을 기다리고 나니 먼저 겐이치로 씨가 방에 들어오셨다. 겐이치로 씨도 같이 공부…… 하실 리가 없겠지.

그는 손에 작고 둥근 탁자를 들고 와서는 나나미 씨의 방 중앙에 놓고 "요신 군, 힘내라"라며 내게 응원을 보내고 그대로 떠나셨다.

아, 일부러 공부용 책상을 가져다주신 걸까? 감사하네.

그리고 바로 뒤를 이어 나나미 씨가 들어왔다. 나는 그 모습을 보고…… 할 말을 잃었다.

"그럼 공부해볼까? 요신 군…… 오늘의 시험지를 보여 주세요."

요리할 때와 마찬가지로 선생님 놀이가 시작되었다는 것은 알았지만, 말이 머리에 들어오지 않았다. 엄청난 충격에 정보를 처리할 수 없는 상황이었다.

나나미 씨는…… 흰 와이셔츠에 파란 넥타이를 매고 검은색의 딱 달라붙는 타이트한 치마를 입고 있었다. 전에 보던 것과 다른 은테 안경까지 쓰고, 머리는 옆에서 하나로 묶어 사이드 포니테일을 만들었다.

어? 왜 갑자기 코스프레를 한 거야? 코스프레지, 이거?

"나나미 씨…… 뭐야, 그 모습은?"

"이거? 요신한테 공부 알려주겠다고 했더니 엄마가 빌려주셨어. 어때? 선생님 같지? 귀여워?"

"으…… 응, 귀여워."

아니, 귀엽다고 할지…… 반대로…… 자극이 좀 강하다고 할지……. 타이트 스커트를 본 것은 처음이라 어른스러움에 두근거렸다.

그녀는 내 맞은편에 앉더니 내 시험지를 진지한 얼굴로 응시했다.

그 진지한 얼굴을 보며 나는 약간 불순한 기분을 느낀 스스로가 부끄러워졌다. 지금 여기에 있는 것은 남친, 여친이 아니라 배우는 학생과 선생님…… 그 정도의 긴장감은 가져야겠지.

"답안을 보니까 아까운 실수가 잦다고 할까……. 공식 선택 미스? 그런 느낌이 많네. 혹시 답과 문제를 통째로 암기하는 타입이야?"

"아…… 맞아. 뭔가 공식 같은 건 어느 걸 적용해야 하는지 모르는 경우가 많아서…… 문제부터 답까지 통째로 외우고 그중 어느 걸 사용할지 고르는 방식이 되어 버렸어."

"음…… 수학은 암기보단 이해가 더 중요해. 암기한다면 패턴 정도일까? 문제와 답만 외우면 응용할 수가 없으니까. 그 부분은 사실상 문과와 비슷할 거야."

나나미 씨는 내 시험지를 확인하면서 틀린 문제에 대해 적절한 조언을 해주었다. 가르치는 방법도 답은 말하지 않고 여기는 왜 틀렸는지, 올바른 공식은 이것이라든지…… 그런 해설을 덧붙여준다.

내가 이해하지 못하는 부분에서도 정말 끈기 있게 자세히 설명해주었는데, 말투가 무척이나 상냥했다.

가르침을 받으니 왜 이런 실수를 했는지 좀 민망해지는 부분도 있었지만…… 나나미 씨의 가르침이 꼼꼼하다는 것을 새삼 실감했다.

학교 선생님에겐 죄송하지만, 나나미 씨가 알려주는 편이 백배는 더 머리에 잘 들어오는 것 같다. 이건 선생님의 문제가 아니라 내 마음가짐의 문제겠지만.

나나미 씨는 나와 마주 본 채로 앉아 있었기에 필연적으로 그녀가 몸을 쭉 내밀고 내게 가르쳐주는 형태가 되었다. 처음에는 나도 진지하게 들었지만…… 그러던 중 한 가지를 깨닫고 말았다.

나나미 씨가 입고 있는 셔츠와 치마…… 토모코 씨 것이라고 들었는데, 미묘하게 그녀의 몸에 딱 들어맞지 않았다.

그러니까…… 몸을 늘렸을 때 이렇게…… 셔츠와 몸 사이에 약간의 공간이 생겨버리는 것이다. 그것을 가리기 위해 넥타이를 매고 있었던 것 같지만, 넥타이가 좀 느슨해진 것 같다.

나는 그것을 보지 않기 위해 황급히 눈을 돌렸다. 하지만…… 약간 화려한 오렌지색의 무언가가 시야의 가장자리에 들어와 버린 것은 불가항력이었다.

"……요신, 왜 그래?"

"나나미 씨…… 저기, 가슴 좀 가려줘. 보이니까……."

내 한마디에 나나미 씨는 황급히 가슴을 가리며 내밀었던 몸을 되돌렸다. 그녀는 나를 살짝 올려다보는 듯한 시선으로 가볍게 노려보며 중얼거렸다.

"……봤어?"

"조금……. 하지만 그렇게…… 정확히는……."

"오렌지색……."

그 한마디에 내 몸이 흠칫 떨렸다. 보였다는 수치심 때문인지 나나미 씨는 부들부들 떨고 있었다. 나는 곧바로 무릎을 꿇으려고 했지만…… 그때 그녀가 일어섰다.

"뭐, 요신이라면 봐도 괜찮아……. 하지만 잠깐…… 잠깐만 기다려. 옷 갈아입고 올 테니까."

그렇게 말한 그녀는 다시 방에서 나갔다. 이건…… 말하는 쪽이 정답이었을까, 말하지 않는 쪽이 정답이었을까……. 아무리 생각해도 답이 나오지 않았다.

하지만 뭐랄까…… 남자로서는 행운인 상황이지만 그 상황에서 계속 보는 것은 불성실한 기분이 들어서…… 결국 나나미 씨에게 말해버린 것이다.

그 후 나나미 씨는 귀여운 회색 실내복으로 갈아입고 돌아왔다. "이거라면 집중할 수 있지?"라는 말에 나는 잠자코 고개를 끄덕였다.

"뭐랄까, 나나미 씨가 선생님이라는 시점에서 이미 두근거리지만 말야……. 그 실내복도 귀여워."

"칭찬해줘서 고마워……. 그래도, 지금은 공부에 집중하자."

살짝 볼을 붉힌 나나미 씨는 내 수학 시험지를 보며 수업을 재개했다. 처음에 들었던 이야기도 한몫했지만, 이번 시험 문제에 대해서는 이해도가 꽤 깊어졌다고 해도 좋으리라.

평소 나누던 수다와 달리 체력도 기력도 상당히 썼을 텐데…… 어딘가 기분 좋은 피로감이 몸을 채우고 있었다.

공부가 끝나자 토모코 씨가 따뜻한 홍차와 작은 초콜릿 과자를 가져다주셨다. 나나미 씨가 부탁해둔 것 같았다.

홍차를 한 모금 마시고 작은 초콜릿을 하나 먹자…… 따뜻함과 혀에서 녹아가는 달콤함이 지친 몸에 스며드는 느낌이었다.

"앞으로 매일 공부 봐줄게. 나도 복습이 되고 요신의 성적도 오르겠지?"

"미안하지만 부탁할게. 나나미 씨는 대학에 간다고 했지? 장래에…… 뭔가 되고 싶은 게 있어?"

내 말에 나나미 씨는 찻잔을 내려놓았다. 얼굴에 부드러운 미소가 걸려 있었다.

"나는…… 선생님이 되고 싶어."

"선생님? 그래서 이리 잘 가르치는 건가?"

"뭐, 아직 먼 미래이지만."

"선생님이라……. 나나미 씨라면 분명 좋은 선생님이 될 수 있을 거야……."

그렇게 생각한 나는 그녀가 선생님이 된 모습을 상상했지만…… 상상과 동시에 불길한 예감이 머리를 스쳤다.

만일 그녀가 중학교나 고등학교 선생님이 된다면…… 무조건 인기 폭발이겠지. 그녀를 좋아하는 남학생도 나올 거고, 어쩌면 고백받을지도 모른다.

아니, 동료 교사 사이에서 인기일지도 모른다. 오히려 학생보다 이쪽이 더 가능성이 있다. 그녀의 꿈을 응원해주고 싶지만…… 동시에 굉장히 걱정됐다.

"요신…… 왜 그런 얼굴이야? 혹시 내가 선생님이 됐을 때의 일을 걱정하는 거야?"

"아니, 뭐 걱정이라고 할지……. 고등학교나 중학교 선생님이 된 나나미 씨는 분명 인기가 많겠지~ 싶어서."

걱정이 지나치다 싶었기에 그 이상은 말하지 않았다. 아직 먼 미래를 불안해할 필요는 없는데, 상상하고 멋대로 불안해졌다.

나나미 씨는 그런 나의 말에 기쁜 듯이 미소를 짓더니……
굳이 둥근 테이블 아래를 빠져나와 내게 다가왔다.

어째서 굳이 그런 짓을 한 걸까 생각했더니, 그대로 나나미 씨는 내 무릎에 머리를 얹었다.

이걸 하고 싶었던 건가? 일어나는 게 귀찮았던 걸까…….
조금 놀라면서도 어이없어하는 나를 개의치 않은 나나미 씨는 얼굴을 내게 향한 채로 왼손을 쭉 뻗어왔다.

"그렇게 걱정되면…… 내가 선생님이 됐을 때, 여기 반지를 끼면 되지 않을까?"

"반지? 액막이 같은 거? 그런 게 효과가 있을까? 애초에 왼손 약지는…… 어……?"

나는 한 박자 늦게 무슨 말인지를 이해했다.

내 반응을 본 나나미 씨는 만족스러운 미소를 지으면서도 결국은 민망해졌는지 얼굴을 붉히며 내게서 시선을 돌려버렸다.

"아니, 꼭 진짜가 아니라도 여기에 반지를 끼면 효과가 있다고 할지……. 미래의 이야기니까 어떻게 될지도 모르고, 그냥 해본 소리야."

횡설수설 변명 같은 설명을 늘어놓다가 나나미 씨는 그대로 입을 다물고 말았다. 나도 할 말을 찾지 못해 침묵했다.

난 어렵게 입을 열었다.

"반지를 주는 건 좀 부담스럽지 않을까?"

"그렇지 않아. 요신이 주는 거라면 뭐든 기뻐. 앗, 딱히 조르는 거 아니다?! 이렇게 같이 있는 것만으로도 기쁘니까……."

나나미 씨의 말이 점점 약해졌다. 그래도 다행이다, 나나미 씨는 기쁘게 받아 줄 것 같아. 응, 그럼 기념일에 직접 만든 목걸이를 주는 건 괜찮겠지?

그리고는 나나미 씨에게서 "앞으로도 둘이서 힘내자"라는 작은 소리가 귓가로 들려왔고, 나는 "그러게, 힘내자"라고만 답했다.

또 둘 사이에 침묵이 흐르고, 곧바로 우리는 얼굴을 마주보며 누가 먼저랄 것 없이 미소를 지었다. 앞으로도 힘내자. 나나미 씨와도, 물론 공부도.

새삼스럽게 나는 그렇게 결심했다.

요신이 집으로 돌아가고 혼자 남은 방. 난 침대 위에 누워 있었다. 조금 전까지만 해도 요신의 무릎을 베개로 삼았지만, 지금은 평범한 베개다.

왼손을 천장으로 뻗어 자신의 약지를 바라보았다. 물론 아무것도 없다. 하지만 도저히 시선을 뗄 수가 없었다.

요신에게 공부를 알려줄 때 장래의 꿈을 말했다. 그때 걱정하는 그를 보며 나도 모르게 말이 나와 버렸다. 여기 반지가 있다면, 하고.

"아, 정말. 왜 그런 말을 한 거야. 요신도 당황했잖아."

그 말이 신경 쓰였는지 요신은 반지를 주면 부담스럽지 않겠냐는 말을 했다. 나도 액세서리에 관심은 있지만 어디까지나 용돈 범위의 저렴한 것들이다.

이 손가락에 반지를 끼다니, 성급한 것도 정도가 있지. 마음은 어떻게 될지 모르는 법인걸. 내가 아니라, 주로 그의 이야기다.

하지만······.

"요신은 날 얼마나 좋아할까?"

나는 손끝을 살짝 이마에 가져갔다. 그곳은 사진으로 보았던, 요신이 내게 잘 자라며 키스해준 곳. 조금 쓰다듬자 간지럽다.

손끝을 떼고 나는 그 손가락으로 입술을 살짝 쓰다듬었다.

우연이 아니라 자신이 먼저 키스를 해줬다는 건, 요신도 날 좋아한다는 의미로 생각해도 되겠지?

남자애의 마음은 잘 모르지만, 그 사진을 보면 불안한 마음이 조금은 희석된다. 아주 조금이지만.

그러다 보니 일요일 밤의 후회가 밀려왔다. 대체 왜 난 잠든 걸까? 더 정확히는, 왜 취한 걸까?

위스키 봉봉을 너무 많이 먹은 게 원인이라고는 하지만, 정말 아까운 일이었다.

하지만 과연, 정신이 깨어 있었다면 요신이 이마에 키스를 해줬을까? 어쩌면 평범하게 돌아가고 키스는 없지 않았을까?

그렇다면 우연이라고는 해도 내 행동은 잘한 게 아닐까?

"하지만 앞으로 위스키 봉봉은 안 먹을 거야."

주먹을 불끈 쥐며 결심한다. 아예 스무 살이 넘은 뒤에도 술은 안 마실 것이다.

그나저나 이번 주는 아직 이틀째인데도 엄청나게 밀도 있는 이틀이었던 것 같은 기분이다.

월요일 아침은 평소 같으면 좀 우울했을 텐데 그날은 아침부터 행복했다.

일어나니 요신이 곁에 있었고, 함께 아침을 먹고, 다 같이 등교.

일어난 직후엔 좀 흉한 꼴을 보이긴 했지만, 그의 얼굴을 보니 너무 놀라 그런 것들은 전부 날아가 버렸다.

좋은 일이 있을지도 몰라, 라는 설렘을 안고 학교에 갔는데…… 완전히 정반대의 결과였지.

인생은 결국 플러스 마이너스 제로라고 들었던 것 같은데, 이런 걸 말하는 걸까?

설마 그런 소문이 나다니…… 요신이 바람 같은 걸 피울 리도 없고, 하렘을 만들 리도 없다. 뭐, 소문 자체는 다른 애들 덕분에 순식간에 가라앉았다. 대신 다른 소문이 돌았지만, 그쪽은 사소한 것들이다……. 아마.

사실 난 그 소문을 듣고 좀 충격을 받았다. 요신이 내게 차였다니…….

그 소문은…… 어쩌면 소문이 아닐지도 모르기 때문이었다. 그것도 반대로. 한 달 후에 나는 다시 그에게 고백할 것이다. 사죄와 함께. 그 결과는…… 어떻게 될까?

그걸 상상하자 겁이 났다. 겁이 나고 불안해져서 그 반작용으로 요신에게 평소보다 스킨십이 많아지기도 했다. 껴안기도 하고 도시락을 먹여주기도 하고.

그래서 여자 모임을 끝내고 달려왔을 때, 요신이 외롭다고 말해준 것이 정말로 기뻤다.

여자 모임에선 요신과의 진전 상태에 관한 질문을 받았지만, 질문 내용부터가 너무 거창해서 시작부터 압도당하고 말았다. 키스는 했느냐…… 어디까지 나갔느냐……. 남친이 있는 아이에게선 충격적인 질문까지 날아와 말문이 막혀버리기도 했다.

처음에는 질문에 대답할 뿐이었는데, 깨닫고 보니 나 혼자 신나게 떠들고 있었다. 아마 소문이 해결됐다는 안도감도 있었으리라.

하지만 내가 돌아갈 때쯤엔 다들 책상에 엎드려 있던데, 왜 그랬던 걸까?

이번 소문에서 한 가지 배운 점은, 다들 생각보다 남의 연애 이야기에 관심이 많다는 점이다. 이상한 짓을 하면 금세 소문이 퍼지는구나.

……요신이 일요일에 자고 갔다는 건 반드시 비밀로 하자.

그게 만약 소문난다면……. 상상한 나는 몸을 떨었다. 무슨 말을 들을지 알 수 없고, 어떤 형태로 소문이 돌지 상상조차 할 수 없었다.

조심해야겠다. 나는 둘째치고 요신에게 폐를 끼칠 순 없으니까, 어리석은 행동은 삼가야지. 그래도 같이 있고 싶단 말이지.

그래서 오늘도 그런 소문이 난 직후임에도 함께 방에서

공부했다. 아니, 이상한 뜻은 아니다. 하지만 엄마한테 옷을 빌려서 분위기를 낸 건 좀 실수한 것 같아.

몸에 딱 맞지 않아서 보인 것 같고……. 그걸 굳이 말하는 게 요신답단 말이지. 그냥 계속 볼 수도 있었을 텐데.

요신은 이제 집에 도착했으려나? 목욕한 뒤에 다시 메시지 보내두자. 내일부터 공부 열심히 하자고.

그건 그렇고 요신…… 공부는 서툴구나. 성격이 성실하니 공부도 잘할 줄 알았는데. 사람은 겉만 봐서는 알 수 없는 법이네……. 내가 할 소린 아닌가.

나는 그의 신사적인 성격에 많은 도움을 받고 있다. 일요일에 무방비로 잠들었을 때도 그랬다. 반대로 나였다면 어땠을까……? 요신을…… 덮쳤을까?

아니, 안 해, 안 덮쳐! 안 그럴 거야!

……누구에게 변명하는 걸까, 난. 상상만으로도 뺨이 뜨거워졌다. 단둘이 있을 때 눈앞에서 그가 잠들어 있다면 난 어떻게 할까? 그런 일이 일어날까?

생각해도 어쩔 수 없는 일이었기에 곧바로 나는 몸을 일으켰다. 내일부터 힘내자. 요신과 함께하는 공부도, 연애도. 그러고 보니 내 장래의 꿈은 알려줬는데, 요신의 꿈은 뭘까? 다음에 물어볼까? 그래서 만약 같은 대학에 갈 수 있다면…… 엄청 기쁠 것 같다.

요신과 함께 대학에 가는 상상을 하면서 나는 조금 가벼운 발걸음으로 욕실로 향했다.

주 초반에 적어도 내게 있어선 말도 안 될 정도로 밀도 깊은 사건이 일어나 버린 탓에 이번 주는 도대체 어떻게 흐를까 전전긍긍했는데, 그것은 순전히 기우였다.

적어도 학교생활에 있어서는 아무 문제 없이 평화롭게 지나갔다. 뭐, 내 시험 점수가 좀 안 좋기는 했는데…….

아무튼, 나나미 씨와 함께 아주 평온하고 즐거운 한때를 보낼 수 있었다.

아침에는 함께 등교하고 점심에는 함께 도시락을 먹고 함께 하교하여 저녁을 먹고 공부를 한다. 이것은 최고의 환경이라고 해도 좋았다.

하지만 이를 당연하게 생각해서는 안 된다. 어디까지나 문제가 없을 뿐이지 하루하루가 특별한 날이라는 의식은 항상 갖고 있어야 한다.

주말에도 공부하겠냐는 나나미 씨의 물음에, 공부의 보답을 하고 싶다는 이유로 내가 먼저 데이트를 신청했다. 솔직히 이 신청하는 행위가 항상 긴장되지만 어떻게든 성공한 것 같다.

나나미 씨는 데이트를 승낙했지만, 돌아가면 제대로 공부하자는 말을 덧붙였다. ······그렇게나 내 성적이 걱정되나? 아니, 그야 그렇겠지.

기분을 전환하자······. 마침 허락도 받았으니 다음 데이트는 어디로 할지 고민해 보았다. 음, 진부하지만 동물원 같은 곳이 좋을까? 제대로 계획을 세워둬야 할 텐데.

바론 씨에게 보내는 일상 보고와 상담도 계속 이어갔다. 바론 씨는 더는 상담이 필요 없는 거 아니냐고 말하지만, 나는 이야기를 들어두고 싶었다. 특히 선물을 고르는 건 여성인 피치 씨의 의견을 꼭 참고하고 싶었다.

게다가······.

「한 달 기념일에 다시 그녀에게 고백하려고요.」

물러서지 않겠다는 각오를 나타내기 위해 나는 바론 씨 일행에게 그 일에 대해 선언했다. 내 마음속에만 있었던 결의를 말로 표현하는 것은 좀 부끄러웠지만, 그래도 바론 씨는 따뜻하게 호응해 주었다.

『과연, 그쪽으로 정했구나.』

「의외인가요?」

『아니. 오히려 상대의 대답이 뻔해서 걱정조차 안 든다.』

「전 그렇게 자만할 수도 없어요. 태어나서 처음 하는 고백이라고요.」

맞다. 이게 문제다. 나는 고백을 일절 해본 적이 없다.

러브레터조차 써본 적이 없다. 요즘 세상에 그런 걸 하는 사람이 있는지는 모르겠다만.

그래서 어떤 말로 그녀에게 고백할지. 그것이 굉장히 고민이었다.

『고백 대사도 조언이 필요해?』

마치 내 생각을 읽기라도 한 듯 절묘한 타이밍에 바론 씨의 메시지가 떴다. 하지만 나는 그 감사한 제의를 정중히 거절했다.

「감사합니다. 하지만 전할 말은 고민하더라도 직접 생각하고 싶어요.」

『그렇군. 젊은이의 성장이 눈부시네. 내 일처럼 기쁘다. 이제 하산해도 되겠어. 내가 그 정도의 도사는 아니지만.』

칭찬이 과하다. 그래도 성장했다는 말은 기뻤다. 자신의 성장은 스스로 실감하기 어려운 법이니까.

『아, 다만 뭐냐, 괜한 소리를 하자면…… 그 섣불리 폼을 잡거나 괜히 말에 너무 힘을 주면 실패할 수도 있어.』

「……설마?」

『노코멘트. 어떤 남자의 슬픈 실패담이라고만 말해두지.』

……슬픈 실패담인가. 명심해 두자. 굳이 누구라고는 묻지 말자. 들으면 나까지 슬퍼질 것 같으니까. 결국 어드바이스를 받고 있네.

『저…… 괜찮을까요?』

나와 바론 씨의 대화를 보고 있었는지 대화가 마무리되자 피치 씨의 메시지가 떴다. 그렇게 사양하지 않아도 괜찮은데. 괜찮다고 답하자 곧바로 그녀에게서 메시지가 날아들었다.

『기념일에 다시 고백하는 것도 멋진 일이지만…… 굳이 고백하지 않고 기념 축하만 해도 되지 않을까요?』

「뭐……. 내 고백은 하나의 매듭 같은 거라서. 여러 의미로.」

『그런가요? 그게 캐니언 씨의 결론이라면…… 저도 좋을 것 같아요.』

「고마워, 피치 씨. 그래서 좀 물어볼 게 있는데…….」

　나는 거기서 피치 씨에게 한 달 기념일에 줄 선물에 대해 상담했다. 고백과 함께 그녀에게 건네줄 목걸이. 좀 무거울지도 모르지만…… 여성의 의견을 듣고 싶었다.

　그러자 어째서인지 바론 씨가 여성에게 조언을 청하는 내 모습에 감격했다. 아니, 그 반응은 뭐죠? 난 지금까지 어떤 이미지였던 겁니까?

　얼마 후 피치 씨에게서 대답이 돌아왔다.

『글쎄요, 저는 좋은 것 같아요. 대뜸 비싼 물건을 받으면 부담스럽지만, 남친이 만든 건 좋네요. 멋져요. 저도 받아 보고 싶어요.』

『그래, 나도 같은 의견이다. 손수 만든 물건이라……. 오랫동안 아내에게 준 적이 없네. 나도 캐니언 군을 본받아 볼까?』

「다행이에요. 부담스럽지 않을까 걱정했거든요.」

『그건 여친 분이 어떻게 느끼느냐에 달려 있죠. 여친 분에게 뭔가 들은 말 없나요?』

……반지 이야기가 나오기는 했었는데, 괜찮으려나? 나는 그때 나눴던 이야기에 대해 좀 얼버무리긴 했지만 우회적으로 흘리고 말았다.

『그게 뭐야?! 자세히 말해줘!』

『듣고 싶어요! 그러고 보니 수족관 데이트 이후 외박 보고는 흐지부지됐는데, 키스는 했나요?! 어떻게 됐어요?!』

이런, 저질렀다.

데이트하던 날 밤에 채팅으로 잠시 보고는 했지만 중요한 부분은 적당히 둘러댔는데, 여기서 다시 들추다니.

일단 키스 이야기는 두 사람만의 추억 이야기라는 말로 대충 얼버무렸다. 아무리 그래도 했다거나 하지 않았다는 말은 부끄러워서 보고하기 어렵다. 그렇게 생각했는데…….

『과연…… 추억에 남는 일은 했다는 거군.』

『고등학생은 굉장해…….』

어떻게든 얼버무리려 했는데, 말투로 추측당한 모양이었다. 젠장, 당황해서 멍청한 짓을 저질렀군.

나는 조금 무리하게 두 사람과의 대화를 중단하고 게임

을 종료했다.

약간 당황스러운 사태가 있었지만, 두 사람에게 괜찮다는 보증을 받은 덕분에 심정적으로는 굉장히 안심할 수 있었다.

다만 바론 씨에겐 디자인에 관해 약간의 주의를 받았다. 남성의 감성이 아니라 상대에게 어울리는 디자인을 생각하라고.

본인의 실패담이자 아내에게 오랜만에 선물하는 것이라며 추억담이라는 말로 포장하긴 했지만, 그건 분명 내게 해주는 조언이었을 것이다. 정말로 감사한 이야기다.

모두에게 조언도 받았으니 마지막 일주일을 앞두고 기합을 넣어야지……. 그런 것들을 생각했다. 내가 할 수 있는 것은 모두 하자.

액세서리를 만드는 것은 지금껏 해본 적이 없었지만 이건 이거대로 재밌을 것 같다. 나나미 씨가 기뻐해 줄까 생각하면 뭐든 할 수 있을 것 같았다.

……적어도 주말까지는 예상 밖의 일은 전혀 없는 평범한 나날들이었다.

문제는 주말에 일어났다.

아니, 정확히 말하자면 문제는 아니지만, 예상 밖이긴 했다. 그 사건은 우리 엄마에 의해 야기되었다.

"나나미 양, 요신, 온천에 갈 거란다."

바라토가에 들어갔더니 현관에서 우리를 마중 나온 것은 우리 엄마였다. 그리고 다짜고짜 영문 모를 소리를 하고 있었다. 아니, 왜 있는 건데?

다녀왔다는 소리를 하기도 전에 느닷없이 나타난 엄마의 모습에 나와 나나미 씨는 눈을 동그랗게 뜨고 있었다. 등을 꼿꼿하게 편 채 당당하게 서 있는 엄마의 모습에 정보 처리가 따라가질 않는다.

그런 우리들의 모습을 본 엄마는 본인의 입에 손을 얹더니 잠시 생각에 잠겼다.

"……나도 참. 마음이 들떠서 어서 오라는 인사도 잊어버렸구나. 이 무슨 실례라니. 어서 와라, 나나미 양, 요신."

"으음, 다녀왔어, 엄마……."

"시노부 씨……. 다녀왔습니다."

"두 사람 다 학교 갔다 오느라 수고했어."

엄마는 입꼬리를 가볍게 끌어올리며 부드럽게 미소 짓고는 나와 나나미 씨에게 아주 차분한 목소리로 인사말을 전했다.

"엄마……. 기분 엄청 좋아 보이네."

"어? 기분 좋으신 거야……?"

나나미 씨가 엄마와 나를 번갈아 보며 놀란 목소리를 냈다.

하긴 모르는 사람이 들으면 기분이 좋아 보인다고는 도저히 말할 수 없는 조용한 목소리긴 하다. 하지만 몸이 약간 들썩거리고 있다.

이건 기분 좋을 때 나오는 엄마의 버릇이다. 여기서 출처를 알 수 없는 이상한 노래를 부르기 시작하면 흥이 최고조에 달했다는 뜻이다.

아니, 엄마의 흥에 대해 생각할 때가 아니지. 애초에 어째서 여기 엄마가 있는 거지? 출장지에서 잠시 돌아오는 건 내일이 아니었나……?

"두 사람 다 어서 와. 깜짝 놀랐니?"

뒤에서 엄마의 양어깨에 손을 얹은 토모코 씨가 빼꼼 얼굴을 내밀었다.

엄마 뒤에 숨어 계셨던 것 같은데, 생글생글 웃고만 있어서 무슨 생각을 하시는지 짐작할 수 없다.

"깜짝 놀랐어요. 갑자기 엄마가 있을 거라고는 생각도 못 해서……."

"우후후, 내 아이디어야. 놀라줘서 뿌듯하네."

"성공했네요, 토모코 씨."

두 사람은 서로 미소 지으며 하이파이브했다. 마치 왕년의 친구 사이 같은 모습이다. 어느새 이렇게 친해진 걸까, 이 두 사람은······?

"시노부 씨, 오랜만이에요. 지난주엔 인사를 못 드려 죄송합니다."

조금 전까지 굳어 있던 나나미 씨가 헉하고 놀라는가 싶더니 엄마를 향해 고개를 숙였다. 아니, 그러지 않아도 돼요, 나나미 씨. 우리 엄마는 즐기고 있는 것뿐이니까.

엄마는 토모코 씨에게 시선을 떼더니 나나미 씨의 눈을 똑바로 바라보았다.

"신경 쓰지 마, 나나미 양. 우리 아들이 항상 신세를 지고 있으니까. 지난주 데이트는 즐거웠니?"

"네! 정말 즐거웠어요!"

"그래, 그거 다행이구나. 이 녀석은 부끄러움이 많아서 데이트 이야기는 잘 안 해주거든. 나중에 얘기 좀 들려줘."

"물론이죠!"

좀 참아줘.

아니, 고등학생 남자가 데이트 내용을 부모님께 자세히 말하지는 않잖아······. 나나미 씨도 기뻐하지 말고 두 사람만의 추억으로 간직해줘.

······혹시 그걸 듣고 싶어서 조기 퇴근하고 온 건가? 아니, 잠깐. 엄마가 아까 뭐라고 했었지? 온천?

"다들 서서 얘기하기도 그러니까 들어갈까? 시노부 씨

한테 선물로 차를 받았으니 옷 갈아입고 같이 마시자.”

토모코 씨가 손뼉을 딱 치며 말했다. 듣고 보니 현관 앞에 선 채로 있는 것도 우스운 모양새였다.

재촉을 받아 나와 나나미 씨도 슬쩍 얼굴을 마주 보는데 나나미 씨는 어쩐지 즐거워 보였다. 설마 데이트에 대한 자세한 이야기를 기대하고 있는 건 아니겠지……?

그게 좀 불안하긴 했지만 일단 놔두기로 하고 나와 나나미 씨는 각자 옷을 갈아입고 거실에 모였다. 테이블 위에는 차가 준비되어 있다.

마음을 가라앉히기 위해 자리에 앉아 차를 입에 머금은 순간…… 엄마에게서 폭탄 발언이 튀어나왔다.

“그러고 보니 요신, 일요일의 외박은 즐거웠니?”

“큽?!”

사람이 너무 놀라면 정말 차를 뿜을 수도 있겠구나.

아니, 위험했어, 정말. 너무 갑작스럽잖아.

어떻게든 참았지만, 대신 목에 걸려서 콜록콜록 기침이 나왔다. 나나미 씨가 내 등을 천천히 쓸어주었다.

“요신, 괜찮아?”

기침 탓에 소리를 낼 수 없었던 나는 나나미 씨에게 손으로 괜찮다고 전했다. 그런데도 그녀는 내 기침이 멈출 때까지 등을 부드럽게 쓸어주었다.

얼마 후 기침이 가라앉자 엄마가 다시 입을 열었다.

"외박은 즐거웠니?"

"다시 말 안 해도 돼. 즐거웠어. 그게 뭐 어쨌는데?"

같은 말을 반복하는 엄마를 향해 난 다소 무뚝뚝한 어조로 답해버렸다. 내가 생각해도 어린애 같은 행동이었다. 그러나 나나미 씨는 좀 즐거워 보였다.

"평소의 말투나 다른 태도의 요신이 신선해."

……정말 즐기고 있었다. 뭐랄까, 새삼스레 지적받으니 좀 민망하다. 하지만 엄마 앞에서 지나치게 격식을 차리는 것도 이상하니까…….

"아니, 설마 아들이 시집도 안 간 숙녀에게 그런 짓을 할 줄은 몰랐단다. 그래서 좀 혼낼까 생각 중이었는데."

나는 다시금 목이 메일 것 같았다. 이제야 평범한 설교…… 게다가 실로 지당한 설교가 나왔다. 그 말을 들으니 입이 열 개라도 할 말이 없었다.

이미 후회해도 소용없다. 그보다 엄마가 알고 있다는 건 토모코 씨…… 알리신 건가.

힐끔 시선을 토모코 씨께 보내자 생글생글 웃는 얼굴로 작게 V사인을 돌려주었다. 즐기고 계시니 드릴 말씀이 없군요…….

"……참고로 묻겠는데 나나미 양은 그걸 알고 있니?"

엄마는 거기서 살짝 말끝을 흐렸다. 이것은 엄마 나름의 배려일지도 모르지만, 나나미 씨는 얼굴을 약간 붉히면서도 조용히 고개를 끄덕였다.

"그래, 알고 있구나. 미안하다, 아들 녀석이 이상한 짓을 해서……."

"아니, 저기…… 그……."

나나미 씨는 아래를 향해 두 손을 쭈뼛거리면서도 더듬 더듬 엄마를 향해 자기 뜻을 분명히 전했다.

"싫지 않았고…… 오히려 기뻤어요……."

옆에 있던 난 한순간에 땀이 뿜어져 나왔다. 나나미 씨는 말을 마치고 나서 부끄러워졌는지 손을 얼굴로 가리고 말았다. 나도 땀을 한바탕 내뿜은 뒤 나나미 씨의 반응을 보고 얼굴을 붉히고 말았다. 두 사람 다 입을 꾹 다물어 버리자 엄마가 숨을 내쉬었다.

"역시 바로 전화해서 세세하게 캐물었어야 했는데…… 출장이 원망스럽네. 우리가 없는 사이에 이런 사태가 되다니…… 젊은 애들은 진전이 빠르구나……."

"무슨 소리야."

무서운 소리를 한다.

아니, 물어도 대답하지 않았을 거다. 나나미 씨에게도 물어본다 했으니 그것도 전력으로 막고 싶지만, 어쩐지 절대로 막지 못할 것 같은 기분이 든다.

애초에 왜 지금 여기 있는 것인지 생각한 시점에서, 나는 엄마의 조금 전 발언을 다시 떠올렸다. 뭔가 온천이라고 했지? 간다고?

"그렇게 됐으니 두 사람 다, 온천에 갈까?"

뭐가 "그렇게 됐으니"라는 건지는 모르겠지만, 엄마는 내가 의문을 느낀 시점에 방금 한 발언을 반복했다. 나도 나나미 씨도 고개를 갸웃거리며 가만히 있자 드물게 엄마가 좀 초조한 기색으로 땀을 한줄기 흘렸다.

"어머……? 혹시…… 나나미 양 온천 싫어하니? 요신은 의외로 좋아하지, 온천?"

"아, 아뇨……. 온천, 좋아해요."

"내가 좋다고 한 건 옛날이야기잖아……. 요즘은 안 가서 딱히 그렇지도 않아."

갑작스럽게 기세가 꺾인 엄마의 발언에 나나미 씨는 배려한 것인지 긍정적으로 대답한다. 나는 좀 버릇없지만, 본심을 전했다.

부모님과 나들이로 온천이라니……. 초등학교 이후로 안 간 것 같은데. 중학교에 들어갔을 땐 게임에 빠졌고 고등학교에 들어간 이후로는 말할 것도 없다.

애초에 부모님은 늘 일로 바빴으니 여행을 가기 어렵다는 것도 이해하고 있었다. 딱히 꼭 가고 싶은 것도 아니었고.

게다가 온천을 좋아하느냐고 물어도……. 넓은 욕조나 목욕탕이나 마찬가지 아닌가? 온천을 좋아하는 사람은 아니라고 하겠지만.

내 말을 들은 엄마는 진지한 표정을 지었다. 항상 약간의 압력이 느껴졌다.

내가 박력에 살짝 짓눌리자 엄마가 천천히 입을 열었다.

"요신, 넌 지금까지 타인과 별로 엮이려 하지 않았지. 그건 네 개인적인 생각이니 난 그걸 존중했단다. 네 인생의 선택은 네게 맡기고 있었지."

"갑자기 무슨 소리야……?"

고개를 갸우뚱하는 내게 엄마는 조용히, 등을 꼿꼿이 세우고는 차를 조금 마셨다. 꿀꺽, 목을 움직인 뒤 후우, 하는 한숨과 함께 말을 잇는다.

"하지만 나나미 양과 사귀려면, 앞으로도 함께할 거라면 사람들과도 잘 어울릴 필요가 있단다. 그러려면 다양한 곳을 다니며 식견을 넓혀야 하지."

"그래서 온천을 가자고?"

"맞아. 온천 여행을 가서 둘이 친목을 다지고, 안목을 넓혀서 앞으로의 성장으로 이어가렴."

"……진짜 목적이 뭐야?"

엄마는 입을 꾹 다물고 내 의문에 답하지 않았다. ……몹시 석연찮다. 갖다 붙인 것 같달까, 억지스러운 느낌이다. 식견을 넓히는 게 꼭 온천일 필요도 없지 않은가.

내가 잠시 엄마를 보고 있는데…… 엄마가 쓰고 있던 안경다리를 쓰다듬듯이 만지고 있었다. 이 행동은 엄마가 무언가 얼버무리거나 숨기려고 할 때의 무의식적인 버릇이다.

역시 다른 속내가 있나.

주말엔 온천이 아니라 평범하게 나나미 씨와 데이트를 하는 게 좋을 것 같다…….

내가 거절할 낌새를 느꼈는지 엄마가 강력한 미끼를 던졌다.

"그럼 이건 어때? 목욕 후 유카타를 입은 나나미 양…… 보고 싶지 않니?"

그 말을 듣는 순간 내 머릿속에 유카타 차림의 나나미 씨의 모습이 떠올랐다. 목욕 후…… 목욕 후라고?!

지난번의 캐미솔은 노출이 많이 눈 둘 곳을 찾기가 어려웠다. 물론 귀여웠지만. 하지만 유카타는 노출하지 않아도 색기를 자아낼 수 있는 의상이다.

소셜 게임의 여름 의상에서 유카타 캐릭터가 지닌 색기를 보면 바로 이해할 수 있었다.

그 유카타를 나나미 씨가…… 입는다고? 시선을 피할 일 없이 편하게 볼 수 있는 유카타를……?

내 결의가 흔들렸다. 힐끔, 나나미 씨를 보니 얼떨결에 눈이 마주쳤다.

"나나미 씨, 어쩌지? 어차피 주말 데이트를 어디로 갈지 정하려던 차였으니 온천도 갈 수 있겠지만, 부모님이 같이 간다는 게……."

"난 좋은데? 오랜만에 온천에 들어가는 것도 좋고, 유카타도 입어보고 싶어. 요신도 입을 거지? 응?"

어쩐지 나나미 씨의 압박이 강하다. 엄마보다 강하다.

그야 온천에 가면 나도 입겠지. 내가 잠자코 고개를 끄덕이자 나나미 씨의 눈이 아주 조금 반짝 빛난 것 같았다. 기분 탓일까? 나나미 씨가 좋다면야 나도 이견은 없지만…….

역시 부모님과 함께라는 부분이 껄끄럽단 말이지…….

"걱정할 필요 없단다."

내 생각을 아는지 엄마가 히죽 웃었다. 나도 처음 보는, 무언가 꿍꿍이가 있는 듯한 표정이었다.

"당연하지만 현지에 도착하면 두 사람은 개별 행동이야. 나도 그이랑 데이트할 거고."

"나랑 그이랑 사야는 셋이서 행동할 예정이니 신경 쓰지 말렴~."

우리 부모님의 마지막 멘트는 듣고 싶지 않았는데.

그보다 보통 이런 이벤트에서 부모님은 막는 입장 아닌가? 저번에 토모코 씨도 그렇고 왜 부모님들이 더 좋아하지? 무서운데.

"진짜 목적은 말이지, 나나미 씨라는 여자친구가 생겼고, 토모코 씨나 겐이치로 씨, 사야 양에게도 신세를 지고 있으니까. 우리는 아무것도 하지 못하는 게 마음이 쓰여서,

보답으로 기획한 작은 여행이란다."

내가 고민하고 있는데, 엄마가 진의를 꺼냈다. 거절하기 힘든 명분이었다. 확실히 모두에게 신세를 지고 있으니…….

뭐, 모처럼 나나미 씨와 멀리 나갈 기회이다. 이럴 때가 아니라면 힘들겠지.

"……알았어. 나나미 씨도 괜찮아?"

"응! 요신이랑 여행이라니, 너무 기대 돼. 시노부 씨, 감사합니다!"

나나미 씨가 기뻐해서 다행이다. 예상치 못한 일이었는데, 잘됐군.

고등학생끼리 1박 여행은 보호자 동반이 아니고서야 보통은 할 수 없고.

"좋아. 두 사람의 숙박 이벤트를 듣고서 나도 뭔가 기획하고 싶었는데, 잘됐네."

"다행이네요, 시노부 씨. 그렇게나 아쉬워하셨는걸요."

"토모코 씨께도 감사해요. 여러분께 보답하고 싶은 마음도 진심이니 여행을 함께 즐겨주세요."

그게 본심인가…… 아니, 엄마니까 양쪽 다 본심이겠지.

나와 나나미 씨의 숙박 이벤트를 자신도 보고 싶다. 그리고 바라토가에 보답도 하고 싶다. 그걸 동시에 하려고 생각한 거겠지. 게다가 토모코 씨까지 등에 업고…… 정말이지 대단한 열정이다…….

"그래서 어디로 가는데? 출발은 언제야?"

이젠 즐길 수밖에 없다. 나는 아무 생각 없이 여행지를 물었다. 이때까지 나는…… 이들을 얕보고 있었다는 걸 깨달았다.

이벤트를 즐기는 데 전력을 다하는 어른의 힘을. 그리고 이벤트를 좋아하는 가족들이 품은 놀이에 대한 열정의 크기를.

"지금 바로."

"……네?"

그 타이밍에 마치 엄마의 말을 기다렸다는 듯이 현관에서 발소리가 들려왔다. 토모코 씨는 즐거운 듯이 웃고 있었고, 엄마는 주먹을 꼭 쥐고 있었다.

"다녀왔어. 오, 시노부 씨 어서 와요. 다들 준비는 됐습니까?"

"다녀왔습니다~. 아, 이제야 말할 수 있네. 말하고 싶은 거 참느라 혼났어."

겐이치로 씨와 사야는 이미 알고 있구나. 당연한 건가? 나와 나나미 씨만 모르고 있었나.

"자, 그럼 바로 출발할까?"

"오~!"

나와 나나미 씨를 제외한 모두가 신이 나서 주먹을 들고 소리를 지르는 모습을…… 나와 나나미 씨는 멍하니 지켜볼 수밖에 없었다.

　결국 우리들의 준비가 필요했기에 바로 출발하지는 않
았다.

　짐 정리 자체는 어느 정도 미리 끝나 있었지만, 세세한
것이 준비되지 않았다. 그리고 우리의 마음의 준비 같은
것도.

「어쩌죠, 제 가족과 여친 가족끼리 숙박 이벤트가 발생
해 버렸어요.」

『그건 결혼 후의 이벤트잖아.』

『잘 모르겠지만 행운을 빌어요.』

　준비하는 중 참지 못한 내가 바론 씨와 피치 씨에게 슬
쩍 말했더니 그런 말이 돌아왔다. 응, 나도 승낙한 뒤에야
깨달았다. 양가 여행이라는 건 아마 그런 이벤트겠지.

　어쩌다 이렇게 된 거지.

　"어쩌다 이렇게 된 거지."

　"왜…… 왜 그래, 요신 군?"

　나도 모르게 그대로 새어 나온 마음의 소리가 운전하고
있던 겐이치로 씨의 귀에 딱 들어갔다. 살짝 당황한 나는
고개를 숙이고 있던 자세를 바로잡았다.

늘 집에 데려다주시는 입장상 겐이치로 씨 옆에 앉아
있는 것엔 거부감이 없지만…… 오늘은 평소보다 더 긴장
됐다.

"아…… 아뇨. 아무것도 아니에요. 이번엔 저희 엄마가
폐를 끼쳤습니다."

일전 바론 씨에게서 어설픈 서프라이즈는 역효과라는
말을 들은 적이 있다. 나는 이번 엄마의 행동으로 인해 그
것을 몸소 경험하고 말았다. 그래서 더 긴장됐다. 뭐, 역효
과인 건 나쁜일지도 모르지만. 어차피 서프라이즈였던 것
도 나와 나나미 씨 한정이었고.

겐이치로 씨는 걱정한 것이 무색할 만큼 조금 과장되게
웃어 보였다.

"아니야, 멀리 나가는 건 오랜만이라 정말 기대되는구
나. 여행을 계획해 준 너희 어머니께는 몇 번을 감사해도
모자랄 정도야."

"참고로 얼마나 전부터 계획한 건가요?"

"네가 우리 집에 머문 다음 날부터인가? 시노부 씨가 평
소의 감사도 겸해서 부탁을 해오셨지. 거듭 사양했는데 결
국 그 끈기에 져버렸어."

그렇게 일찍부터 계획하고 있었다니…… 정보를 조금도
누설하지 않고 함께 지냈다고 생각하니 더욱 놀랍다.

"그건 그렇고 오늘 이동도 그렇고…… 이거 이동하는 시

간도 꽤 길죠? 죄송해요."

"그래? 밤 운전은 나도 예전에 자주 했었어. 밤의 드라이브는 즐겁거든. 예쁜 야경도 볼 수 있고."

겐이치로 씨는 흥얼거리며 운전하고 있었다. 나는 그다지 운전에 흥미는 없는데, 정말 그런가?

레이스 게임은 비교적 좋아하는 편이지만 뭔가 익숙하지 않은 이야기였다. 뭐, 애초에 먼 여정을 가본 적이 거의 없기 때문일 수도 있다.

나는 겐이치로 씨의 말을 듣고 조수석에서 바깥 풍경을 바라보았다.

해가 완전히 지지 않아 은은한 주황빛이 밖을 비추고 있었다. 낮보다 더 눈부시게 느껴지는 것은 햇빛이 직접 눈에 들어오기 때문일까.

계속 쳐다보면 눈에 안 좋겠지만, 일몰을 이렇게 보는 건 처음일지도 모른다. 어쩐지 조금 향수가 느껴지는 것 같은 기분이었다.

이 경치를 나나미 씨와 함께 봤다면…… 하고 생각했지만 지금 이 차에는 없다. 이 차엔 현재 나와 겐이치로 씨…… 그리고…….

"엄마, 과자 먹을래? 아, 형부도 괜찮으면 먹어."

"고, 고마워, 사야."

"사야…… 아빠에겐 없는 거니?"

"당신한테는 내가 먹여줄게요. 자, 아~ 해요."

사야와 토모코 씨도 뒷좌석에 앉아 있다. 지금은 바라토가 안에 나 혼자 남겨진 상태다. 긴장되는 것도 어쩔 수 없다.

나나미 씨는…… 그쪽 차에서 괜찮을까……? 엄마랑 단둘이서…….

"요신 군도 면허를 따면 드라이브를 한 번 해봐. 재밌어서 푹 빠질걸."

"으음, 뭔가 감이 잘 안 와요."

"요즘 젊은이들은 차를 멀리한다던데 그런 건가? 그래도 나나미와 함께 드라이브 데이트 같은 거 하고 싶지 않아? 나는 예전에 빨리 아내를 태우고 운전을 해보고 싶었거든."

"어머, 당신도 참."

토모코 씨의 말이 드물게 수줍은 듯한 울림을 담고 있었다.

드라이브 데이트…… 드라이브 데이트라. 어쩐지 말의 울림은 좋다. 이동할 수 있는 범위도 넓어질 테고. 감은 잘 안 오지만.

나는 잠시 상상해 보았다. 내가 운전하는 차 조수석엔 나나미 씨가 있고, 그녀와 함께 운전을 한다. 행선지는 바다나 산. 그녀가 즐거운 얼굴로 내 옆에서 웃고 있고, 과자를 먹거나 먹여주거나…….

아니, 상상이지만 한눈을 팔면서 운전하고 있다. 이러면 안 되지.

그래도 드라이브가 좋다고 생각하는 기분도 어쩐지 알 것 같았다. 내가 면허를 딸 때까지…… 몇 년 남았지? 우리 고등학교는 면허 취득이 가능했나? 돌아가면 알아볼까?

……갑자기 면허를 따는 것에 긍정적이 되어 있었다. 감이 오지 않는다고 했으면서 나나미 씨가 관련되자 순식간에 마음이 내키는 것은 좋은 건지 나쁜 건지.

"원래였다면 나나미랑 같이 가는 편이 좋았을 텐데 말이야. 괜찮아, 요신 군?"

"아, 네. 괜찮아요. 나나미 씨랑은 도착하면 쭉 함께할 테니까요. 게다가 나나미 씨한테 이야기를 듣고 싶다고 한 건 저희 엄마 쪽이고…….'

나나미 씨는…… 엄마가 운전하는 차에 타고 있다. 엄마가 대화하고 싶다고 했는데…… 무슨 말을 할 생각일까?

이상한 소리를 하는 건 아니겠지? 이미 늦었지만 엄마가 있는 곳에 나나미 씨를 보내도 됐던 걸까? 뭘 물어볼지 그리고 뭘 대답할지…… 굉장히 걱정된다.

무심코 한숨을 내쉰 나를 본 겐이치로 씨가 다시 웃었다. 뒷좌석의 두 사람도 웃고 있다. 내 마음을 아는지 모르는지……. 그런 겐이치로 씨의 웃음소리에 나도 따라 웃고 만다.

"뭐, 중간에 휴식할 때 교대도 할 거니까 그때 같이 이 차를 타면 되지. 그때까지 다 같이 드라이브를 즐기자. 아니면 나나미 옛날이야기라도 할까?"

"듣고 싶긴 한데, 들어도 되는 건가요, 그거?"

"뭐, 지장 없는 범위에서라면. 귀여운 에피소드가 아주 가득하지."

"아, 나도 언니의 귀여운 에피소드 알아."

"그래, 이번 기회에 이것저것 말해 버릴까?"

안 된다고 생각하면서⋯⋯ 여러 사람이 말하는 나나미 씨의 귀여운 에피소드를 들을 수 있다는 사실에 약간 설레는 자신이 있었다.

"시노부 씨, 오늘 묵을 곳은 어떤 곳이에요?"

"노천탕에서 보이는 경치가 아주 근사한 곳이란다. 목욕하면서 보는 야경이 정말 멋질 테니 기대해."

"완전 기대돼요! 가보신 곳인가요?"

"그래, 그이와의 추억이 있는 호텔이지. 거기에 모두를 초대할 수 있어 기쁘구나."

지금 나는 엉뚱하게도 시노부 씨와 단둘이 있는 상태였다.

요신의 어머니와 단둘이라 긴장될 줄 같았는데 그런 일은 없었다. 대화하기 정말 편한 분이다.

처음 만났을 때는 너무 놀라서 이상한 말도 해버렸던 것 같은데…… 그때의 일을 생각하면 조금 더 잘할 수 있지 않았을까 하는 후회가 든다…….

시노부 씨가 운전하는 옆모습을 찬찬히 바라보니 그 진지한 눈빛은 어딘가 요신을 닮아 있었다. 멋진 여성이라는 느낌이야. 요신은 성격 면에서 엄마를 닮았다고 들었지만, 눈매도 비슷하다는 걸 알 수 있었다.

"참고로 전세 가족탕도 있으니 들어가려고 하면 같이 목욕할 수도 있을 거야."

"안 들어갈 건데요?!"

나도 모르게 평소의 말투로 반박을 하고 말았다. 순간적으로 입가를 막았지만, 시노부 씨는 어딘가 기쁜 얼굴로 웃으면서 받아주셨다.

……갑자기 심장에 해로운 발언을 하시는 부분도 요신과 똑 닮았다. 아니, 요신이 시노부 씨를 닮은 건가? 하지만 요신도 이런 말은 하지 않을 것 같은데? 뭔가 혼란스러워지기 시작한다.

하지만 요신과 함께 목욕이라니…… 목욕이라니……?! 가족 목욕이라면 고등학생끼리도 괜찮은 거야?! 아니, 안 되겠지?! 보통은 이럴 때 말리지 않나……?

"농담이야. 아무리 그래도 고등학생끼리 목욕은…… 아직 이르지."

"정말! 시노부 씨!"

새빨갛게 익은 나를 본 시노부 씨가 입꼬리를 끌어올리며 더욱 즐겁다는 듯 웃었다. 놀림을 당했다는 건 알았지만, 쿨한데 이런 귀여운 부분까지 있다는 게 반칙 같았다.

어라? 근데 지금 '아직'이라고 했지? 자…… 장래엔 가능하다는 건가? 그건 언제지……?

나는 요신과 함께 목욕하는 상상을 하고 당황해 버렸다. 시노부 씨의 표정은 은은한 미소를 띠고 있어 속내를 엿볼 수가 없다. 나는 나도 모르게 두 뺨을 눌러 버렸다.

손바닥을 통해 뺨의 열기가 전해진다. 얼굴 엄청 빨개져 있겠지, 지금의 나.

"미안하구나, 나나미 양."

시노부 씨는 그런 내게 아주 상냥하게…… 사과를 건네오셨다. 갑작스러운 사과에 나는 두 뺨을 손으로 누른 채 고개를 갸웃했다. 아까 농담한 것에 대한 사과일까?

하지만 시노부 씨의 사과는 다른 것이었다.

"사실은 요신과 함께 가고 싶었지? 하지만…… 나나미 양과 꼭 하고 싶은 이야기가 있었거든."

"괜찮아요. 거기 도착하면 계속 함께할 수 있고 전화로도 목소리는 들을 수 있으니까요."

그랬지, 참. 대화할 게 있어서 같이 못 간다고 하셨었나? 근데 꼭 하고 싶으신 이야기라는 게 뭘까?

나로서도 요신의 어머니와는 가깝게 지내고 싶었기에 함께 차에서 대화하자는 권유를 받았을 때 거절할 이유가 없었다. 시노부 씨는 언뜻 보면 쿨하지만 귀엽게 느껴지는 분이기도 하고. 남친 어머니께 드릴 말씀은 아닐지도 모르지만.

우리 엄마와는 상당히 다른 타입이다. 그렇기에 더욱, 설마 엄마와 그렇게나 친해지실 줄은 생각지도 못했다.

"그리고 우리 아들 녀석이 미안해. 자는 여자애한테 키스라니, 잠든 틈을 노려서 덮치는 짓을⋯⋯."

시노부 씨는 재차 사과를 해왔다. 나는 전혀 싫지 않았고, 오히려 기뻤을 정도라고 말했는데 어째서일까?

역시 부모의 입장상 사과를 할 수밖에 없는 건가, 그렇게 생각하고 있었는데⋯⋯.

"하여간, 자고 있을 때가 아니라 일어나 있을 때 하면 될걸. 내 아들이지만 정말 쑥맥이라니까."

"그쪽이었어요?!"

사과의 의미가 아까와는 전혀 달랐다. 싫지 않다는 내 말을 들어서 그런 것이겠지만, 그 말에 무심코 웃음이 나왔다. 시노부 씨도 함께 웃고 있었다.

시노부 씨는 거기서 잠시 쉬고는⋯⋯ 화제를 바꾸듯 천

천히 입을 열었다.

"그 애와의 교제는 어떠니? 나나미 양에게 잘 대해주니? 설마 그 애가 여자친구를 만들 거라는 생각은 못 해서 나도 여러모로 혼란스러웠거든…… 초면엔 실례했구나."

조금 전까지의 쿨한 말투와는 다른, 매우 상냥한 음색이었다. 요신을 아끼는 동시에 나까지 함께 생각해주는 것이 전해져서 기뻤다.

"아니에요, 저야말로 그때는……."

거기까지 말하다가 나는 떠올렸다. 나와 시노부 씨의 첫 만남은…… 요신에게 키스당했을 때다. 어라? 시노부 씨 그건 잊었나? 나는 그때 그가 닿았던 볼을 쓸었다.

그 타이밍에 신호등이 빨간색이 되어 차가 멈추었다. 시노부 씨는 시선만 움직여 나를 힐끔 쳐다보시더니 아, 하고 한마디를 중얼거렸다.

"그러고 보니…… 깨어 있을 때 하긴 했었지, 볼이긴 하지만. 그때는 여러모로 혼란스러워서……."

생각나게 해버렸다! 아니, 곤란한 건 아니지만……. 그때 렌탈 여친이라는 말을 들어서 그쪽에 정신이 팔린 나머지…… 다시 생각하니 부끄럽다.

"요신은 말이지…… 초등학생 때까지는 자주 집에 친구들을 데리고 왔단다. 남녀 가리지 않고 사이좋게 지내서 오히려 게임보다는 밖에서 노는 경우가 더 많았지."

"네……?"

하지만 시노부 씨는 그 이야기는 깊이 파고들지 않고 갑자기 요신의 옛날이야기를 시작했다. 분명 그에게서는 들을 수 없을 그의 이야기를.

들어도 괜찮을까 하는 마음과 듣고 싶은 마음이 내 안에서 서로 싸웠지만…… 나는 시노부 씨의 이야기를 막지 못한 채 입을 다물고 말았다.

빨간불이 파란불로 변하며 차가 달리기 시작한다.

"나도 그이도 맞벌이라서 많이 외로웠을 텐데……. 그런데도 그 앤 그런 우리에게 늘 웃으며 친구들과 같이 노니까 괜찮다고 말했지."

실례되는 생각일지도 모르지만, 얼마 전의 요신으로서는 상상도 할 수 없는 모습이었다. 그는 조용해서 반에서의 활동도 참여하지 않고 항상 혼자였으니까. 대화도 나눠본 적 없는 동급생이었다.

그런 것들도 지금 사귀고 있으니까 그땐 그랬구나~ 생각할 수 있지만, 분명 마지막까지 인식도 못 했으리라. 내가 생각해도…… 좀 섬뜩하지만.

"지금과는 전혀 다르지?"

조금 씁쓸한 미소를 지은 시노부 씨에게 나는 아무 말도 하지 못했다. 고개를 끄덕이지도 젓지도 못하고, 그저 잠자코 말을 듣는 것밖에 할 수 있는 것이 없었다.

시노부 씨는 이야기를 이어갔다. 차의 속도가 약간 빨라진 것 같았다. 창밖을 보지 않아서 모르겠지만, 어쩐지 시노부의 표정에서 그런 느낌이 들었다.

"그런데 언제부턴가 갑자기 친구들과 놀지 않게 됐어. 우리가 집에 가면 늘 혼자 있고, 밖에서 놀지도 않고…….집에서 혼자 노는 일이 많아졌지."

"……무슨 일이라도 있었나요?"

"그걸 말을 안 해주는 거야. 학교 선생님에게도 물었지만, 반에서는 평범하게 친구들과 대화하고, 아주 예의 바르고 착하다고 하더라."

어쩐지 이상한 이야기다. 언뜻 보면 아무것도 바뀌지 않은 것 같은데, 그때까지와는 확연히 행동이 달라져 있다니……. 내 안에서 불길한 상상이 부풀어 올랐다.

"설마 왕따라든가……?"

"그것도 의심해 봤는데, 조사해 봐도 그런 건 없었어. 우리가 물어도 아무것도 아니라는 말만 하고."

왕따라 아니라 안심했지만 역시 의문은 남았다. 그와 동시에…… 나는 요신에 대해 아무것도 모르는구나 싶어 조금 섭섭해졌다. 과거의 일이지만 섭섭하게 느껴졌다.

무슨 일이 있었는지 궁금하긴 하지만…… 부모님께도 말하지 않은 것을 나한테 이야기해줄 리가 없나. 뭔가 상처를 받았다면 그걸 치유해주고 싶다는 마음도 들었다.

"그 일로 그이랑 한번 크게 싸운 적도 있어. 혼자가 편하니까 상관하지 말라고."

"어? 요신도 화를 내요? 엄청 의외예요."

"반항기라서 그런 거겠지만, 난 그 싸움에 조금 마음이 놓였단다. 싸우면서 서로 하고 싶은 말을 하는 게 정상이니까."

시노부 씨는 약간 슬픈 어조로, 하지만 어딘가 그리운 기색을 띠며 미소 지었다. 어쩐지 울 것 같은 표정이라 내 가슴까지 아팠다. 시노부 씨는 그런 내 표정을 보고 역시 슬픈 미소를 지었다.

"미안하구나, 어두운 이야기를 해서. 나나미 양에게 고맙다고 말하고 싶었는데, 이야기가 좀 멀리 갔네."

"감사라뇨⋯⋯. 전 아무것도 안 했는데⋯⋯."

아무것도 하지 않았다. 그래, 난 그에게 아무것도 해줄 수 없다. 뭔가 해주고 싶다고는 항상 생각하고 있지만, 그 배 이상을 받고 있으니까.

하지만 시노부 씨는 앞을 본 채로 조용히 고개를 저었다.

"그렇지 않단다. 나나미 양을 만나고 나서는 마치 요신이 활발했던 시절을 보는 것 같았어. 나도 그이도 눈물이 날 정도로 기뻤단다."

옛날의 요신⋯⋯.

잘 생각해 보면 요신의 행동력은 굉장하다. 나를 도와준

적도 있고, 데이트 때 데리러 와 주기도 하고, 키스……도 그렇고…….

"요신의 의지는 존중했지만…… 우리는 아들을 바꿀 순 없었어. 부모로서 한심한 얘기지."

그렇지 않다고 말하고 싶었다. 요신이 그렇게 멋진 사람으로 자란 것은 분명 부모님의 힘도 있었을 것이라고 말하고 싶었다. 감히 내가 말하기엔 건방진 의견이지만…… 그래도 말하고 싶었다.

하지만 말하지 못했다.

시노부 씨의 다음 말을 듣고 나는 말을 잃었다.

"그래서 나나미 양. 고마워, 요신을 선택해 줘서. 네 덕분에 요신은 변한 거란다. 너와 사귈 수 있는 우리 아들은 정말 행운아야."

그 말을 듣고 내 심장이 쿵쾅쿵쾅 뛰었다. 묘하게 땀이 나고, 온몸이 열기를 잃고 차가워졌다. 특히 손가락 끝이 얼음이라도 박힌 것처럼 차가웠다.

아니, 아니에요.

제가 요신을 선택한 게 아니에요. 저는 시키는 대로 그에게 고백했을 뿐이지, 거기 제 의사는 없었어요. 지금이라면 분명 내 의지로 그에게 고백하겠지만…… 그래도 내가 선택한 건…… 아니다.

말하고 싶어도 말할 수 없어서 나는 가슴 앞에서 손을

꽉 잡고 말았다. 그것을 본 시노부 씨는…… 조금 이상하다는 듯 고개를 갸우뚱했다.

나는 천천히, 아주 천천히 호흡했다.

"나나미 양, 괜찮니? 미안하구나, 여행 가는 데 이상한 소릴 해서."

시노부 씨는 나를 걱정해주었다. 그 말을 듣고 나는 더욱 죄스러운 마음이 들었다. 최근 머리에서 의식적으로 지우려고 했던 것이 다시 떠올라 버린다.

죄송해요, 죄송해요. 나는 마음속으로 시노부 씨에게 사과했다.

"괜찮아요. ……저도 요신과 사귄 뒤로 바뀌었거든요. 그러니까…… 감사해야 하는 건 제 쪽이에요."

"그래, 아들이 복이 많네. 여행지에선 둘이 느긋하게 즐기렴."

"감사합니다."

죄송해요. 나는 재차 시노부 씨에게 사과했다. 여기에 없는 요신의 아버지께도 사과드렸다.

다 끝나면…… 다시 사과드릴게요. 거기서 어떻게 되든 전 상관없어요. 그러니 부탁드립니다. 조금만 더, 조금만 더 지금의 관계로 있게 해주세요.

비겁한 나는 마음속으로 누구에게랄 것 없이 빌었다.

그 후 시노부 씨는 운전하면서 요신의 사랑스러운 과거 에피소드를 여럿 알려주셨고…… 자기혐오에 휩싸여 있던 내 마음도 조금씩 평소 상태로 돌아오는 것을 느꼈다.

그것에도 약간 자기혐오가 들었지만, 여행 중에 모두의 즐거운 기분에 찬물을 끼얹고 싶지 않아서 나는 그 마음을 덮어두었다.

차량 이동 시간은 생각했던 것보다 훨씬 빨랐다.

가는 도중 처음 보는 가게에서 저녁을 먹기도 하고, 휴게소도 즐거웠다. 밤의 편의점은 어쩐지 묘하게 기분이 고양되었다. 평소에는 안 하던 일이라서 그런 걸까, 아니면 모두가 있어서 그런 걸까?

북적대며 과자나 음료수 등을 샀다. 외출을 싫어하는 나조차 모두와 함께 이동하는 것도 나쁘지 않다고 느끼고 있었다.

하지만 첫 교대 때 나나미 씨가 약간 기운이 없어 보였던 것이 마음에 걸렸다. 겉으로는 평소의 나나미 씨였지만, 어딘가 평소와 달랐다. 엄마와 무슨 이야기를 했는지 물어보니 내 과거를 이야기했다고 한다.

솔직히 안 들길 바랐다. 바랐지만, 나도 겐이치로 씨 일

행에게서 과거 나나미 씨의 귀여운 이야기를 들었기에 아무 말도 할 수 없었다.

"그쪽도 그런 이야기가 나왔구나?"

"그렇지……. 어떤 이야길 들었어……?"

우리는 서로 견제하듯 확인했지만…… 얼굴을 마주 보고는 곧 웃으며 얼버무렸다.

부모님께 무슨 말을 했냐고 묻고 싶은데 무서워서 못 물어보겠어.

이율배반적인 생각이 가슴에 샘솟았다. 이율배반이 이때 쓰는 말이 맞는지는 모르겠지만.

그 이후로는 대부분 나나미 씨와 함께 있었다. 부모님이 쓸데없는 소리를 하지 않도록 경계하자는 마음도 있었지만, 무엇보다 나나미 씨가 걱정되었다.

기운이 없다고 느낀 건 기분 탓일지도 모르지만, 모처럼의 여행이니 조금이라도 즐겁게 가는 편이 좋을 것 같았다. 나나미 씨의 옆에서 나는 그녀를 안심시키기 위해 손을 잡고 있었다.

살짝 놀림을 받기도 했지만 그래도 놓지 않았다. 그 덕분인지…… 도착할 무렵엔 나나미 씨는 완전히 기운을 회복했다.

"나나미 씨, 괜찮아?"

"응, 정말 괜찮아. 와아, 도착했구나."

"오랜만의 장거리 운전이었지. 아주 멀리서 왔다네*, 하는 느낌이야."

"겐이치로 씨, 그게 뭐예요?"

"아, 요즘 젊은 애들은 잘 모르나……."

차에서 내린 겐이치로 씨는 크게 기지개를 켰고, 나나미 씨는 호텔을 올려다보고 있었다. 비교적 큰 호텔이라 나도 함께 호텔을 올려다봤다.

"저기, 요신……. 이 호텔, 너무 스케일이 크지 않아? 여기 묵은 적 있어?"

"아니, 나도 이렇게 큰 호텔은 처음 와 봐……."

수학여행에서 묵었던 호텔의 몇 배나 되는 걸까. 건물 자체도 고급스럽다. 나도 나나미 씨도 장소를 잘못 찾은 것은 아닐까 하고 주눅 들었다.

"저기, 나 괜찮을까? 드레스 코드 같은 건 없겠지……?"

"그렇게 말하면 나도 평상복인걸……. 노타이라고 거절당하면 어쩌지……?"

지금의 나나미 씨는 조금 넉넉한 실내복 같은 복장에, 나도 평범한 티셔츠에 청바지였다. 이런 훌륭한 호텔과는 어울리지 않는다는 느낌이 들고 만다.

혼란스러운 나머지 노타이라고 해 버렸는데 그건 고급 레스토랑에서나 나오는 이야기다. 호텔과는 전혀 관계가

---

*일본의 유명 가수 키타지마 사부로의 노래 하코다테의 여인 가사 중 일부.

없다.

일단 나와 나나미 씨는 함께 호텔에 들어갔다. 접수도 차분한 분위기로 어딘가 온화한 빛이 주변을 비추고 있다. 주위를 조금 둘러보니 낯익은 사람이 소파에 앉아 있었다. 상대가 우리를 눈치채고는 웃으며 다가왔다.

"그래, 요신. 이동하느라 수고했다. 손까지 잡고, 여전히 사이가 좋은 것 같아 다행이구나."

"아빠?"

정장 차림의 아빠가 우리를 놀리며 웃었다. 얼마 전이었다면 손을 뗐겠지만, 오늘은 손을 놓지 않았다. 그 모습을 아빠는 만족스러운 얼굴로 바라보았다.

"꽤 빨리 왔네. 나중에 합류할 줄 알았는데."

"출장지가 이 근처였거든. 아, 체크인은 이미 끝났어. 이게 방 열쇠다."

아빠는 내게 카드를 건네주었다. 카드키구나. 깜빡하고 놓고 나와서 방에 못 들어가는 뻔한 실수를 조심해야지.

아빠는 내게 카드키를 건네주고는 나나미 씨를 향해 부드럽게 미소 지었다. 나나미 씨는 살짝 몸을 떨었지만 잡은 손에 조금 더 힘을 준다.

"나나미 양도 오랜만이야. 늘 요신이 신세를 지고 있구나. 즐거운 여행 보내도록 해."

"저…… 저야말로 신세를 지고 있습니다! 오늘은 이렇게 멋진 곳에 초대해 주셔서 정말⋯⋯."

나나미 씨는 내게서 손을 떼더니 아빠에게 고개를 숙였다. 아빠는 신경 쓰지 말라며 웃어 보이셨지만 나조차도 진정이 안 되는데 나나미 씨에겐 더 어렵지 않을까.

고개를 들은 뒤에도 나나미 씨는 어딘가 안절부절못하는 것처럼 보였지만, 아빠는 자연스럽게 엄마와 겐이치로 씨 쪽을 향해 갔다. 내 손에는 카드키만 남겨져 있었기에 나는 무심코 그 키를 바라보았다.

"아아⋯⋯ 긴장했다아⋯⋯."

나나미 씨는 후우 하고 숨을 내쉬면서 가슴을 쓸어내렸다. 자세히 보니 볼도 홍조를 띠고 있고 이마에는 약간의 땀까지 맺혀 있었다. 그렇게 긴장한 건가.

"엄마는 의외로 괜찮아 보였는데 아빠한테는 긴장하는구나."

"그야 남자니까. 역시 긴장돼."

"알고는 있었지만⋯⋯. 우리 아빠도 안 되는 건가."

나로 조금은 남자에 익숙해졌을 줄 알았는데, 아직 많은 교류가 없는 사람은 어려운 걸까.

그러나 이유는 그뿐만이 아니었다.

"그⋯⋯ 요신은 아버님을 많이 닮았잖아? 어른이 된 요신은 이런 느낌일까 생각하면 좀 떨려⋯⋯."

굉장히 복잡한 기분이 드는 말을 듣고 말았다. 내가 아빠를 닮았나? 아니, 그보다 나나미 씨가 두근거린다니 좀 복잡한 기분이다.

나는 아빠에게 시선을 보냈다.

지금 아빠는 엄마나 겐이치로 씨 일행과 이야기를 나누고 있었다. 사야와도 무어라 말하며 웃고 있다. 친해지는 속도가 엄청나게 빠르다. 나와는 다르게 굉장히 사교적이고 회사 사람들과의 교류도 많다고 들었다. 귀찮지도 않은 걸까?

중학교 때 아빠와 크게 싸웠던 적이 있다. 물론 내 잘못이었지만, 아빠는 그때도 나를 차분하게 타일렀다.

겉모습만 비슷하지 나와 아빠의 내면은 전혀 닮지 않았다.

맞다, 캠핑을 가보지 않겠느냐고 권유받은 적도 있었다. 결국 귀찮다는 이유로 거절했지만, 왠지 지금이라면 같이 가자고 솔직히 말할 수 있을 것 같았다. 이것도 그녀의 영향인 걸까.

나는 옆에 있는 나나미 씨를 빤히 바라보았다. 그 시선을 받은 그녀가 고개를 갸우뚱한다.

"아빠처럼 멋있게 자라면 좋을 텐데."

내가 자조하듯 중얼거렸다. 하지만 나나미 씨는 그런 내 말을 밝게 웃으며 받아주었다.

"괜찮아. 분명 멋진 어른이 될 거야. 지금도 멋있는걸."

그녀가 약간 아래에서 나를 올려다보며 격려해 주었다.

지금도 멋있다는 말에 뺨이 뜨거워졌다.

나나미 씨는 즐거운 듯이 바라보았다.

무심코 그녀에게서 시선을 떼고 아빠를 바라보았다. 그 시선을 눈치챘는지 아빠도 내게로 시선을 옮겼다.

"밤이 늦었으니까 외출은 어렵지만, 방에서 야경이라도 보렴. 굉장히 예쁠 거야."

듣고 보니 언제까지고 이곳에 있을 수도 없었다. 짐도 놓고 싶으니 방으로 갈까. 나와 나나미 씨는 다시 손을 잡고 걷기 시작했다. 그때…….

"아, 맞다. 방에서 둘 다 이상한 짓 하면 안 된다? 야경까지만이야."

"다, 당연하지!"

아빠가 뱉은 한마디에 나는 걸음을 멈추고 뒤로 넘어갈 뻔했다. 우리를 보던 사람들도 아빠도 이 상황을 즐기고 있는 것인지 다들 웃고 있다.

다들 웃기만 하고 너무해……. 옆을 보니 나나미 씨도 웃고 있었다. 평소에 쓰지 않는 말투를 쓰는 게 재미있다나. 그게 재미있나? 나는 살짝 머리를 감싸 쥐며 나나미 씨와 객실로 이동했다.

사야에게도 가겠냐고 말을 걸었지만 거절당했다.

"아니, 굳이 둘이 야경 보러 가는데 거길 따라오라니, 고문 권유야?"

설마 방에 함께 가는 걸 고문에 비유할 줄은 몰랐다. 아무래도 사야는 엄마를 잘 따르는 것인지 엄마와 즐겁게 이야기하고 있다.

결국 나와 나나미 씨는 둘이서 방으로 이동했다. 객실 번호는…… 1031인가. 꽤 높은 곳이다.

엘리베이터를 타고 층 버튼을 눌렀다. 금세 엘리베이터가 움직이며 내 몸이 특유의 부유감에 휩싸였다.

……왠지 평범하게 이동하는 것뿐인데 묘하게 두근거린다. 왜지? 왜 이렇게 심장이 빨리 뛰는 거지?

옆에 선 나나미 씨도 마찬가지인지 엘리베이터를 탄 직후부터 완전히 입을 꾹 다물고 있다. 약간 고개를 숙인 채로, 두 뺨은 발갛게 물들어 있었다.

나나미 씨에게 말을 걸려고 하는데 왜 그런지 목소리가 나오지 않는다. 입안이 너무 건조하고 바싹 마른 것처럼 이상한 쇳소리가 나왔다.

마치 영원히 이 안에 있는 게 아닐까 하는 착각이 들 정도로 엘리베이터의 이동은 길게 느껴졌고…… 이윽고 목적한 층에 도착했음을 알리는 소리가 울려 퍼졌다.

그 소리가 난 순간 나도 나나미 씨도 몸을 흠칫 떨었다.

심장이 아프고, 몸이 떨리고, 손에서는 땀이 났다. 나나미 씨가 불쾌하지 않을까? 힐끗 옆을 보니 나나미 씨도 닫힌 엘리베이터 문을 똑바로 바라보고 있다.

그리고 틈에서 빛이 들어오며 문이 천천히 열렸다.

엘리베이터를 벗어나자 복도에 깔린 융단의 감촉이 신발 너머로 느껴졌다. 엘리베이터에서 한 걸음 나와 문이 닫힐 때까지…… 나도 나나미 씨도 움직이지 못했다.

간신히 움직인 것은 엘리베이터가 이동한 소리를 듣고 난 뒤였다.

"……가, 갈까."

말이 잘 안 나와서 목소리가 뒤집혔다. 나나미 씨는 내 말에 조용히, 천천히 고개를 끄덕였다.

함께 걷는다……. 그것이 굉장히 어려운 행동처럼 느껴졌다. 어느새 나나미 씨가 내 팔에 자신의 팔을 감쌌다. 밀착된 부분에서 그녀의 심장 소리가 들리는 것만 같다.

그때야 나는 내가 왜 이러는 것인지 깨달을 수 있었다.

단둘이 호텔 객실로 향하는 비일상적 상황에 긴장한 것이다.

호텔에서라는 걸 무의식중에 그것을 의식해버린 거겠지.

아빠가 쓸데없는 말을 한 탓이다.

나나미 씨도 마찬가지인지 방이 가까워질수록 걸음이 느려지는 것 같았다.

젠장, 이게 다 아빠 때문이야! 다음에 다시 싸워야 하나? 싸우는 건가? 잠깐 샘솟던 아빠를 향한 존경심이 싹 다 날아가 버렸다.

한 걸음, 한 걸음 천천히 나아가며…… 마치 긴 여정을 여행해 온 것처럼 나와 나나미 씨는 방 앞에 도착했다.

둘이 동시에 꿀꺽 침을 삼키는 소리가 났다. 내가 천천히 카드키를 갖다 대자 기계음이 난 뒤 문이 열리는 소리가 났다.

우리는 그저 방에 왔을 뿐이다. 뭔가 할 생각은 없다. 할수 있을 리도 없다. 그런데 왜 이렇게 두근거리지? 대화다운 대화가 되지 않고 있었다.

우리는 함께…… 방으로 들어갔다.

이게 평범한 방인지 아닌지는 다른 호텔을 잘 몰라서 모르겠지만, 방에는 침대가 두 개 있고 안쪽에 다다미가 놓인 자리에는 이불이 하나 깔려 있었다. 합계 3개…… 라는건 여기가 우리 방이 되는 걸까?

나와 나나미 씨는 그 객실 내부를 보고 거의 같은 타이밍에 큰 한숨을 내쉬었다. 그게 좀 우스워서 둘이 얼굴을 마주 보고 웃었다.

방 안을 둘러보니 서서히 긴장이 풀렸다.

"……멋진 방이다. 뭔가 차분하고 불빛도 너무 밝지 않아서 좋아."

"그러게. 안쪽 창문으로 야경이 보이는 것 같은데? 여기서도 알 수 있을 만큼 예쁘다."

간신히 우리는 평소의 대화가 가능한 수준으로 진정을

되찾았다. 짧은 시간이지만 대화다운 대화가 되지 않았다. 이상하게 의식해서.

"창문으로 가까이 가 볼까?"

"그러자. 어떤 경치일까?"

적당한 곳에 짐을 두고 나와 나나미 씨는 함께 창문으로 다가갔다. 창문은 약간의 단차가 있는 다다미가 깔린 위치에 있었기에 우리는 신발을 벗고 창가까지 다가갔다.

그리고 깔려 있던 이불 안쪽에 있는 창문 옆에 걸터앉아…… 창문을 통해 밖을 내다보았다.

"와아……."

저도 모르게 둘이서 감탄을 흘렸다.

TV에서나 보던 눈 부신 불빛들이 아찔하게 빛나고 있었다. 정박한 배와 물에 반사되는 불빛, 벽돌로 지은 건물을 비추는 불빛, 길을 가는 자동차의 불빛……. 수많은 빛이 눈에 들어왔다.

두 사람 다 말없이 그 야경을 눈에 담았다. 어둑한 실내 조명 탓에 창밖의 빛이 더욱 강렬하고 아름답게 느껴졌다.

창밖의 빛이 우리를 비추었다. 나는 시선을 나나미 씨에게로 옮겼다.

그녀의 들뜬 표정에 야경이 비쳐 너무나도 아름다웠다. 내 시선을 눈치챈 그녀가 이쪽으로 시선을 돌리더니 미소 지었다. 나도 그녀에게 미소로 화답했다.

문득 거기서 그녀의 표정이 아주 살짝 어두워졌다. 아니, 초조한 표정인가.

나나미 씨는 창밖을 보면서도 금세 뒤를 힐끔거리며 신경 쓰고 있었다.

뭘 신경 쓰는 거지? 나도 뒤를 돌아보았다.

"……."

바닥에 이불이 깔려 있었다.

황급히 창밖으로 시선을 돌렸지만, 한 번 의식하고 나니 신경 쓰여서 계속 시선이 돌아갔다.

나나미 씨가 내게 조금씩 다가오더니 이윽고 창밖을 내다보며 내 어깨에 몸을 기댔다. 그녀의 무게감이 기분 좋게 느껴졌다. 물론 가볍지만.

조금 지나자 그녀가 힐끔거리는 시선의 방향을 내 쪽으로 향했다. 나도 야경보다 그녀에게 시선이 끌리기 시작했다.

그리고 우리는 야경이 아니라 서로를 계속 쳐다보았다.

그녀와의 거리가 사라진 것만 같은 착각이 들었다. 아니, 정말로 가까워진 걸까?

촉촉한 눈빛, 붉게 물든 뺨, 이렇게나 거리가 가까운 데도 나는 조금 전까지 긴장했던 것이 거짓말처럼 실로 편안했다. 그리고…….

갑자기 방 입구 쪽에서 큰 소리가 났다.

화들짝 놀란 나와 나나미 씨는 몸을 흠칫 떨며 그쪽을

바라보았다. 가족들 모두와 시선이 교차했다.

큰 소리는 스마트폰 소리 같았다. 엄마가 아빠에게 원망의 눈초리를 보내고 있었다.

나와 나나미 씨는 그대로 굳어서 그들을 바라보았다. 엄마는 분위기를 바꾸듯 작게 헛기침을 했다. 그리고 평소의 냉정한 어조로 우리에게 고했다.

"계속해."

"계속할 수 있겠냐고오!"

나나미 씨의 귀를 두 손으로 막으면서, 나는 온 힘을 다해 소리쳤다.

창밖에서 새소리가 작게 들려왔다.

집에서는 들을 일이 없는 새소리…… 약간 고양이 울음소리같기도 했다. 이게 괭이갈매기라는 녀석인가?

나는 그 소리를 듣고 위화감을 느껴 눈을 떴다. 아무래도 어느새 잠든 것 같았다.

"후아암……."

누운 채로 나는 기지개를 켰다. 평소보다 잠자리가 후끈후끈해서 기분 좋게 잔 것 같은데……. 음…… 내가 어젯밤에 뭘 했더라……?

잠이 덜 깬 머리로 나는 어젯밤 일을 어렴풋이 떠올렸다. 음…… 분명…….

아, 맞다. 나나미 씨랑 야경을 보고 있었더니 다들 방에 와 있었지. 정말이지 엿보는 걸 좋아하는 사람들이야…….

카드키는 사실 두 개였다.

나 혼자 멋대로 방에 아무도 들어올 수 없다고 생각하고는 나나미 씨와 창가에서 좋은 분위기를 냈다.

딱히 뭔가 할 생각은 아니었지만…… 자연스럽게 그리 되었다.

하지만 모두와 시선이 마주친 마당에 계속할 수도 없고…….

그 후엔 다 같이 서둘러 온천에 들어갔다가 방에 돌아와 침대에 누웠다.

그냥 누워만 있을 생각이었는데 어느새 잠들어 버린 모양이다. 여행길이 생각보다 피곤했나?

……스마트폰을 어디 뒀더라?

나는 잠이 덜 깬 채로 주위도 보지 않고 손을 뻗어 스마트폰을 찾았다. 그러자 부드러운 무언가가 내 손바닥에 잡혔다. ……뭐지?

나는 나도 모르게 반사적으로 그 손바닥을 움직였다.

"으응…… 앙……."

……네?

부드러운 감촉과 함께 살짝 날카로운 목소리가 내 귀에 닿았다. 부드럽고…… 계속 만지고 싶은 감촉…….

……설마?!

그 약속의 전개인가 싶어 눈이 단숨에 뜨였다. 곧바로 사고가 명료해진 나는 자리에서 상반신을 벌떡 일으켰다.

내가 손끝에는 나나미 씨가 누워있었다. 설마설마하면서도, 조심스레 시선을 옮기자 내 손이 그녀를 만지고 있었다.

바로 그녀의 배를.

"아아…… 기겁했네……."

나는 안도하면서도 동시에 아쉬움을 느꼈다. 아니, 다행인 거지. 잠결에 만진다니, 너무 뻔하잖아.

근데…… 왜 나나미 씨가 여기 누워있는 거지?

내 자세를 다시 살펴보니 나는 수직으로 누워있었다.

나나미 씨도 같은 자세로 누워있었고 호텔 유카타가 조금 흐트러져 있었다. 생각보다 넓어서 이 자세로도 잘 수 있었나 보다. 이불은 몸에서 흘러내린 채였다.

"음…… 어라, 요신 좋은 아침……. 둘 다 잠들어 버렸나 보네……."

나나미 씨는 얼굴만 살짝 들어 내게 시선을 보냈다. 반쯤 뜬 눈에 아직도 졸음기가 가득했지만, 그 시선이 자신의 배로 옮겨지자 그녀가 움직임을 딱 멈췄다.

그녀의 배에 닿아 있는 내 손에 시선이 박힌다. 아뿔싸, 손 떼는 거 잊었다.

"……좋은 아침, 나나미 씨."

"으냐하아아악?!"

나나미 씨가 말 그대로 튕기듯이 일어났고 그 충격으로 내 손은 그녀에게서 떨어졌다. 손바닥에 따뜻한 감촉이 사라져서 조금 아쉽지만, 이건 어쩔 수 없다. 계속 만지고 있었던 내 잘못이다.

"왜 배를 만지는 거야?! 여자애의 배는 불가침 영역이라고?!"

"아, 아니, 미안. 저기…… 스마트폰을 찾으려고 손을 뻗었는데 거기 우연히……."

"으윽……! 그렇다면 차라리 가슴을 만지는 편이 나았을 텐데…… 하필이면 왜 배를……!"

어어?!

가슴보다 배를 만지는 게 더 싫은 건가?! 아침부터 쏟아지는 정보를 다 처리할 수가 없다.

나는 재차 나나미 씨에게 사과했지만, 대답은 없었다. 살짝 초조해질 때쯤 나나미 씨가 작게 무언가를 중얼거렸다.

"응?"

"……어땠어?"

어, 어땠냐고? 감상을 말해야 해, 이거? 나는 대답을 망설였다. 괜히 거짓말을 했다간 삐칠지도 모르고…….

"부드럽고 좋은 감촉이었습니다."

"으아아아앙! 바보야아아아!"

틀렸다! 이게 답이 아니었어!

나나미 씨는 새빨개진 채 어느새 손에 쥐고 있던 베개로 나를 펑펑 때려댔다. 나는 일단 저항하지 않고 그녀의 공격을 받아들였다.

"미안, 미안, 미안! 하지만 저기, 나나미 씨도 전에 내 배 만진 적 있으니까, 이제 없었던 일로……."

"으우……. 살이 좀 찐 것 같아서 만지게 하고 싶지 않았는데…… 않았는데에……."

나나미 씨는 베개 휘두르기를 멈추지 않았다. 그렇지만 전혀 아프지 않다. 오히려 장난을 치는 느낌이라 즐거울 정도다.

살이…… 쪘나? 전혀 안 그래 보이는데? 오히려 말랐잖아. 내가 위로하려고 했을 때…… 나나미 씨가 베개를 옆으로 던졌다. 그리고…….

"좋아, 요신의 배를 만져야겠어."

"왜 그렇게 되는데?! 지난번에 만졌잖아!"

"그건 기억도 잘 안 나!"

베개를 던진 나나미 씨는 무릎으로 선 채 양손을 꾸물꾸물 괴상한 생명체처럼 움직이며 서서히 내게로 다가왔다.

솔직히 나나미 씨가 날 밀어붙인다고 해도 여유롭게 밀쳐낼 수 있었다. 힘은 내 쪽이 위니까.

하지만 막자는 의지가 전혀 샘솟지 않았다. 응, 이유야 뻔하지.

"으음…… 둘 다 시끄러워……."

"어머, 일어났니……?"

나와 나나미 씨가 침대에서 장난을 치고 있는데, 뒤에서 목소리가 들려왔다. 그랬다, 이 방의 침대는 둘이었다. 잠깐…… 침대에서 두 명의 목소리가 들리지 않았나, 지금?

목만 움직여 옆 침대를 보자 엄마와…… 사야가 한 침대에 누워 있었다. 잠깐, 왜 저렇게 된 거야? 나나미 씨도 두 사람을 보고 움직임을 딱 멈췄다.

"정말이지 아침부터 시시덕시시덕……. 둘 다 한창이구나. 후아암……."

"자, 다들 일어났으면 아침 식사를 하러 갈까? 여기 뷔페 맛있단다."

하품을 하며 두 사람이 몸을 일으켰다. 그 모습을 나와 나나미 씨는 멍하니 지켜볼 뿐이었다. 한쪽은 자신의 여동생을, 한쪽은 자신의 엄마를.

"의기투합이라는 거지."

"어젠 시노부 씨랑 수다 떨었거든."

동시에 주먹을 쭉 내민 두 사람이 내 의문에 답해주었다. 하지만 난 딱히 추궁할 마음이 들지 않았다…….

그녀의 여동생과 우리 엄마가 함께 잠들었다. 그 이유를 묻기가 두렵다.

"왜 같이 잤냐면……."

"설명 안 해도 돼!"

엄마의 말을 가로막은 난 침대에서 미끄러지듯 내려갔다. 커튼 틈으로 들어오는 빛이 오늘의 날씨가 화창하다는 것을 알리고 있었다.

음, 기분을 좀 전환할까.

……자세히 보니 안쪽 이불 위에서 아빠가 자고 있었다. 와아, 우리가 침대를 차지해서 그런가? 버릇없는 짓을 해 버렸네…….

"걱정 안 해도 돼. 그이가 다다미에 깔린 이불 쪽이 더 마음에 든다면서 자기가 먼저 자겠다고 한 거니까."

아, 그렇습니까. 왜 아까부터 내 생각을 아는 거지? 라는 의문은 이 말도 안 되는 혼돈의 상황에 비하면 아주 사소한 것이었다.

혼돈에 가득 찬 아침을 끝내고 우리는 겨우 단둘이 되었다.

아침부터 상당히 피곤한 느낌이었지만 둘이 함께 있으니 그런 피로도 어디론가 날아가는 것 같다. 사람 마음이란 이기적이구나.

참고로 토모코 씨는 겐이치로 씨와, 우리 부모님은 사야와 함께 놀러 갔다. 각자 가보고 싶은 곳이 있다고 했다.

사야는 엄마를 잘 따랐고, 엄마는 딸이 생긴 것 같다며 한껏 들뜨셨다. 참고로 그걸 나나미 씨가 아주 살짝 질투한 건 비밀이다.

여기 오기 전에 엄마는 아빠와 데이트를 한다고 했지만, 출장 중이나 다른 날에 얼마든지 할 수 있으니 이번 여행에선 사야와 함께 보내기로 했다. 사야도 자신의 부모님께 둘만의 시간을 주고 싶은 마음도 있었다고 한다.

엄마와 사야의 의도가 맞아떨어진 셈이다. 뭐랄까, 아빠랑 엄마…… 밖에서 만났구나. 전혀 몰랐네. 사이가 좋구나 싶어 다소 어이없어했지만…….

"출장지에서 만날 거니까 오라고 불러도 네가 매번 거절했잖아?"

아빠한테 타박을 들었다. 그렇습니다. 데리러 온다고 해도 귀찮았고, 게임 이벤트를 돌아야 한다는 이유로 거절해왔다. 인간이란 자신에게 불리한 일은 금세 잊는 법이구나.

뭐, 부모님 쪽 일은 놔두자. 지금은 나나미 씨와 함께 시간을 보내야지.

"단둘이네."

"그러게."

나나미 씨는 어딘가 감회가 새로운 얼굴로 음미하듯 중얼거렸다. 우리는 지금 호텔 근처에 있는 베이 에어리어에 와 있었다. 오늘의 나나미 씨는 바다가 가까워서 그런 것인지 머리를 세 가닥으로 얌전히 땋은 채 어깨 위로 늘어뜨리고 있었다.

얇은 셔츠에 미니스커트를 조합하여 움직이기 편한 차림에 작은 가방. 나도 티셔츠에 치노팬츠…… 완전한 평상복이다. 멋에 관심이 없는 내가 말하는 것도 좀 그렇지만, 둘 다 데이트라고 하기엔 좀 아쉬운 복장이었다.

사실 이런 차림인 건 이유가 있다. 어제 나나미 씨와 차 안에서 이야기를 나누던 중 재미있는 장소를 발견했다. 우리는 지금 둘이서 그곳에 가고 있다.

"뭔가 두근거리네."

"이제 와서 말하긴 그렇지만…… 난 안 해도 되지 않을까?"

"안 돼! 같이 해준다고 했잖아!"

네, 말했습니다.

그런 짧은 대화를 주고받으며 우리는 목적지를 향해 천천히 함께 걸었다. 서두르지 않고 느긋하게…… 날씨도 좋아서 그냥 걷는 것만으로도 기분이 좋아졌다.

그나저나 어제 뭔가 흥이 올라 승낙했는데, 사실 이런 건 나나미 씨가 좋아할 일이지.

목적지에 도착했다. 생각보다 가까웠다.

"와아, 멋있다……!"

복고풍의 분위기가 물씬 풍기는 벽돌 건물이었다. 이 근방은 벽돌 건물이 많은데, 이곳은 분위기가 좀 달랐다. 나나미 씨는 그 건물을 보며 기대로 눈을 반짝반짝 빛냈다. 정확히 말하면 건물 안에 있을 무언가를 기대하고 있다.

우리는 건물로 들어가 그대로 2층으로 향했다. 계단을 오르자 색색의 화려한 옷들이 눈에 들어왔다. 정말 다양한 의상이 놓여 있었다.

이곳은 흔히 말하는 의상 대여점이다.

기모노나 후리소데, 다이쇼 풍의 하카마, 신센구미*의상이나 칼, 그리고 서양 드레스도 있었다.

가게 안에는 이미 옷을 차려입은 사람이 여럿 있었다. 다들 즐거워 보였다. 여자 손님만 있을 줄 알았는데 남자 손님도 보였다. 좀 의외네.

---

*에도 시대 말기에 조직된 일본의 무사 조직.

"그럼 요신, 기대해!"

"그래~."

"요신도 제대로 골라야 해."

내게 단단히 일러둔 뒤 나나미 씨는 의상을 고르러 갔다. 서로 차려입고서 보여주자는 이유로 각자 의상을 고르기로 했다.

뭐가 좋을까? 나나미 씨 옆에 서도 부끄럽지 않을 옷을 고르는 게 무난하겠지. 신센구미는…… 데이트에는 안 어울리고.

잠깐 칼을 허리에 차는 상상을 해봤지만, 이번에는 참기로 하자. 어디까지나 메인은 나나미 씨니까.

나는 무난한 연그레이색의 기모노를 골랐다. 나나미 씨는 하카마를 고른다고 했으니 이러면 위화감은 없겠지. 옷입기는 순식간에 끝났고, 잔뜩 들뜬 얼굴의 나나미 씨가 내가 있는 곳을 향해 달려왔다.

하카마 차림의 나나미 씨가.

"와! 요신, 기모노 잘 어울린다, 멋있어!"

나나미 씨는 내 앞에 오자마자 나를 칭찬했다. 내가 먼저 하고 싶었는데. 나나미 씨도 잘 어울려.

내게 다가오는 나나미 씨가 너무 예뻐서 말이 나오지를 않았다. 이제 좀 익숙해지고 싶은데…… 평생 익숙해지지 않을 것 같다.

나는 새삼 나나미 씨를 자세히 관찰했다.

아래는 남색 하카마에 연한 분홍색 가죽 문양이 그려져 있다. 위쪽은 밝은 녹색이 그러데이션 된 후리소데로 꽃무늬가 들어가 있다. 이건 매화꽃인가? 그리고 여기 왔을 때와 마찬가지로 그녀는 예쁜 머리를 세 가닥으로 땋아 몸 앞으로 늘어뜨리고 있었다.

"……나나미 씨도 정말 잘 어울려."

간신히 나온 내 말에 나나미 씨는 만개한 꽃처럼 환한 미소를 지으며 두 손을 든 채 빙글빙글 돌았다. 움직임에 맞춰 흔들리는 땋은 머리와 귀여운 몸짓에 절로 미소가 지어졌다.

머리모양은 이 옷을 입을 걸 미리 내다보고 땋아 온 걸까……? 꽃장식도 잘 어울린다.

"그리고 또 하나…… 바로 이거야!"

어느새 나나미 씨는 손에 하나의 아이템을 들고 있었다. 바로 안경이었다. 가방에서 꺼낸 건가?

프레임이 안 보일 만큼 가는 은테 안경이었다. 렌즈가 완전히 동그랬다. 처음 보는 안경인데? 나나미 씨는 안경이 몇 개나 있는 거지?

그녀는 천천히 그것을 걸치고 나를 보며 고개를 갸웃했다.

"어때?"

"최고야."

정말 최고다. 솔직히 나한테 안경 속성은 없는데, 이건 정말 좋았다. 안경과 기모노가 이렇게 잘 어우러질 줄이야. 나중에 사진 찍어둬야지.

그녀는 그 자리에서 마치 내게 온몸을 보여주려는 듯이 춤추는 것처럼 빙글빙글 돌았다. 어찌나 예쁜지 주위 사람들까지 넋을 놓고 보는 것 같았다.

나나미 씨에게 살며시 손을 내밀자 그녀는 딱 멈추더니 웃는 얼굴로 내 손을 맞잡았다. 옷차림 때문일까? 귀한 집안의 아가씨를 에스코트하는 것 같은 긴장감이 내 안에 생겨났다.

그만큼 지금의 나나미 씨는 예뻤다.

나만 그런 건 아닌지, 그녀와 함께 거리를 걷자 행인들이 되돌아보는 것이 느껴졌다. 특히 남자들이 나나미 씨를 따라 시선을 움직였다.

나나미 씨에게 한눈을 판 탓에 여친에게 혼나는 남자도 있었다.

나도 나나미 씨와 있을 땐 다른 사람에게 눈길을 주지 않도록 조심해야겠다……. 아니, 그럴 일은 없다. 옆에서 즐거운 얼굴로 수다를 떠는 그녀를 보며 누군가에게 눈길이 갈 인간은 없을 것이다. 절대로 없다고 단언할 수 있다.

그녀와 손을 잡고 함께 걷는 것만으로 세계도 찬란하게 느껴졌다.

그때 문득 그들의 목소리가 들려왔다. 나나미 씨를 향한 칭찬과 나를 향한 의문의 목소리였다. 대놓고 말한 건 아니고, 나나미 씨 옆에 있는 나를 보고 "엥?" 하고 중얼거리는 정도였다.

만화 같은 데서 자주 봤는데, 정말 이런 일이 있구나. 뭐, 어쩔 수 없지만.

근데 뭘까? 평소였으면 역시 나는 어울리지 않는다는 비관적인 생각을 했을 텐데, 오늘은 전혀 그런 생각이 들지 않았다.

오히려 나나미 씨를 향한 칭찬의 목소리가 너무 기뻤다. 그녀 옆에 선 자신이 당당해야한다는 생각에 가슴을 폈다. 한심한 모습 보이지 마라. 당당해라. 그런 마음이 생겨났다.

지금이라면 뭐든 할 수 있을 것 같다. 기분 탓이지만.

"왜 그래, 요신?"

"음…… 나나미 씨와 이렇게 아름다운 경치를 보면서 산책할 수 있어서 행복하다는 생각."

"뭐야. 내가 예뻐서 넋이 나간 줄 알았더니. 요신은 경치가 더 아름답다고 생각한 거야?"

"무슨 소리야. 당연히 나나미 씨가 더 예쁘지. 주변 사람들도 다 나나미 씨를 보고 있잖아."

놀란 나나미 씨가 얼굴을 붉히며 내 등을 퍽퍽 두드렸다.

조금 아프다. 그보다 이런 걸로 얼굴을 붉힐 거면 처음부터 도발하지 말자…….

뭐, 무리인가. 아무리 나라도 그 부분은 이미 이해했다.

"으……. 주위 사람들은 요신을 보는 거 아니야?"

"그건 아니야. 나나미 씨를 보고 있는 게 맞아."

내 확신에 찬 어조에 나나미 씨는 붉어진 얼굴을 가렸다. 그 모습도 더할 나위 없이 사랑스러웠지만, 나나미 씨가 즐기지 못하면 의미가 없다. 쓸데없는 말을 해버렸나?

어떻게 할까 하고 시선을 돌리는데…… 마침 근처에 적당한 게 보였다. 주위의 시선을 신경 쓸 필요도 없고, 지금 모습과도 아주 잘 어울리는 것이.

"나나미 씨, 저거 타볼래?"

그러자 얼굴을 가리고 있던 나나미 씨도 내가 가리킨 곳으로 시선을 향했다. 나나미 씨는 신기하다는 듯 고개를 갸우뚱했다.

"인력거? 인력거가 정말 있구나."

그래, 인력거다. 솔직히 말하자면 이름이 안 떠올랐는데, 역시 나나미 씨다. 나보다 근육이 다부진 건장한 사내가 핫피를 입고 가장자리에 서 있었다. 그는 내 시선을 알아차리고는 그 얼굴에 싱그러운 미소를 지어 보였다.

"거기 두 분. 추억 삼아 어때요? 딱 두 명이 탈 수 있어요."

가까이 가자 그렇게 말을 걸어온다. 마침 우리가 나눈

대화는 듣지 못한 것 같았기에 나도 나나미 씨도 무심코 얼굴을 마주 보았다. 직원은 그런 우리를 조금 신기하다는 얼굴로 바라본다.

"부탁드립니다."

"네. 원하는 장소가 있나요?"

나도 나나미 씨도 이 근방은 잘 모른다. 애초에 나나미 씨에게 쏠리는 시선을 피하려고 인력거를 선택했기에 코스는 맡기기로 했다.

인력거에 앉아보니 생각보다 편안했다. 나나미 씨가 가까이에 딱 달라붙어 앉았다.

"그럼 갑니다."

구호와 함께 인력거가 덜컹, 하고 움직인다. 눈높이가 한층 높아지며 경치가 달라졌다. 키가 큰 사람…… 선배 같은 사람이 보는 경치는 이런 느낌일까? 옆에 있던 나나미 씨가 작게 비명을 지르며 내 손을 잡았다.

그녀를 안심시키고자 손에 힘을 주자 나나미 씨는 안심한 얼굴로 나와 한번 시선을 맞추더니 이내 풍경으로 시선을 옮겼다.

스스로 움직이지도 않는데 바람을 맞으며 나아가는 것은 굉장히 신기한 체험이었다. 자전거를 타는 것과 약간 비슷하지만 조금 다른 감각.

공중에 떠 있는데 좌석 덕분에 몸은 단단히 고정되어

있다. 차와 비슷하지만, 놀이공원의 롤러코스터와 더 가까운 느낌이려나.

차 좌석보다 높은 시점에서 바라보는 경치가 수평을 따라 천천히 뒤로 흘러갔다. 햇볕의 따스함도 딱 적당하고 바람도 잔잔해서 무척 상쾌했다.

옆에 있는 나나미 씨도 처음엔 작게 비명을 질렀지만 익숙해지자 주위의 경치를 감상하거나 나를 보고 즐거운 듯이 이야기할 정도의 여유가 생겼다.

사람이 적은 길을 고르는지 소음도 적었다. 언덕길 위에서 배가 움직이는 바다가 보여서 약간 배를 타보고 싶은 기분도 들었다. 어디로 가는 배일까?

인력거를 끄는 남자 직원은 가는 곳마다 건물의 역사와 문화를 설명해주며 달려갔다. 복고풍 거리, 일본과 서양이 융합된 건물, 수업에서는 배울 수 없는 이야기에 나도 나나미 씨도 눈을 빛냈다. 이것이 여행의 묘미라는 걸까.

인력거는 가끔 멈춰서서 거리를 배경으로 우리 둘의 사진을 찍어주었다. 서비스인지 정말 좋은 추억이 되었다. 사진을 보니 과거로 시간 여행을 간 것 같은 느낌이었다. 아니, 잘은 모르니까 그런 분위기가 느껴진다는 것뿐이지만.

……아빠와 엄마의 권유를 매번 거절만 하고, 죄송한 짓을 했네. 외출을 귀찮아하던 내가 이렇게나 즐길 수 있을 거라고는 생각도 못 했다. 앞으로는 엄마 아빠의 권유도

응해볼까?

나나미 씨는 내게 딱 달라붙어 경치를 보거나 사진을 보면서 콧노래를 흥얼댔다. 상당히 기분이 좋아 보였다.

"일본 옷을 입고 인력거라니, 뭔가 귀한 집안의 아가씨 같지 않아?"

"아가씨라……. 그럼 아가씨, 인력거에서 내리면 어디로 모실까요?"

"난 개의치 않는다, 개의치 말도록 하여라~."

"그건 좀 다르지 않아?"

나답지 않게 꽤 능청스러운 대화까지 해버렸다. 그런 즐거운 시간은 눈 깜짝할 새였다. 여러 골목을 돌며 주변을 빙글빙글 돌던 인력거가 제자리로 돌아왔다. 직원은 꽤 시간을 서비스해준 것인지 돌면서 많은 곳에 대해 알려주었다. 나중에 다시 가 봐도 좋을 것 같다.

그대로 인력거에서 내리는데…… 나는 잠시 거기서 장난기가 발동했다.

"아가씨, 손을."

나나미 씨는 눈을 동그랗게 뜨고 놀랐지만, 그 후 곧바로 부드럽게 미소 지으며 내 손을 잡았다. 그 미소가 정말로 아가씨 같아서 나는 불시에 심장이 쿵 내려앉았다. 좀 더 당황한 미소를 상상했는데, 오히려 당한 기분이다…….

"고마워."

기분 탓인지 말하는 방식도 지금까지와는 확 달라진 것 같았다. 어딘가 윤기가 흐르는, 하지만 차분하고 편안한 목소리에 나도 모르게 얼굴이 붉어졌다.

내 손을 잡고 인력거에서 내린 그녀가 안경 너머로 나를 힐끗 올려다보며 혀를 쏙 내밀었다.

"두근거렸어?"

그 장난스러운 말과 미소에 나는 쓴웃음을 짓고 말았다. 평소였다면 그녀가 먼저 하고 내가 받아주는…… 그런 흐름인데 완전히 역전되고 말았네.

직원에게 고맙다는 인사를 하고 떠나려는데 그는 우리에게 서비스를 하나 더 해주었다.

"괜찮으시면 사용해주세요."

바로 음식점 할인권이었다. 우리는 그것을 받아들고 재차 감사의 말을 전한 뒤 그 자리를 떠났다. 직원은 우리에게 깊이 고개를 숙여 보였다.

더욱 놀랐던 것은, 좋은 사람이었다며 나나미 씨와 얘기하는 와중 힐끔 뒤를 돌아보니 직원이 그때까지도 고개를 숙인 채로 있었다는 점이다. 그것은 우리에게 그가 더 이상 보이지 않을 때까지 계속 이어졌다. 훨씬 나이가 많은 사람이었음에도 일의 태도에서 존경심을 느꼈다. 저런 것을 프로 의식이라고 하는 걸까.

"굉장하네. 옷을 입혀준 사람도 그렇지만…… 다들 프

로네."

나나미 씨도 그 모습에 감탄하며 중얼거렸다. 나나미 씨의 꿈은 교사였으니 이런 어른들의 직업을 보고 무언가 생각하는 바가 있을지도 모르겠다. 한편 나는…… 어떨까?

이미 장래의 꿈이 있고 그 꿈을 향해 나아가는 나나미 씨가 눈부시게 느껴져서 눈을 가늘게 떴다. 나도 꿈이라는 걸 찾을 수 있을까?

"그러고 보니 요신은 꿈이 있어? 들어본 적 없는 것 같아."

"음…… 딱히 없는 것 같아. 취미로 게임을 하면서 평범하게 지낼 수 있다면 뭐든 괜찮다는 생각밖에 없었거든……."

실로 타이밍 적절한 질문에 나는 시시한 대답을 해버리고 말았다. 나나미 씨에 비하면 별것 아니라 조금 어이없어하진 않을까 걱정했지만, 나나미 씨는 "그렇구나"라고만 중얼거리고는 입을 다물어 버렸다.

좀 더 센스 있는 말을 할 걸 그랬군.

후회하고 있으니 나나미 씨가 잡은 손에 슬쩍 힘을 줬다. 흔치 않은 상황에 고개를 갸우뚱하며 그녀의 얼굴을 바라보았다.

"그러면……."

나나미 씨는 잠시 말을 주저했다. 좀 보기 드문 반응이다. 무슨 말을 할지 궁금해서 나는 그녀의 말을 기다렸다. 잠시 그녀와 나 사이에 침묵이 흘렀다.

한동안 우리는 그냥 걸었다. 슬슬 대여한 의상의 시간도 거의 끝나가고 있었다. 돌아가서 다른 옷으로 갈아입는 편이 좋을까? 나나미 씨의 하카마 차림을 못 보게 되는 건 좀 아쉽네.

멍하니 그런 생각을 하고 있는데 나나미 씨가 침묵을 깨듯 입을 열었다.

"……함께 미래의 꿈을 찾을 수 있다면 좋겠다."

작은 목소리로 그렇게 말한 그녀는 내게 수줍은 미소를 지어 보였다. 함께 정하는 꿈이라. 그걸 찾게 된다면 얼마나 멋진 일일까.

"그러게. 정말…… 찾았으면 좋겠다."

나도 미소를 돌려주자 나나미 씨는 환한 얼굴로 잡은 손을 조금 과장되게 붕붕 흔들었다. 지금의 나는 아직 장래의 꿈같은 건 찾을 수 없지만, 한 가지 꿈은 생긴 것 같다.

그녀와 함께 있는 것.

그것이 지금의…… 반드시 현실로 만들고 싶은 나의 꿈이다. 남들이 보면 작고 시시하다고 생각할지 모르지만, 처음 깨달은 꿈이었기에 어떻게 생각하든 상관없었다.

누구에게 말할 것도 아니고. 나만 인식하고 있으면 돼.

그렇게 누구에게랄 것 없이, 나는 마음속으로 꿈을 이루겠다는 결의를 다시금 다졌다.

"아직 잠이 안 오네……."

침대 위에서 나는 혼자 중얼거렸다.

어젠 그렇게 푹 잤는데 말이지. 오늘은 피로감이 있는데 이상하게 눈이 맑았다. 원인은 옆 침대일까? 나는 그쪽으로 시선을 보냈다.

옆 침대엔 나나미 씨와 사야가 자매끼리 사이좋게 함께 잠들어 있었다. 이 비현실적인 상황에 눈이 감기지 않는 것인지도 모른다. 대체 몇 번이나 그녀와 같은 방에서 자는 걸까. 기쁘긴 하지만.

이불 속에서 색색 숨소리를 내며 자는 두 사람을 흐뭇하게 바라보았다. 왜 이렇게 되었는가. 당연히 이유가 있다. 무엇이든 이유는 있는 법이다. 결코 내가 데려왔다거나 그런 것은 아니다.

정말 사소한 이야기다. 지금쯤 옆방에서는 어른들이 한창 술판을 벌이고 있다. 아직도 계속되고 있겠지만, 소리가 들리지 않아서 전혀 알 수 없었다.

술이 있는 방은 요전의 사건도 있고 해서 살짝 무서웠기에 우리는 이쪽 방으로 왔다. 어른들에게 지지 않기 위해

주스와 과자로 흥을 돋웠지만, 사야와 나나미 씨는 일찍 잠들어버렸다.

뭐, 나나미 씨도 이곳저곳 돌아다니느라 지쳤겠지. 사야도 엄마와 함께 신나게 돌아다니느라 방전됐을 것이다. 온천에 다녀왔다는 이유도 있을지 모르겠다.

그래서 결국 내가 마지막이 되었다.

이제 어쩌지……. 스마트폰이라도 할까? 그러고 보니 오늘은 거의 게임을 못 했지. 일단 실행…….

「누구 있어요?」

채팅창에 올리자 곧바로 반응이 돌아왔다. 친숙한 바론 씨와 피치 씨였다. 이 두 사람은 늘 자리를 지켜준다. 참 고마운 일인데, 잠은 언제 자는 거지?

『있지~. 무슨 일이야, 캐니언 군? 여행은 즐기고 있어?』

『여행 중 아니에요? 여친 분이랑 추억을 만들어야죠. 뭐 하는 거예요.』

『맞아, 맞아. 게임은 나중에 해도 되잖아. 지금은 이벤트도 거의 없고. 밤은 이제부터잖아. 내가 고등학생 땐 무조건 밤샘이었어.』

두 사람은 요란하게 나를 향한 설교 섞인 의문을 적어 나갔다. 음, 갑자기 소란스럽네.

「당사자가 제 옆에서 자고 있어서요.」

그 말을 쓴 순간 떠들썩했던 채팅창에 정적이 찾아왔다.

의문이 든 나는 두 사람을 부르며 계속 글을 올렸지만, 반응이 없었다.

반응이 나온 것은 그로부터 조금이 지난 뒤였다.

『캐니언 군, 드디어……?』

『엥? 옆? 옆……? 옆이요? 그건, 그런 의미인가요?』

……뭐지, 이 반응은?

나는 내 글을 다시 보고 나서야 오해의 소지가 있다는 것을 깨달았다. 내 생각만큼 뇌가 일하지 않는 모양이다. 역시 피곤한 걸까? 그럼 자도 될 것 같은데…….

「정정할게요! 여친은 제 옆 침대에서 자고 있어요! 같이 자는 거 아니에요!」

『재미없어.』

『아……. 괜히 쓸데없이 당황했네요.』

바론 씨의 말투가 아프다……. 불가항력이었지만 어젯밤 같은 침대에서 잤다고 하면 어떻게 될까? 뭐, 말하진 않겠지만……. 나는 아무렇지도 않게 채팅을 이어갔다.

딱히 상담할 게 있던 것은 아니다. 그저 두 사람과 대화하다 보면 잠들 수 있지 않을까 싶었는데 눈이 점점 더 맑아지는 것 같다.

『어때, 여행은 즐거워? 상대편 가족과 여행이라니 나는 결혼 이후였는데, 요즘 젊은이들은 빠르구나.』

『바론 씨, 이건 누가 봐도 캐니언 씨가 특수한 거예요.

고등학생이라면 보통 있을 수 없죠…….』

「응, 내가 제일 잘 알아. 사실 우리 부모님이 말을 꺼낸 거더라고. 내가 여친 집에서 자고 간 이벤트가 부럽다나 뭐라나……. 이런 여행을 계획하고 있었다니 진짜 놀랐어…….」

『흐음, 부모님이? 그렇구나……. 어쩐지 알 것 같네.』

바론 씨도 부럽다고 생각한다는 걸까? 그러지 않으면 좋겠는데, 바론 씨는 무언가 이해한 듯한, 납득한 느낌이었다. 내 반응을 기다리지 않고 그는 말을 계속 이어갔다.

『아마 부모님은 기쁘신 게 아닐까? 자기 아들의 변화가. 캐니언 군은 중학교 때 게임을 우선시했지? 그런데 갑자기 데이트나 외박 같은 걸 하면서…… 타인과의 관계를 적극적으로 보여주고 있잖아.』

「뭐, 확실히 그렇긴 하지만요. 그래도 게임 속에서는 바론 씨 일행과 잘 지내고 있잖아요.」

『보는 시각의 문제야. 인터넷상의 관계는 제삼자에겐 잘 보이지 않으니까.』

확실히 듣고 보니 그렇다. 내가 인터넷상에는 친구가 있다고 말해도 부모님은 이해하기 힘들지. 계속 집에 있는 것도 변함이 없고.

『……난 아직 아이는 없지만 상상해 보니까 그런 변화는 기쁠 것 같아. 아, 딱히 네 과거를 비난하는 건 아냐.』

글자만으로는 오해가 생기기 쉬운 부분까지 짚어주는

바론 씨는 변함없는 어른이다. 피치 씨도 느끼는 바가 있는지, 바론 씨의 말에 관심을 보였다.

변화…… 변화라. 확실히 난 특이한 부분도 있다고 생각하지만…… 그래서 부모님이 기뻐하는 건가……? 아니, 나나미 씨를 여친이라고 소개했을 땐 기뻐했던가? 좀 의미는 다를지도 모르지만.

딱히 과거의 자신이 잘못되었다고는 생각하지 않는다. 그것도 그거대로 즐거웠으니까. 하지만 뭐, 지금의 나도 싫지는 않다.

그 결과 부모님이 좋아해 주신다면 그건 그거대로 만사 오케이지.

설마 이 두 사람과 이런 이야기를 하게 될 줄이야. 좀 더 부모님과 함께 시간을 보내는 편이 좋을까. 하지만…… 너무 새삼스럽지. 좀 쑥스럽다. 어쩌면 좋을까?

「……뭔가 생각 정리도 잘 안 되고…… 온천이라도 한 번 더 다녀올까.」

『오, 좋네. 온천에 들어갔다 오면 잠이 오지 않을까?』

『좋네요, 온천. 저도 들어가고 싶어요. 좋겠다아~.』

피치 씨, 중학생치고는 애늙은이 같은 느낌이 있다. 바론 씨와 대화도 했으니 온천에 들어가서 기분전환이나 할까……. 분명 아이스크림도 자판기에서 팔고 있었지. 목욕 후의 아이스…… 응, 가볼까?

「그럼 잠깐 다녀올게요.」

내가 그렇게 말하자 두 사람 다 흔쾌히 나를 배웅했다. 그럼 준비해볼까? 모처럼이니 유카타도 가져가자. 나나미 씨랑 사야는 자고 있으니까 깨우지 않게 조심해서……

세심히 주의를 기울여 준비를 마친 나는 천천히, 조용히 이동을 시작하려 했다……. 그 순간, 누군가가 등을 가볍게 잡아당겼다.

갑자기 당겨서 좀 놀라긴 했지만, 발길을 멈췄다. 뒤를 돌아보니 나나미 씨가 보였다.

"요신…… 몰래 어딜 가는 거야?"

날 올려다보며 작은 소리로 묻는 그녀. 장난에 성공한 아이 같은 미소를 짓고 있었다. 자세히 보자 그녀도 나와 똑같이 목욕 준비가 끝나 있었다. 어느 틈에……. 나는 나나미 씨에게 다가가 사야를 깨우지 않도록 조심하며 작게 말했다.

"나나미 씨, 일어나 있었어?"

"원래부터 살짝 눈만 감고 있었어. 너무하네, 나도 같이 온천 가려고 준비하고 있었는데. 말을 걸었어야지."

"아니, 자는 줄 알고……."

나나미 씨는 양 볼을 부풀리며 내게 항의했다. 도착한 후엔 다 함께 들어갔지만, 그다음엔 각자 따로따로 들어갔다. 나나미 씨는 사야랑 들어가거나 엄마랑 들어가거나 했고.

나는 나대로 혼자서 들어갔기 때문에…… 결국 호텔 유카타 차림을 본 것은 어젯밤과 오늘 아침뿐이었다. 자세히볼 기회는 없었던 것 같다. 힐끗 시선을 보내자 나나미 씨가 준비한 것 중에는 호텔 유카타도 있었다.

나랑 함께 갈 준비는 완벽했기에 거절할 이유가 없다. 오히려 같이 가는 게 더 재미있을 것 같았다. 둘이서 온천에 가는 건 처음인가.

"그럼 같이 갈까?"

"응, 같이 들어가는 거 기대된다."

"아니, 같이 들어가는 건 아니잖아……."

"노천탕에 같은 타이밍에 들어가면 사실상 혼욕이야!"

뭐지, 그 초월 이론은.

굳이 어느 쪽인가 하면 남자가 할 대사 아닌가, 그거? 사실상 혼욕이라니……. 뭐, 확실히 여탕과는 벽을 사이에 두고 있으니 가까운 느낌이지만.

아, 말하고 나서 쑥스러워한다……. 빨개질 거였으면 말을 안 하면 됐을 텐데. 기세로 말한 걸까.

아무튼 나와 나나미 씨는 함께 온천으로 향했다. 처음 호텔에 왔을 때와 달리, 지금은 아무도 없는 복도를 단둘이 걸어도 기분이 편안했다. 역시 둘이서 방으로 간답시고 과하게 긴장했었구나. 온천은 결국 따로따로 들어가니까.

그러나…… 걷는 도중에 가족 목욕탕 입구가 먼저 나왔다.

나나미 씨가 아까 혼욕이라는 말을 한 탓에 괜히 신경 쓰이네. 나나미 씨는…… 아, 얼굴을 아래로 내린 채로 빨개져 있다. 나나미 씨도 의식하고 있잖아.

"그…… 그럼 이따 봐."

"응, 이따 봐. 먼저 나오게 되면 기다릴게."

탈의실 앞에서 헤어지고 난 남탕 쪽으로 들어갔다. 실은 혼욕이라든가, 탈의실 미스라든가, 실수로 남녀 구분을 착각해서 여탕에…… 들어가는 전개는 없었다. 당연하지만.

온천에 들어가니 사람이 거의 없었다. 밤도 꽤 늦었으니까. 거의 전세 목욕탕처럼 느껴졌다. 나나미 씨도 그럴까…….

탕에 천천히 몸을 담그자 여러 가지 것들이 녹아 사라졌다. 어쩐지 세세한 일 따위는 아무래도 좋다는 기분이 들어서 이대로 잠들면 기분 좋지 않을까, 하는 생각을 하는데…… 문득 유리문 하나가 눈에 들어왔다. 노천탕으로 이어지는 문이었다.

"노천탕이라……."

유리문 밖은 캄캄해서 빛이 거의 보이지 않았다. ……가 볼까? 나나미 씨가 아까 노천탕 이야기를 꺼내서 괜히 더 의식하게 되는 것 같았다. 밤의 노천탕은 어떤 느낌일지 궁금하기도 하고.

실내에서 밖으로 나오니 밤바람이 몸 전체를 어루만지

듯 불고 있어서 약간 쌀쌀하게 느껴졌다. 기온 자체는 그렇게 낮지 않았지만, 실내에서 따뜻해진 신체와의 기온 차이 때문에 그렇게 느껴지는 것 같았다.

밖에는 불빛이 몇 개 있을 뿐이라 발밑이 어두워 위험했지만, 쌀쌀함에 나도 모르게 잰걸음으로 걸어가 탕에 급히 몸을 담갔다. 들어가는 순간 몸이 약간 떨리고, 뜨거운 물의 온도에 살짝 얼굴이 찡그려졌다.

혹시 야외라서 온도가 높은 걸까 생각하며 나는 노천탕에서 바깥 풍경을 바라보았다. 엄마에게 들은 대로 경치가 확실히 절경이었다.

아래로 건물들의 불빛과 산에 설치된 외등 불빛이 눈에 들어왔다. 움직이는 빛은 자동차일까? 천천히 움직이는 건 배의 불빛? 자세히 보니 여기저기서 이동하는 불빛이 있어서 그것이 마치 별똥별 같기도 했다. 마치 밤하늘을 내려다보는 기분이었다.

노천탕에 다른 사람이 없어서 이 경치를 더욱 사치스럽게 만들고 있었다. 어제도 노천탕에 올 걸 하는 후회가 들었다.

정말 멋진 경치다. 나나미 씨도 이 경치를 보고 있을까. 그렇게 생각하고 있는데 나나미 씨의 목소리가 들린 것 같았다. 마침내 환청까지 듣는 건가, 나…….

……아니, 정말 환청이 아닌 거 같은데……? 이건 나나

미 씨의 콧노래다. 아무래도 노천탕은 양쪽이 붙어 있는 모양이다. 그럼 우리는 같은 경치를 보고 있는 걸까.

나나미 씨와 같은 경치를 본다는 사실에 감동했지만, 그녀의 콧노래를 들으며 목욕을 하고 있으니…… 마치 나나미 씨와 함께 목욕하는 듯한 기분이 들었다. 혹시 저쪽도 이쪽처럼 아무도 없는 걸까?

딱히 그녀가 이쪽으로 말을 걸어온 것도 아닌데, 그녀의 목소리를 듣는 것만으로도 왠지 나쁜 짓을 하는 기분이 들었다. 심장이 갑자기 두근거려서 탕에 몸을 담그며 고동이 가라앉기를 기도했다.

그대로 나는 나나미 씨의 목소리가 끊길 때까지 탕에 몸을 담갔다. 그녀의 예쁜 노랫소리와 아름다운 야경…… 최고다. 어른이라면 이때 술이라도 마시지 않았을까? 쟁반 위에 얹거나 해서. 실제로 있는지는 모르겠지만.

내가 탕에서 일어난 것은 나나미 씨의 콧노래가 사라진 후였다. 일어섰을 때 아찔한 현기증이 느껴지며 몸이 흔들렸다. 으으…… 너무 오래 있었나……?

심장이 두근거리고 혈류가 쿵쿵거리며 온몸을 돌고 있는 듯한 감각. 발걸음이 조금 불안했다……. 이거 좀 위험하지 않나?

기분이 좋은 나머지 탕에 너무 오랜 시간 머문 것일까. 나는 그 후 곧바로 목욕탕을 나왔다. 다행히 쓰러지지는 않았다. 나는 조금 시원하면서도 낯선 유카타를 입었다.

밖에 나가 주위를 둘러보았지만, 나나미 씨의 모습은 없었다. 아직 목욕탕에 있나? 휴식 공간도 넓었고 벽가에 있는 창문으로 야경이 보이고 있었다. 설마 나처럼 현기증이 난 건 아니겠지? 조금 걱정이 됐지만 확인할 방법은 없었다. 몸이 좀 진정될 때까지 기다리자. 뭔가 마실까……

그런 생각을 하면서 적당히 보이는 의자에 앉은 순간 내 목덜미에 차가운 것이 닿았다.

"히악?!"

이상한 소리를 내며 뒤를 돌아보니 나나미 씨가 병 우유 두 개를 들고 서 있었다. 내가 놀란 얼굴로 굳어 있자 나나미 씨는 우유를 들면서 손가락 두 개를 세웠다.

"예~! 장난 성공! 요신의 비명은 거의 못 들어본 것 같은데? 귀엽네."

마치 어린아이 같은 천진한 미소를 띤 그녀에게 나는 조금 불평을 하려다가…… 그녀의 몸을 시야에 담은 순간 말문이 막혀버렸다.

유카타 차림의 나나미 씨가 그곳에 있었기 때문이다.

뒤돌아본 내가 아무 말도 없는 것을 이상하게 생각했는지 나나미 씨가 목과 몸을 약간 기울였다. 그에 따라 유카타의 옷매무새가 아주 조금 흐트러졌다. 그녀의 살짝 상기된 피부가 훤히 보여서 나는 뺨을 붉히고 말았다.

유카타 차림을 한 나나미 씨는 낮의 하카마 차림과는 또 다른 매력을 지니고 있었다. 거의 노출이 없었음에도 묘하게 두근거린다. 색기가 있다는 표현으로도 조금 부족한 것 같았다.

나와 같은 호텔의 유카타인데 전혀 다른 의상처럼 보인다. 머리카락은 업스타일로 정리되어 있어 정면에서도 목이 뚜렷하게 드러나 있었다. 아니, 가끔 목을 드러내긴 하지만 평소와 다른 시각에서 보는 것만으로도 이렇게 긴장이 되는 건가.

목덜미에 아주 약간 머리카락이 걸려 있는데, 그것이 뭐라 말할 수 없는 색기를 자아내고 있었다. 나도 모르게 뒤에서 보고 싶다는 충동이 들었다.

……아니, 난 딱히 목덜미 페티시는 아니다. 오늘만으로도 너무 많은 문을 열어버린 것 아닐까?

"왜 그래? 멍하니."

"아, 미안. 유카타 차림이 너무 예뻐서 넋을 잃고 보느라……."

말을 걸어오기에 나는 나도 모르게 반사적으로 생각한 것을 입에 담았다. 나도 나나미 씨도 함께 볼이 달아올랐다. 이 뜨거움은 온천을 다녀온 탓만은 아닐 것이다.

나나미 씨는 반쯤 뜬 눈으로 나를 노려보며 얼굴을 가까이했다. 그 거리의 가까움에 나는 점점 더 두근거렸다.

"정말! 하여간! 그런 것만 보고! 어제도 봤잖아!"

"아니, 아니, 어제는 다들 있었으니까 이렇게 자세히 보진 못했어. 그래서 나도 모르게⋯⋯."

"괜찮으니까 받아! 같이 우유 마시자! 과일이랑 커피 중에 어느 거?"

"아, 그럼 커피로."

나나미 씨에게 커피 우유를 건네받자 그녀는 내 옆 의자에 걸터앉았다. 마침 벽가 자리라서 둘이 나란히 야경을 보는 모양새가 되었다.

나는 받은 커피 우유도 마시지 않고 나나미 씨에게 시선을 고정했다. 그녀는 우유병 뚜껑을 천천히 열더니 병의 가장자리를 천천히 입술로 가져갔다. 분홍색 입술이 투명한 유리병에 닿으며 부드럽게 형태를 바꿨다. 병을 기울인 나나미 씨는 안에 가득 찬, 약간 색이 있는 액체를 목을 울리며 조금씩 마셨다.

"후우⋯⋯."

한숨을 내쉬고 나나미 씨가 병에서 입술을 뗐다. 아주 살짝 하얗게 젖은 그 입술을 혀를 내밀어 매끄럽게 핥아 깨끗하게 한다. 그 움직임을 찬찬히 지켜본 나는 자신의 우유병을 쥔 손에 힘을 줄 뿐 움직이지 못했다.

"⋯⋯한 입 마시고 싶어?"

나나미 씨는 내 시선을 마시고 싶은 것이라 해석한 것인지 병을 기울이며 내게 미소 지어준다. 어린애가 된 느낌에 부끄러웠지만, 나나미 씨는 잠자코 내게 병을 건네주었고 나는 그것을 집어 들었다.

대신 나나미 씨에게 커피 우유병을 건네자 그녀는 아직 마시지도 않았잖아, 하고 웃으며 병을 야경 불빛에 비추듯이 기울였다. 그 옆모습이 너무 예뻐서 나는 열기를 식히듯 그녀에게서 받은 과일 우유를 한 모금 들이켰다.

달고, 차갑고, 그리운 맛이 입안에 퍼졌다.

나도 그녀와 마찬가지로 가벼운 한숨을 내쉬며 병에서 입술을 떼었다. 그리고 이번에는 나나미 씨가 나를 빤히 쳐다보고 있다는 사실을 깨달았다. 그녀가 본다는 것을 깨달은 내가 그녀와 눈을 맞추자…… 나나미 씨는 히죽 웃으며 즐겁다는 듯 입을 열었다.

"간접 키스네……. 혹시 노렸어? 요신도 은근 밝힌다니까."

어? 아……. 듣고 나서 깨달았다. 아니, 그걸 원했던 건 아니지만 결과적으로는 그렇게 되어 버려서 난 당황했다. 모처럼 한숨 돌렸는데 이상한 땀이 나고 말았다. 한 번 더 온천에 들어갔다 와야 하나.

"이쪽도 한 모금 마실게."

"아, 응. 얼마든지……."

오늘의 나는 당하기만 하는 것 같다. 불시에 들어온 요청을 무심코 승낙하자 나나미 씨는 커피 우유병 뚜껑을 열고 한 모금 마시고는 내게 건넸다. 새삼스럽게 말할 필요도 없지만 이것도…….

"이걸로 둘 다 간접 키스네?"

이 말에 난 어떻게 대답하면 좋을까.

그녀의 말에 동의한다. 잠자코 마신다. 반박한다. 굳이 나나미 씨가 입을 댔던 곳에 입을 댄다……. 마지막 건 좀 아니지. 아니, 사춘기다운 걸까? 안 되지. 냉정해지자. 애초에 나나미 씨가 입 댄 곳이 어디였지……?

우물쭈물하던 나는 결국 될 대로 되라는 심정으로 생각을 비우고 커피 우유에 입을 댔다. 아까와는 다른, 달콤함과 아주 약간의 쌉싸름함이 입안에 퍼졌다.

단숨에 반 이상을 들이켜고 조금 과장되게 우유병을 테이블에 놓았다. 힐끔 옆을 보니 나나미 씨가 바로 옆에 있었다. 그녀도 과일 우유를 천천히 마시고는 부드럽게 병을 내려놓는다.

그러더니 생글생글 웃으며 옆에 있는 내게 살짝 달라붙었다. 야경을 예쁘게 보라는 배려인지 주위는 희미하게 밝은 정도였고 다른 사람의 시선을 느낄 걱정도 없다. 그보다는 비교적 커플이나 부모 자식 동반인 경우도 아직 꽤 있어서 함께 저마다의 야경을 보고 있다.

"……나나미 씨, 혹시 기분 좋아?"

"좋아. 낮보다 좋을지도? 완전 최고조야."

둘이 함께 야경을 보며 나나미 씨는 내게 조금 더 다가왔다.

아까도 생각했지만, 이 여행은 어쩐지 흐르는 대로 쓸려가는 느낌이랄까…… 나는 좀 수동적인 자세가 된 것 같았다. 나나미 씨의 이 자세를 보고 괜히 더 그런 생각이 들었다.

엄마가 기획한 여행에 끌려온 데다, 이동도 차라서 어른들에게 맡겼고, 내가 뭘 하자고 말한 건 낮에 의상을 입을 때 정도였다. 나나미 씨가 이렇게 적극적으로 나오는데, 나도 좀 적극적으로 가는 편이 좋지 않을까.

일단 나나미 씨의 손을 잡자.

단순하지만 지금 할 수 있는 건 그 정도다. 손을 잡으니 살짝 움찔한 나나미 씨는 곧 기쁜 얼굴로 내 어깨에 머리를 얹어 왔다.

"목욕, 기분 좋았지."

어깨에 머리를 얹어서 그런지 나나미 씨의 샴푸향이 내 비강까지 닿았다. 아니, 아까부터 좋은 냄새는 난다고 생각했는데 이제야 그게 그녀의 것임을 깨달았다고 하는 편이 맞으려나. 평소의 향기와 달라서 눈치채기까지 시간이 걸리고 말았다.

"나나미 씨, 평소랑은 향기가 다르네. 좋은 냄새가 나."

말하고 나서 생각했다. 이거 성희롱 아닌가? 위험해. 조금 적극적으로 나가겠다고 생각한 것이 반대로 가고 있었다. 단숨에 핏기가 가셨다. 기껏 온천욕을 했는데 몸이 단번에 식은 기분이다.

나나미 씨도 내 말에 놀란 것인지 한순간 눈을 동그랗게 뜬다. 실수했다고 생각했는데 그녀의 표정이 금세 부드러워졌다.

"호텔 샴푸 냄새라서 그런 거 아냐? 요신이 그런 말을 하는 거 처음 아닌가?"

"……죄송합니다."

"아니, 사과하지 마. 딱히 상관없어. 게다가…… 봐, 요신과 같은 냄새야."

내게 코를 가까이 댄 나나미 씨가 스읍 하고 숨을 들이마셨다. 갑작스러운 행동에 깜짝 놀라 나도 모르게 그녀에게서 떨어지고 말았다. 나나미 씨는 내가 멀어져서 섭섭하다는 표정을 지었지만, 내 행동의 이유를 짐작한 것인지 곧 이를 드러내고 씩 웃으면서 내게 달려들었다.

이번엔 내가 놀랄 차례였다. 예상 밖의 행동에 내 몸이 경직됐다.

"도망가지 마~!"

여기서 도망칠 수는 없었기에 나는 그녀에게 맞서는 것을 선택했다. 아니, 딱히 반격하겠다는 게 아니라, 달려든 그녀를 두 팔을 벌려 받아들이려 했을 뿐이다.

그것이 나나미 씨에겐 예상 밖이었는지 그녀는 나를 만지기 직전 딱 멈췄다. 우리는 닿기 직전의 어정쩡한 포즈로 함께 굳어졌다. 그렇게 잠시 멈춰 있던 우리는…… 이윽고 누가 먼저랄 것 없이 웃기 시작했다.

　"어니, 거기서 왜 멈춰. 난 올 줄 알고 기다렸는데."

　"기다리니까 그렇지! 요신이 손을 벌려 버리면 그…… 끌어안게 되잖아……?!"

　"본인이 왔으면서?"

　"여자애는 복잡한 법이야!"

　복잡하다고 말하지만, 실제로는 본인이 먼저 일을 벌려 놓고 부끄러워하는 평소의 루틴이었다. 알고 있었던 것은 아니지만 어쩌다 보니 그런 형태가 되고 말았다. 아무리 나라도 밖에서 서로 껴안는 건 좀 부끄럽다. 한다고 하면 손을 잡는 것 정도겠지.

　살짝 입술을 삐죽이는 나나미 씨는 덤벼들려던 자세를 바꿔 남아 있던 과일 우유를 다시 마셨다. 바깥 불빛에 비친 나나미 씨의 모습을 보며 나도 남아 있던 커피 우유를 입에 털어 넣었다.

　음료수를 다 마시고 나는 다시 입을 열었다.

　"미안해, 나나미 씨. 이번에 엄마 여행에 말려들게 해서."

　"아니야, 난 전혀 신경 안 써. 이것도 여행 데이트라고 볼 수 있잖아. 다 같이 하는 외출도 즐겁고."

갑작스러운 여행이지만, 다행히도 나나미 씨는 좋게 받아들인 모양이었다.

"그렇게 말해줘서 고마워. 나도 이런 여행은 초등학교 이후 처음이라…… 좀 당황스럽네."

"초등학교……."

바론 씨의 말을 듣고 과거를 돌아봤지만, 이런 여행은 초등학교 이후로 처음이었다. 가벼운 외출만 있었을 뿐.

뭐, 솔직히 초등학교 때의 일은 잘 기억나지 않는다. 마지막 여행이 언제인지도 가물가물하다.

그런데 나나미 씨의 표정이 약간 어두워졌다. 내 말에서 뭔가 마음에 걸리는 게 있었나?

"……여기 오는 길에 초등학교 시절 요신의 이야기를 들었다고 했던 거, 기억해?"

예상 밖의 주제였다. 엄마랑 나나미 씨가 같은 차에 탔을 때의 내 옛날이야기를 했다고는 듣기는 했지. 무슨 말이 오갔을지 무서워서 물어보지는 않았지만.

나는 조용히 나나미 씨의 말을 기다렸다. 나나미 씨가 나를 보는 눈빛이 너무 진지해서 그녀가 무슨 말을 할지 굉장히 신경이 쓰였다. 지금 내가 뭔가 말하면 나나미 씨는 그대로 입을 다물어버릴 것 같은 기분이 들었다.

"시노부 씨한테 들었어. 초등학교 때의 요신은 자주 밖에서 놀았다고. 근데 언제부턴가 친구들과 잘 놀지 않게 되었다고…….”

“아아, 그렇구나.”

나도 놀랄 만큼 차가운 목소리가 나왔다. 그러자 나나미 씨가 굉장히 충격을 받은, 울 것 같은 표정을 지었다. 조금 전까지 웃고 있었는데……. 조금 미안했다.

하지만 왜 나도 왜 그런 소리가 나왔는지 알 수 없었다. 어쩐지 그 사실이 나나미 씨에게 알려진 게 몹시 불쾌했다.

엄마가 쓸데없는 소리를 해서 창피한 게 아니다. 그저 불쾌했다. 이유는 나도 모른다…….

그저 무의식적으로 차가운 목소리가 나온 것 같았다.

“……미안.”

“아냐. 시노부 씨한테 이야기를 들은 건 나잖아. 근데 내가 말하고 싶은 건 그게 아니라……. 나 그때 시노부 씨한테 감사를 받았어. 나와 사귀면서 요신이 바뀌었다고. 마치 예전처럼…….”

“예전처럼……?”

“응. 하지만 나는 요신이 바뀐 게 아니라 원래 그런 사람이었던 게 아닐까 생각했어. 그래서 뭐랄까, 내가 감사를 받을 일은 아닌 거 같았는데…….”

엄마, 나나미 씨에게 그런 소리를 한 건가. 바론 씨가 했던 말과도 연결된다. 그 사람 사실 어딘가에서 보고 있는 건 아니겠지? 사실 정체는…… 아니, 그런 터무니없는 전개는 생각하고 싶지 않다.

"미안해, 어떻게 말해야 할지 잘 모르겠어. 요신이 초등학교 이후로 처음이라길래. 신경 쓰지 않아도 된다는 말이랑, 멋대로 이야길 들어서 미안하다고 말하고 싶었어."

나나미 씨의 표정은 가라앉은 채 억지로 웃고 있는 것처럼 보였다. 그 미소를 보자 어쩐지 가슴이 조이는 느낌이 들었다.

그런 거 신경 안 써도 되는데. 나도 나나미 씨의 초등학교 시절 이야기를 들었으니까 피차일반이었다. 그 사실을 그녀에게 전하자 표정이 약간 안도로 바뀌었다.

하지만 예전의 나는…… 어땠었지?

초등학교 시절을 까맣게 잊고 있었다. 그런 일이 있었나. 마치 남의 일처럼 느껴진다. 쉽게 기억나지도 않을 것 같다. 나한테 무슨 일이 있었던 걸까? ……아무 일도 없던 것 같은데.

아마 게임에 빠져서 흥미가 바뀌었다거나 하는 이유가 아닐까. 기억에 남지 않았다면 그런 시시한 이유였겠지, 분명.

고민해도 답은 나오지 않는다. 그만하자.

하지만 나나미 씨가 차에서 나왔을 때, 표정이 조금 어두웠던 이유를 알았다. 기분 탓이 아니었다. 벌칙으로 한 고백인데 감사를 들으면 그야 마음이 불편하겠지.

나도 전에 나나미 씨의 부모님께 감사의 말을 들었을 때 조금 무거운 마음이 들었다. 그때는 여러 일이 있어서 크게 신경 쓰진 않았지만……. 속이고 있는 것은 나도 마찬가지다.

나나미 씨에게 고민하지 않아도 된다고 말하고 싶지만, 지금은 전할 수 없다. 그걸 말하려면 벌칙에 대해서도 말해야 하니까.

그건 조금만 더…….

나는 화제를 조금 바꿨다.

"바뀐 건 나나미 씨도 마찬가지 아니야? 이제는 남자를 대하는 반응이…… 어, 그러니까…….."

"그러니까……?"

"……가볍다고 할까."

"가벼워?!"

일부러 말실수하자 나나미 씨가 소리를 질렀다. 나는 실수한 척, 입을 가렸다. 자연스러워 보였을까? 나나미 씨는 조금 전까지의 가라앉았던 표정에서 단숨에 놀라움과 약간의 수치심이 담긴 표정으로 바뀌었다.

"가볍다니……! 하츠미랑 아유미한테도 같은 말을 했는데……. 나, 실은 쉬운 여자야?"

두 손으로 뺨을 가리면서 나나미 씨가 자문자답했다. 설마 그 두 사람한테도 들었을 줄은 몰랐는데. 잘 수습해 둬야지.

"음, 가볍다는 건 어폐가 있는 말투인 것 같아. 나나미 씨가 나를 대하는 태도를 보면 남자를 어려워하는 것처럼 보이지는 않으니까, 많이 변했구나 하는 생각이 들어서."

"그건…… 상대가 요신이라서 그런지 아무렇지도 않았어. 나도 신기하지만."

"아, 그래……."

나는 또 침묵했다. 그런 말을 듣고 바로 재치 있는 답을 할 수 있는 사람이 있을까? 적어도 난 무리였다. 나는 괜찮다는 말에 뭐라고 대답해야 할까.

"요신도 나한테는 거침없이 오잖아. 저번에도 말했지만, 여자에 익숙하다고 생각했단 말이야."

"아, 그건……."

잘 생각해 보니 첫 데이트 때 그런 말을 들었다. 그때는 복장 이야기만으로 끝났기 때문에 자세히 설명하진 않았지만…… 슬슬 나나미 씨에게 바론 씨를 소개해도 괜찮을 것 같았다.

"그건, 조만간 알려줄게. 이유가 있거든."

"역시 전 여친이 있다든가?"

"아냐, 아냐! 안심해, 난 다른 사람이랑 사귄 적은 없으니까!"

평범하게 생각하면 바론 씨 일행을 소개하는 건 리스크도 있다. 하지만 마음속 응어리는 해소해두고 싶었다. 내가 나나미 씨를 제대로 마주하기 위해서라도.

빚을 없애서 그녀 옆에 당당히 서고 싶다. 그러니 나 혼자 힘으로 마주하고 있었던 것이 아니라는 걸 나나미 씨에게 전하는 거야.

"뭐, 서로 이성에게 익숙하지 않았다는 점에서 우리는 비슷할지도 모르겠네."

그런 무난한 대답으로 이 자리의 이야기를 정리했다. 어쩐지 묘한 이야기가 되었는데, 이것도 여행 중이라서 가능한 이야기니 나쁘진 않았다.

나나미 씨도 납득한 얼굴로 고개를 끄덕였지만, 무언가 깨달았는지 검지를 세워 입가로 가져갔다.

"하지만 나랑 요신, 한 가지 다른 점이 있어."

다른 점? 하나가 아니라 수두룩하다고 생각하는데.

짐작이 가질 않아 고개를 갸우뚱하자 나나미 씨는 그 검지를 내 입에 댔다.

그 행동에 심장이 쿵 내려앉았다. 그 틈을 노리듯 그녀가 입을 열었다.

"요신이 나를 부를 때 '씨'를 붙여서 부르는 거."

그리고 그녀는 무언가를 기대하는 듯한 시선을 보내왔다.

……여기서 거절할 수 있을까. 내 쪽을 바라보는 나나미 씨는 자세를 바로하고는 기대에 찬 눈빛으로 내게 눈동자를 향하고 있었다.

야경의 빛 덕분에 눈동자가 더욱 아름답게 보이는 것 같다. 눈 속에 별이 보이는 듯한 착각마저 든다. 나나미 씨를 이름으로…… 불러줬으면 하는 걸까? 이름으로…… 이름만이라.

『나나미.』

자신이 나나미 씨를 부르는 모습을 상상해봤다. 어쩐지 도저히 감이 오질 않았다. 아니, 그러긴커녕 어쩐지 등골이 서늘해지는 이상한 감각에 빠졌다.

그 감각의 정체를 알 수 없는 나는 시험 삼아 나나미 씨의 이름을 입에 올려보았다.

"나나미…… 씨."

실패했다. 내 안에 무언가가 이를 방해했다. 호칭에 대한 거부감이 들었다.

"어휴, 그냥 이름만 불러도 되는데."

"미안, 역시 좀 부끄러워서."

나는 부끄럽다고 거짓말을 했다.

그녀에게 빚 없이 마주 보자고 생각하자마자 결의가 흔들렸다. 호칭에 대한 기묘한 기피감이 가시질 않았다.

내 안에 모를 감각을 이상하게 느끼면서도 나는 부끄러

워서 그렇겠지 하고 넘겼다.

그러나 내가 이 호칭에 대한 기피감의 원인을 알게 된 것은 그리 머지않은 미래였다.

창문으로 들어오는 빛에 비친 요신의 모습에 시선을 빼앗긴 채 나는 그와 수다를 떨었다.

점심 데이트에서 재밌었던 일이나 온천 이야기, 내일 일정에 대한 이야기……. 그런 별것 아니지만 소중한 이야기.

그와 함께라면 언제, 어디라도, 무엇이든 즐거울 것 같다. 그렇게 느끼는 것이 무엇보다 기쁘다.

하지만 이번 데이트는 솔직히 놀랐다. 요신의 어머니께서 갑자기 온천에 가자고 하실 줄이야.

상대방의 부모님과 여행 간다고 하면 보통은 긴장할 것 같은데…… 별로 안 했네.

가는 도중 약간 마음이 무거워지는 이야기를 들었지만, 요신 덕분에 개운해졌다. 전부 자업자득이지만.

이 여행이 끝나면 드디어 마지막 일주일이 되는 건가. 눈 깜짝할 새였네.

나는 이번이 마지막이 되지 않도록 할 수 있을까?

살짝 턱을 괴고 요신의 옆얼굴을 바라보며 생각에 잠겼다. 요신은 지금 무슨 생각을 하고 있을까? 나랑 같이 있으면 즐거울까? 사실은 게임 하고 싶은데 참는 건 아닐까?

"나나미 씨, 목마르지 않아? 마실 거 사 올게. 뭐가 좋아?"

내 시선을 알아차린 요신이 의자에서 일어나 내게 다가왔다. 아까 우유를 마셨지만, 살짝 갈증이 느껴지던 참이었다. 상냥하네, 요신은.

"그럼 우롱차로. 없다면 차 아무거나 괜찮아."

"알았어. 난 탄산으로 할까……."

"탄산도 좋다. 한 입씩 나눠 마실까?"

상냥한 그의 제안에 나도 모르게 놀리는 듯한, 유혹하는 듯한 말을 해버렸다. 아까의 간접 키스가 떠올라 살짝 볼이 뜨거워졌다. 요신도 마찬가지였다.

이런 말을 하면 살짝 뺨을 물들이는 것도 요신의 귀여운 부분이다. 나도 그만큼 민망하지만.

이따끔 요신이 반격할 때도 있지만…… 그것도 즐거웠다.

예전에 하츠미한테 '혹시 나나미는 살짝 M이야?'라는 말을 들은 게 생각났다. 아냐, 그런 게 아니라 교류를 즐기는 것뿐이다. M은 아니다.

아, 하지만 요신이 밀어붙인다면……. 아니, 무슨 생각을 하는 거야, 나.

얼굴이 뜨거워졌다. 요신에게 들키진 않았겠지?

주변을 둘러보니 이미 그는 없었다. 음료수를 사러 가는 요신의 뒷모습을 보면서 나는 그의 말을 떠올렸다.

"'아아, 그렇구나'……?"

그냥 평범한 대답이건만, 듣는 순간 심장이 철렁했다.

분위기가 다른 요신도 좋다는 말을 한 적도 있지만, 이 건 그런 반응이 아니었다.

그렇게 차갑고, 어둡고, 물밑처럼 낮은 소리는 처음 들었다. 아직 사귄 지 3주 정도지만, 평소 그의 상냥하고 어딘가 따스함이 느껴지는 말과는 정반대의 말. 슬프게 느껴지는 말이었다.

떠올리자 마치 가슴에 얼음이 가득 찬 것 같은 한기와 통증이 느껴졌다. 표현하기 어려운 감각이긴 하지만, 가슴의 통증은 그렇게밖에 표현할 수 없었다.

곧바로 요신은 내게 사과했고 평소의 그로 돌아왔다. 사실 사과해야 하는 건 내 쪽이었다. 아마 내 말이 그가 싫어하는 부분을 건드린 거겠지…….

그게 무엇인지는 모르지만…… 아니, 조금은 안다. 초등학교 때 이야기를 해서 그렇다. 멋대로 들은 게 미안해서 그만 무얼 들었는지 말해버렸는데, 그게 실수였을 거다.

말실수였지만, 그 탓에 궁금한 게 생겼다.

"……무슨 일이 있었던 걸까?"

요신은 자기 과거를 조금도 말하지 않았다. 거부하는 게 아니라, 기억하는 게 없는 것처럼.

그건…….

그 순간, 목덜미에 차가운 게 닿았다.

"으햐아악?!"

"으앗, 깜짝이야."

비명을 지르며 돌아서니 페트병을 든 요신이 서 있었다. 정말 놀랐다. 생각에 빠져있다가 이상한 소리를 내버렸어!

나는 너무 놀라서 살짝 흘러내린 유카타를 원래대로 돌리면서 서 있는 요신을 노려보았다.

"으음…… 아까의 보답이라는 걸로."

멋쩍은 얼굴로 볼을 긁적인 그가 미안한 얼굴로 중얼거렸다. 그러고 보니 나도 우유병으로 똑같은 짓을 했었지……. 으, 하지만 억울해. 생각하던 게 날아가 버렸어. 그렇게 생각하고 있는데 요신이 내게 차를 건네고는 옆에 앉았다.

페트병 뚜껑을 열자 따각, 하는 가벼운 소리가 났다. 요신에게 한 입 달라고 해도 아까 이미 했으니까 새삼스럽다.

턱을 괸 채 요신 쪽으로 시선을 돌리자 그는 페트병을 테이블에 올려놓고 크게 기지개를 켜고 있었다. 그러자 유카타가 살짝 벗겨지며 그의 가슴 언저리가 훤히 드러나…… 내 시선은 그곳으로 이동했다.

……어? 나 뭐 하는 거야?

내 행동에 놀란 나는 황급히 그의 얼굴로 눈을 돌렸다.

눈이 마주치자 요신은 내게 미소를 지어준다. 사악한 생각을 해버린 나는 수치심으로 뺨을 물들였다. 뭐 하는 거야, 나는?!

그보다 내 가슴을 보았던 남자들은 이런 심정이었을까? 확실히 움직이니까 시선이 가네, 이거…… . 응, 무방비한 모습을 하고 있으면 절로 시선이 간다는 것을 겨우 실감했다. 이건 반성해야겠다.

으음, 교복 노출을 좀 줄여볼까? 나도 남 말할 처지가 아니라는 걸 알아버렸으니. 하지만 지금의 교복 쪽이 귀여워서 좋단 말이지. 고민된다. 요신한테 물어볼까…… .

그러나 요신에게 질문하려던 순간 몸이 굳어버렸다. 그들을 발견하고 말았다. 왜 지금껏 깨닫지 못했지? 그만큼 요신밖에 보이지 않았다는 뜻일까? 분명 요신도 마찬가지겠지?

요신은 내 표정에서 뭔가를 깨달았는지, 아니면 내 시선 끝이 신경 쓰였는지, 그대로 등 뒤를 천천히 돌아보았다. 그리고…… 나와 마찬가지로 굳었다.

"……왜 있는 거야?"

요신이 떨리는 목소리로 말했다. 아까처럼 무서운 분위기는 아니었다. 안도한 나는 쓴웃음을 지었다.

부모님들은 크게 손을 흔들며 미소 짓고 있었다. 우리와는 달리 함박웃음이다.

나도 요신과 같은 심정이었다. 다들 방에서 술 마시던 거 아니었어? 부모님뿐만 아니라 사야까지 있다. 넌 왜 그렇게 웃고 있는 거니. 자고 있던 거 아니었어?

설마 사야가 나와 요신이 방에 없다는 걸 알아차리고……?

가능성이 있는 이야기라서 나는 나도 모르게 한숨을 내쉬었다.

그들이 일제히 다가왔다. 술기운 탓에 사야 빼고는 모두가 뺨이 붉었다. 괜히 더 치근덕댈 것 같았다.

"……주정뱅이를 상대해야 하는 건가."

징글징글하다는 듯 중얼거린 내 말에 요신이 살짝 웃음을 터뜨렸다. 딱히 재미있는 말을 하지도 않았는데? 내 시선을 느낀 것인지 그가 사과하며 입을 연다.

"아니, 그, 술에 취했던 나나미 씨가 떠올라서."

너무한 거 아냐?! 아니, 확실히 기억이 잘 안 나긴 하지만! 귀찮았어?! 귀찮았던 거야?!

완전히 평소와 다름없는 모습의 요신에 안심했지만, 나는 조금 화를 내고 말았다. 그래서 말없이 퍽퍽 요신의 등을 때렸다. 다가오는 모두가 그런 우리를 보고 웃는 것이 느껴졌다.

요신은 내게 맞으면서 미안하다고 사과하며 쓴웃음을 짓고 있었다.

아침에 눈을 뜨자, 눈앞에 천사처럼 잠든 얼굴을 한 나나미 씨가 있었다. 바로 코앞에 나나미 씨의 얼굴이 있었다. ……음? 왜지?

오해를 살 만한 말투인데, 어제 같이 잠들었을 땐 이렇게 코앞에 있진 않았다. 같이 자고 있다는 것조차 몰랐으니 당연하지만.

그나저나 나나미 씨는 정말로 미인이구나. 마치 인형 같다……는 너무 낡은 표현인가?

속눈썹도 길다. 쌍꺼풀도 있네. 피부도 곱고, 입술도…… 아니, 남의 얼굴을 대놓고 관찰하는 건 실례다.

얼굴에서 시선을 돌리자 그녀가 입은 유카타가 눈에 들어왔다. 나를 향한 채 이불은 가볍게 몸에 걸쳐져 있고…… 아, 유카타가 조금 흐트러졌다.

아뿔싸……! 눈 둘 곳이 마땅치 않아서 나는 그녀에게 담요를 다시 덮어주었다. 유카타를 직접 고쳐줄 생각은 들지도 않았다.

나나미 씨는 남자의 시선에 안 좋은 기억이 있으니 자중해야지.

이제 어쩌나. 우선 스마트폰을…… 아, 배터리가 얼마 안 남았네. 게임을 실행하자 바론 씨 일행이 지금쯤 우리가 뭘 하고 있을지 예상한 채팅 로그가 남아 있었다. 야경을 보면서 키스를 어떻게 해요.

일단 스마트폰은 잠시 놔두자…….

난 왜 나나미 씨와 함께 자고 있었던 거지……? 몸을 일으키자 스멀스멀 기억이 떠올랐다. 모두가 이곳에 모여 누워있었다.

옆 침대에서는 엄마와 토모코 씨, 사야가 함께 자고 있다. 안쪽 이불에서는 아빠와 겐이치로 씨가 나란히 잠들어 있었다.

어제 우리가 온천에서 나와서 대화하고 있는데 다들 모여들었고, 방에서 가벼운 연회가 시작됐다. 부모님들은 우리가 있었으니 더는 술을 마시진 않았지만.

그건 그렇고 너무 흥이 올랐다. 그들은 뒤에서 지켜본 것만으로도 만족했다고 하지만……. 이미 사진 같은 것도 잔뜩 찍힌 것 같고.

어라? 그런데 이상하네……. 기억의 마지막에 나는 나나미 씨랑 따로 자고 있었는데……? 왜 같이 있지……?

나나미 씨는 행복한 얼굴로 잠들어 있었다. 이렇게 보면 믿기지 않지만, 내 여친인 거지, 이렇게 귀여운 얼굴로 잠든 사람이…….

"으…… 음……."

그녀가 움직이자 그 위에 덮여 있던 이불이 살짝 움직이며 흘러내렸다. 그러자 유카타의 흘러내린 부분이 드러나면서…… 자연스럽게 시선이 그곳으로 향하고 말았다.

응…… 아니, 뭐라고 자세히 말하지는 않겠지만. 자고 있어서 그런지 형태가 바뀌었다고 할까…… 강조되어서 굉장한 상황이 되어 있지만…… 이렇게 되는 거야? 아니, 잠깐만. 실황하지 마. 아까 자중하자고 생각한 직후잖아.

일어났는데도 일어나지 못하게 된 나는 약간의 민망함과 함께 다시 침대로 쓰러졌다. 내가 쓰러진 반동으로 침대가 조금 출렁였다.

나나미 씨에게 등을 돌리듯 그 자리에서 슬쩍 몸을 돌렸는데, 그 타이밍에…… 등에서 작은 목소리가 들려왔다.

"음…… 뭐야……? 무슨 일이야……?"

아무래도 나나미 씨를 깨워버린 것 같았다. 나는 미안함을 느꼈지만, 곧바로 그런 것들이 날아가 버리는 사태가 발생했다.

잠이 덜 깬 나나미 씨는 내 팔 틈새로 자신의 팔을 끼워 넣더니…… 바디필로우처럼 나를 끌어안았다.

"사야…… 깨울 거면 좀 더 상냥하게 해줘……. 어라? 뭔가…… 몸 커지지 않았어?"

그녀에게 끌어안긴 탓에 내 등에서는 '뀨우우욱'이라는 소리가 어울릴 것 같은 감촉이 밀려왔고…… 나는 단숨에 잠이 깨고 말았다. 아니, 원래 일어나 있긴 했지만. 번쩍 눈이 뜨이고 말았다.

나나미 씨는 그대로 꾸물거리며 자신의 몸을 비비듯이 움직여왔다. 간신히 여러모로 잘 억눌렀는데 다시 못 일어나게 될 것 같은데?!

위험해, 위험해. 나나미 씨 잠이 덜 깼어. 깨워야 해.

"나나미 씨…… 저기…… 사야가 아니라, 난데……?"

"나라니…… 뭐야, 요신도 아니고……. 아니, 어? 요…… 요신? 요신?! 에엑?!"

껴안고 있는 대상이 나라는 것을 알아차린 나나미 씨는 벌떡 일어나 황급히 내게서 멀어졌다. 그와 동시에 등의 감촉도 사라졌다.

"조, 좋은 아침, 나나미 씨."

"조, 조…… 좋은 아침, 요신……. 저기……. 같이 눈 뜨는 거 두 번째네?"

갑자기 생각지도 못한 말을 듣고 말았다. 나나미 씨도 말한 후에 아니라며 정정해왔다.

"왜 이렇게 된 거야……?"

시선을 아래로 내려 자신의 자세를 보던 나나미 씨가 이상하다는 얼굴로 고개를 갸우뚱했다. 분명 잠이 덜 깬 나나미 씨가 같은 침대로 온 것인 줄 알았는데 아무래도 그건 아닌 것 같았다.

아침 인사를 마치고 서로 미소를 짓는다. 좀 민망하긴 해도 이렇게 '좋은 아침'이라고 인사할 수 있는 아침이 정말 좋다. 요즘은 일어난 직후에 혼자라서 더 그런 것 같다.

눈을 떴을 때가 가장 놀랍긴 했지만, 어쩐지 머릿속이 굉장히 맑았다. 그동안은 안개가 낀 것 같은 기분이었는데 그것이 말끔히 사라졌다.

이것도 나나미 씨와 함께 잔 효과인가? 아니, 같이 잤다고 해도 건전하게 잔 것뿐이지만.

"흐음…… 두 사람 다 일어났구나. 좋은 아침이다."

갑작스레 들려온 말에 우리는 함께 몸을 흠칫 떨었다. 특히 나나미 씨가 눈을 크게 뜨고 입을 떡 벌리고 있었다.

"아빠?! 왜 여기서 자고 있어?! 이제 보니까 전부 있네?!"

"하하하. 어제 다 같이 떠들다가 이왕 이렇게 된 거 같이 자기로 했지. 기세에 떠밀려서 그만. 어른들은 가끔 그럴 때가 있단다."

어떤 어른이죠? 겐이치로 씨는 나나미 씨의 말에 명랑하게 웃고 있었다. 점차 어젯밤 일이 선명해졌다. 술을 마신 양가 어른들이 상당히 귀찮게 꼬치꼬치 간섭해 왔었지.

어디까지 나갔느냐 라든가, 야경을 보면서 키스했으면 좋았을 텐데 라든가. 술 때문에 약간 경계가 느슨해진 것인지 양쪽 다 사양이 없었다.

평소 같았으면 겐이치로 씨는 말리는 입장이 아닌가 생각했는데, 그런 일은 전혀 없었다. 오히려 나와 나나미 씨를 부추기는 느낌이었다. 아니, 뭐 인정받지 못하는 것보단 낫지만.

그래도…… 나는 몸을 일으켜 겐이치로 씨를 보고 그대로 고개를 숙였다.

"겐이치로 씨, 죄송합니다. 시집도 가지 않은 따님과 이틀 연속으로 같이……."

"아아, 고개를 들어, 요신 군. 그럴 필요 없으니까."

일전 외박을 하면 무슨 짓을 할지 모른다며 살기도 노기도 아닌 무언가를 마주한 몸으로서, 이렇게 미소를 지으며 용서해주는 것이 무척 감사했다.

최근에는 한 대 맞을지도 모른다고 생각했을 정도다.

"나나미를 요신 군 옆에 뉘인 게 나야."

이런, 조금도 미안해할 필요가 없었네. 뭐 하는 겁니까, 겐이치로 씨. 당신, 처음에는 인정하지 못한다는 둥 그러셨잖아요. 왜 갑자기 침대로 옮겨요? 나나미 씨도 입을 떡 벌린 채 놀라고 있다.

"아빠, 뭐 하는 거야……."

머리를 싸매는 나나미 씨를 보며 겐이치로 씨는 즐겁게 웃었다. 나와 나나미 씨를 어쩐지 흐뭇한, 따스한 시선으로 보는 것 같은데 기분 탓일까?

"그나저나…… 전원이 여기서 자고 있어서 놀랐어요."

"나도 놀랐어……. 아빠는 늘 술에 취해 돌아오면 엄마한테 어리광부리면서 같이 자겠다고 그랬으면서……."

"나나미……. 그 일은 마음속에만 담아둘까? 다른 사람들도 있잖니."

살짝 자세히 듣고 싶은 신경 쓰이는 이야기가 나왔지만, 겐이치로 씨가 입막음했다. 겐이치로 씨, 그랬구나…….

내 시선을 받은 겐이치로 씨는 수줍은 듯 뺨을 물들이고 우리에게서 고개를 돌렸다. 상당히 귀여운 반응이다.

"아무튼 모처럼 일찍 일어났으니 아침 온천이나 갈까. 다들 어때?"

말을 돌린 겐이치로 씨는 그대로 잠든 다른 사람들에게 온천을 할 것인지 묻고 다녔다. 아무래도 다들 일어나려던 참이었는지 결국 다 같이 아침 온천을 하러 가게 되었다. 나나미 씨는 반격에 실패해 살짝 못마땅한 모습이었다.

그런 나나미 씨를 달래면서 나도 목욕할 채비를 마쳤다. 목욕 후에는 아침 식사다.

다 같이 북적거리며 이동해 남녀로 나뉘어 아침 목욕을 했다. 도중에 나온 가족 목욕탕을 가장 먼저 발견한 토모코 씨가 우리에게 어떠냐는 말을 꺼내왔지만, 필사적으로 사양했다.

나나미 씨가 '싫어?' 하고 슬픈 표정을 지었지만 어쩔 수 없다. 함께 목욕은 너무 이르다고 내 이성이 외치고 있다.

무엇보다 부모님들 앞에서 아침부터 이런 이야기는 괴롭다. 너무 힘들어. 토모코 씨가 날 놀리는 것뿐이라는 걸 알고 있지만.

어쨌든 우리는 아침 온천을 즐겼다. 잘 생각해 보니 아빠와 함께 목욕한 게 얼마 만이지? 호텔에 도착했을 때도 어제도 혼자 들어갔으니까……. 좀 부끄럽지만, 아빠가 기뻐 보이는 건 기분 탓일까.

목욕하는 개방감 때문인지 평소 같으면 집에서도 나누지 않을 법한 대화를 나와 아빠는 조용히, 담담하게 이어 갔다. 요즘 지내는 이야기나, 학교 일 같은 별것 아닌 이야기. 겐이치로 씨까지 가세하며 남자 셋의 알몸 교류라는 것을 나는 처음으로 경험하고 있었다.

귀찮게만 느껴졌던 얼마 전과는 달리 지금의 나는 그것이 즐겁게 느껴졌다.

"……요신, 지금 즐겁니?"

눈을 가늘게 뜬 아빠가 어딘가 감회가 깊은 듯한 얼굴로 내게 물었다. 겐이치로 씨는 아무 말도 하지 않고 내 대답을 기다리고 있었다.

지금 즐거운가.

이 질문이 말 그대로 아버지들과 목욕을 하는 지금을 말하는 게 아니라는 것 정도는 알고 있다. 아빠는 나나미 씨와 사귀게 된 후의 모든 과정을 가리켜 지금 즐겁냐고 묻는 거겠지.

그것에 대한 나의 대답은 뻔했다. 하지만 난 잠시 경치를 보며 생각했다. 아침 안개가 낀 거리를 탕에 몸을 담그며 바라본다. 아침 햇살이 드리운 거리는 어제의 야경이 주는 분위기와는 사뭇 달랐다.

달리고 있는 차나 바다 위를 이동하고 있는 배가 또렷하게 보였고, 그것을 보자 어딘가 그리운 마음이 솟아올랐다. 적어도 집에 있을 때는 맛볼 수 없는 기분이다.

조금 전까지 나에게 있어서 즐거운 일은 모두 방안에만 존재했다.

이런 풍경도 분명 인터넷을 찾아보면 동영상으로 많이 있을 것이다. 그것도 그거대로 예쁘다고 생각했을 거고 만족스러웠을 것이다.

하지만 내 세계는 이 잠깐 사이에 확장됐다. 그것은 생각지도 못했던 만남부터였고, 나나미 씨와 함께했던 날들이 있었기에 느낄 수 있게 된 것이었다. 그러니까 당연히 나의 대답은…….

"즐거워."

간결하게 아빠에게 전했다. 즐겁다. 진심으로 즐겁다.

내 대답에 아빠와 겐이치로 씨는 만족스럽게 고개를 끄덕였다.

솔직한 심정을 털어놓는 것은 좀 부끄럽다. 아빠가 상대라면 더욱 그렇다. 하지만 오늘은 조금 기분 좋게 말할 수 있었다. 온천의 효과인지, 여행 중이어서 그런 것인지는 알 수 없다.

"얼굴이 환해졌구나. 아들의 성장이 기쁘다."

아빠에게 그런 말을 들으니 어딘가 근질거렸다. 얼굴이 뜨거워지는 것은 뜨거운 물에 몸을 담갔기 때문만은 아니리라.

"훌륭한 아드님이군요."

"네, 정말…… 나나미 양 덕분입니다."

"그렇지 않습니다. 요신의 인품이죠."

겐이치로 씨와 아빠에게 모두 칭찬을 받아 더욱 부끄러워졌다. 어젯밤 술에 취해 같이 잤다고는 생각되지 않을 정도로 차분한 대화를 나누고 있다. 분위기를 망칠 것 같아서 반박할 수는 없지만.

하지만 나나미 씨 덕분인 건 사실이다. 계기를 생각하면 아이러니할 수도 있겠지만, 내가 이렇게까지 바뀔 줄은 나도 몰랐다.

그 후에도 한동안 이야기를 나눈 뒤 우리는 온천에서 나왔다. 또 우유라도 마시고 싶었지만, 아침 식사를 앞두고 있어서 참았다.

우리가 나오니 마침 여성들도 나오고 있었다. 타이밍이 딱 맞았다.

나나미 씨와 얼굴을 마주하니 왠지 나를 보는 눈빛이 아주 조금 달랐다. 어딘가 쑥스러운 듯하면서도 뭔가를 기대하는 것 같은 눈빛이었다. 힐끔힐끔 나를 보다가 눈이 마주치자 부끄러운 듯 시선을 돌렸다.

한편 어머니들은 생글생글 웃고 계셨다. 대체 온천에서 무슨 얘기를 했을까? 물어봐도 안 가르쳐 주겠지?

나나미 씨도 그녀들의 웃음을 눈치챘는지 기합을 넣듯 뺨을 찰싹찰싹 가볍게 두드리더니 태도를 바꿔 평소의 미소를 되찾았다.

나나미 씨, 괜찮을까?

"아, 시원하게 목욕하고 나니까 배고프다. 식사 기대되네."

"으음…… 응, 그러게."

"어라? 요신은 배 안 고파?"

"아니, 나도 배고파."

그녀는 내 옆에서 들뜬 얼굴로 미소를 지어 보였다. 안에서 무슨 대화가 오갔는지 물어보기가 무섭다. 뭐, 나쁜게 아니라면 조만간 가르쳐 주겠지. 보나 마나 또 이상한 조언을 받았을 거다.

뭐, 나 역시 바론 씨에게 배우고 있으니 비슷한 처지지만.

내가 보폭을 줄여 일행과 거리를 두자 나나미 씨도 나에게 보폭을 맞추었다.

앞서 걷는 사람들을 바라보며 나는 가볍게 나나미 씨의 손을 잡았다. 나나미 씨는 살짝 놀라서 눈을 동그랗게 떴지만, 이내 똑같이 가볍게 손을 잡고 흔들었다.

손깍지를 끼지 않는 평범한 손잡기였는데도 어쩐지 묘하게 두근거렸다.

모두에게 들키지 않도록 살짝 손을 잡고 나와 나나미 씨는 그대로 아침 식사하는 곳까지 천천히 걸어갔다.

예상이란 미래에 관한 상상이라고 누군가가 말했다. 인생 경험을 바탕으로 앞으로 어떤 일이 벌어질지 짐작하는 것이 진짜 예상이라고 한다.

다만 현실은 생각보다 복잡하기에 앞일을 예상하려면 풍부한 인생 경험이 필요하다.

그리고 예상치 못한 일은 그 사람의 경험에 없던 일이 갑자기 일어나기에 예상치 못한 일이 된다.

나는 그 말을 듣고 납득했다. 게임을 할 때도 예상외의 전개는 겪은 적이 없는 상황들 뿐이었다.

뭐, 현실에서는 항상 예상외의 사건뿐이지만. 그 누군가의 말이 사실이라면, 최근 예상치 못한 일을 자주 겪는 나는 인생 경험이 희박하다고 볼 수 있다.

근데 반대로 이렇게도 생각할 수 있지 않을까? 나는 앞으로 경험을 늘릴 여지가 있다. 성장할 여지가 많다는 뜻이다. 조금 억지 같지만, 긍정적인 사고방식도 분명 가능할 것이다.

갑자기 이런 생각을 한 이유가 있다. 뭐, 이유는 한 가지뿐이지만.

또다시 나에게 예상치 못한 일이 일어났기 때문이다.

"이건 예상 밖이네⋯⋯."

나는 지금 벚나무 아래에서 오렌지 주스를 홀짝이고 있다. 차량 이동을 감안해서 어른들도 우롱차를 마시고 있다.

어째서 이렇게 된 것인가⋯⋯. 이야기는 아침 식사 때로 거슬러 올라간다. 나와 나나미 씨가 디저트 푸딩을 먹던 중 사야가 토모코 씨와 함께 우리 자리로 다가왔다.

"두 사람 다, 오늘 일정 알아?"

사야의 말에 나와 나나미 씨는 얼굴을 마주 보고 고개를 갸웃했다. 오늘은 돌아가는 것만 남은 거 아닌가?

우리 둘 다 그런 생각을 하고 있었는데 사야가 작게 한숨을 내쉬더니 토모코 씨를 약간 노려본다.

토모코 씨는 웃을 뿐이었다.

"엄마, 제대로 말했어야지……."

"미안해, 말한 줄 알았는데 나도 생각보다 흥이 올라서 그만."

사야가 토모코 씨를 보자 말과는 달리 토모코 씨는 뺨에 손을 얹고 즐거운 듯 미소 짓고 있었다. 한숨을 내쉰 사야가 반쯤 고의였을 거라면서 작게 툴툴댔다.

"우후후, 모처럼이니까 돌아가는 길에 다 같이 꽃구경이나 할까 하고."

"꽃구경……?"

나와 나나미 씨가 한목소리를 냈다. 아무래도 모르는 건 우리 둘뿐이었던 것 같다.

사야가 어이없다는 표정을 지었다.

아빠와 엄마도 알고 있었다. 나와 나나미 씨가 계속 시시덕거리고 있어서 말할 타이밍을 놓쳤다고 말하니 뭐라 더 할 말이 없었다.

뭐, 이벤트가 늘어나는 정도는 상관없지.

그렇게 차로 이동해서 약 10분. 공원은 호텔과 비교적 가까운 곳에 있었다. 벚꽃이 만발한 아주 예쁜 공원이었다. 몇몇 나무는 이미 잎사귀가 돋아있었지만 그래도 초록과 분홍색의 대비가 무척 아름다웠다.

주위는 호수를 둘러싸듯 길이 나 있고, 길가에 나무가 심겨있었다. 벚꽃 이외에 붉은 꽃이나 노란 꽃…… 무슨 꽃일까? 아무튼 형형색색의 꽃이 피어있었다.

여길 산책하면 기분 좋겠는걸.

"한 주만 빨리 왔으면 만개한 모습을 볼 수 있었을 텐데. 그래도 아직 남아 있으니 아쉽지는 않을 거다."

겐이치가 그렇게 말했다. 나나미 씨나 사야가 어렸을 적에도 가끔 왔던 장소라는 모양이다.

나나미 씨는 그리운 듯이 풍경을 바라보았다.

나는 처음 보는 풍경에 기분이 고양됐다.

그 후 우리는 그 공원 안을 이동했다. 아무래도 목적지가 있는 모양이었다.

도중에 나나미 씨가 여러 가지 추억담을 들려주었다.

"옛날에 저기 연못에 빠질 뻔한 적이 있었는데…… 아니, 빠졌었나?"

"빠졌다고? 울타리가 있는데? 혹시 나나미 씨가 울타리가 떨어져서 생겼나?"

"아냐. 울타리를 넘어서 갔을 거야. 아빠랑 살짝 싸웠었나? 해서 화가 났거든. 어린애는 화가 나면 엉뚱한 짓을 하곤 하니까."

남의 일처럼 담담하게 말했는데, 나나미 씨, 살짝 공격적이지 않나? 지금의 나나미 씨로는 상상하기 어려웠다.

……아니, 최근 행동을 생각하면 그렇지도 않은가.

내가 가만히 그녀를 바라보자 나나미 씨는 약간 부끄러

운 듯 뺨을 긁적였다.

행동력은 어쨌든, 나나미 씨가 화내는 모습은 상상이 안
됐다. 언젠가 나도 그녀를 화나게 할 때가 올까? 그때……
제대로 화해할 수 있을까? 할 수 있다면 좋겠다.

"……용케 무사했네."

"아빠가 도와주셨거든. 그리고 난 수영을 잘하는 편이야."

"옷 입은 채로는 위험하지……. 이거, 역시 안 떨어졌지?"

내 지적에 나나미 씨는 눈을 크게 뜨더니 얼버무리듯
혀를 쏙 내밀고 한쪽 눈을 감았다. 만화에 나오는 그 표정
이었다. 대체 어디서 배운 거야? 내 악영향은 아니겠지?
그래, 우연일 거다. 어쩌다 보니 그런 행동이 나온 것뿐이
겠지…….

"어? 요신, 이런 걸 좋아하지 않았나?"

범인은 나였다. 그야 난 좋아하지만. 귀엽잖아?

내가 말을 잇지 못하자 나나미 씨가 다시 무언가를 말하
려 했다. 그 순간 사야에게서 항의가 들어왔다.

"두 사람 다~ 장난치지 말고 준비하는 거 도와줘~."

그러자 나나미 씨 내 귓가에 살짝 얼굴을 가까이 대고
작게 "나중에"라고 속삭였다. 무슨 말을 하려는 건지 신경
쓰였지만, 일단 모두가 있는 곳으로 달려갔다.

다들 벗나무 아래에 모여서 꽃구경 준비를 하고 있었다.
언제 준비했는지 도구들이 여럿 놓여 있었다. 재료도 준비

되어 있었다.

"나, 밖에서 고기 구워 먹는 건 처음인 것 같아……."

내가 혼자 중얼댄 말에 겐이치로 씨가 반응했다.

"부모님께 들었다. 바빠서 캠프 같은 곳에 데려가지 못한 게 미안하다더구나. 오늘은 마음껏 즐기도록 해."

참고로 아빠는 좀 떨어진 곳에서 바지런히 꽃구경 준비를 하고 있었다. 저런 모습을 본 것은 처음이었다.

"우후후, 그이가 캠핑을 좋아하는데 딸들은 별로 안 좋아하거든. 오늘은 그이도 기대하고 있었단다."

"그치만…… 밖에서 자면 뭔가 불편하잖아? 그리고 목욕도 못 하고…… 당일치기로 꽃놀이 정도라면 좋지만."

아빠 쪽 못지않게 들뜬 얼굴의 겐이치로 씨를 보자 어쩐지 나까지 즐거워졌다. 토모코 씨도 사야도 이러니저러니 해도 즐거워 보였다.

아빠와 엄마는 그런 생각을 하고 계셨나……. 신경 쓸 필요 없는데.

애초에 나는 인도어파라서 캠프 가자고 해도 좋아할 타입이 아니다. 당혹스러워하거나 거절했겠지.

그런 내가…… 오늘의 꽃구경에 이토록 두근거리고 있으니 어쩐지 기분이 이상했다. 괜히 멋쩍어져서 우리 부모님 쪽이 아니라 겐이치로 씨네와 이야기를 나누고 만다.

처음 보는 도구들에 살짝 마음이 설레였다.

바론 씨에게는 '꽃구경하고 올게요. 자세한 내용은 나중에 보고하겠습니다'라고만 전해졌다. 두 사람 다 잘 다녀오라고 말해주었다. 그 후로…… 더는 스마트폰을 만지지 않았다. 예전의 나라면 이런 상황에서도 게임을 못 하는 걸 불만스럽게 생각하고 있었을 거다.

어느새 돗자리에 간이 테이블까지 설치됐다. 우리 집에 저런 게 있었나? 렌탈인가? 우리 집 일인데도 모르는 것투성이다.

아니…… 그보다도…….

"아, 요신! 이쪽이야!"

준비를 돕고 있던 나나미 씨가 가볍게 뛰면서 내게 손을 흔들었다. 흰 구름이 아주 조금 떠 있는 쾌청한 하늘에, 기온도 포근하고 따뜻한…… 그야말로 기분 좋은 날씨였다.

그런 푸른 하늘 아래로, 손을 흔드는 나나미 씨를 향해 흰색과 분홍색 벚꽃잎…… 그리고 아주 약간의 녹색 잎이 느긋한 바람을 맞으며 날아오고 있다.

한 폭의 그림 같은 풍경 속에서 그녀가 내게 미소를 짓고 있었다.

나는 그 모습에 저도 모르게 넋을 잃고 멈춰 섰다.

이 얼마나 아름다운가. 나답지 않게 그런 감상이 나왔다.

"요신 군, 어떤가? 정말 예쁘지?"

"네, 예뻐요…… 정말……."

나는 겐이치로 씨의 말에 조용히 동의했다. 나나미 씨는 우뚝 멈춰선 나를 의아한 얼굴로 보고 있다. 그 모습마저도 예뻐 보였다.

이 모습을 사진으로 담고 싶었지만, 몸이 잘 움직이지 않았다. 뭐, 기억에 남겨두면 되려나.

그런 생각을 하고 있는데 타이밍 좋게 토모코 씨가 사진을 찍어주고 계셨다. 나는 눈빛으로 나중에 그 사진을 달라고 호소했다. 토모코 씨가 잠자코 고개를 끄덕였다.

"자, 다들 기다리고 계시니 넋 놓고 쳐다보는 건 그쯤 하고 슬슬 꽃구경을 시작할까? 준비는 맡겨다오."

"도와드리지 않아도 될까요?"

"이런 건 어른들의 즐거움이야. 너희는 느긋하게 기다리고 있으면 돼."

"그래. 요신은 모두와 느긋하게 있거라."

어느새 다가온 아빠가 겐이치로 씨와 꽉 주먹을 만들어 보이며 무언가를 어필했다.

나는 결국 물러섰다.

"그럼 부탁드려요."

그 말에 아빠와 겐이치로 씨가 기쁜 얼굴로 고개를 끄덕였다. 우리는 나나미 씨가 있는 곳으로 이동했다. 나나미 씨가 날 보고 다시 한번 웃었다.

"요신, 오늘도 즐겁게 놀자."

"그래."

오늘은 단둘만의 데이트가 아니지만, 분명 즐거운 하루가 될 것이다.

돗자리 주위에 아웃도어 의자가 몇 개 놓여 있었다. 사야는 어느 틈에 의자에 앉아 쉬고 있었다. 나와 나나미 씨도 앉았다. 나는 등받이에 체중을 싣고 목만 움직여 하늘을 올려다보았다.

"요신, 햇살이 기분 좋다~. 따끈따끈해서 왠지 잠이 올 것 같아……."

"그러게……. 그런데 이렇게 편히 쉬고만 있어도 괜찮은 걸까……?"

"좋지 않아? 형부도 언니도…… 가끔은 말야……."

세 사람 모두 앉은 채로 벚꽃과 푸른 하늘을 바라보았다. 푸른 하늘에 연분홍빛이 도는 하얀 벚꽃이 눈을 즐겁게 했다. 나는 바비큐 스토브에서 숯을 피울 준비를 하는 아빠와 겐이치로 씨를 곁눈질로 바라보았다.

나는 캠핑을 해본 적이 없기에 바비큐도 해본 적이 없다. 그러나 아빠는 달랐다.

두 사람은 능숙하게 바비큐 스토브를 조립하더니 숯을 이용해 불을 붙이기 시작했다.

조금 죄송스러운 마음을 가지면서도 나는 그 모습을 쭉 바라보았다.

두 사람은 워낙 오랜만이라 감을 되찾고 싶다고 했다. 옛날에는 두 분 모두, 이런 걸 자주 하신 모양이다. 실은 오늘도 이 순간을 기대하고 계셨을지도.

나로서는 운전으로 고생하셨으니 쉬셨으면 좋겠지만, 도와준답시고 방해하거나 두 사람의 일을 빼앗을 수는 없기에 그냥 맡기기로 했다.

"요신, 나나미 양, 사야 양⋯⋯. 차랑 주스 중에 어느 게 좋니?"

엄마의 말에 나와 나나미 씨는 차를, 사야는 주스를 받았다.

차를 마시며 느긋하게 있으니 뭐랄까, 시간이 천천히 흐르는 기분이었다. 분주한 일상에서 벗어나면 이렇게나 여유로운 건가.

어머니들은 치즈를 썰며 고급스러운 무언가를 만들고 있었다. 저건 또 언제 샀지?

이거라도 도우려고 했지만, 엄마끼리만 요리하고 싶다는 이유로 또 거절당했다. 아빠와 같은 이유잖아. 이런 게 어른들의 즐거움인가?

"요리가 완성되려면 시간이 좀 걸리니까 세 사람 다 산책이라도 하고 오는 게 어떠니? 날씨도 좋으니까 분명 상쾌할 거야."

토모코 씨가 그런 말을 꺼냈다. 공원 산책이라⋯⋯. 날도 무척 포근하니, 산책하기엔 딱 좋은 날씨이긴 했다.

"나나미 씨, 가볼까?"

"그럴까……. 사야는 어쩔래?"

"나는 패스……. 둘이 다녀와. 나는 부활동으로 쌓인 피로를 풀 생각이니까 끝까지 아무것도 안 할 거야. 이 편안한 의자가 나를 놔주지 않아……. 오늘의 내 남친은 이 의자야……."

사야는 풀어진 미소를 지으며 의자에 깊이 체중을 실었다. 주스를 한 모금 마시고, 토모코 씨에게 받은 치즈를 행복한 얼굴로 오물거렸다.

나와 나나미 씨는 쓴웃음을 지으며 얼굴을 마주 보았다.

"그럼 요신, 둘이서 갈까?"

"그래, 가자."

나는 의자에서 일어나 나나미 씨에게 손을 내밀었다. 나나미 씨는 내 손을 보며 부드럽게 미소 짓더니 살포시 잡고 일어났다.

우리는 다녀오겠다는 말을 남긴 뒤 함께 걸었다. 내 등 뒤로 사야가 힘내라며 작게 응원을 보내주었다.

슬쩍 사야의 얼굴을 보니 그녀는 변함없이 해맑은 미소를 짓고 있었다. 내 시선을 알아차리고는 V사인을 보냈다.

나도 몰래 사인을 돌려주자 사야가 혀를 쏙 내밀었다.

……다정한 아이구나.

"왜 그래?"

"아무것도 아냐, 가자."

시선이 부끄러워서 손을 잡지는 못했지만 둘이서 절묘한 거리를 유지한 채 나란히 걸어가며 담소를 나눴다.

"다들 배려해준 거겠지……?"

이렇게 받기만 해도 되는 걸까.

"어떠려나? 이것도 부모님끼리 계획한 거고. 말씀하신 대로 하고 싶었던 게 아닐까? 아빠도 그런 부분이 있지……."

"난 우리 부모님에게 저런 부분이 있는 줄 몰랐는데."

"뭐, 좋지 않아? 덕분에 이렇게 단둘이 있게 됐잖아."

나나미 씨는 그들의 시선을 벗어나자마자 내 팔을 끌어안았다. 오늘은 팔짱을 끼고 걷고 싶은 기분인가. 역시 양가 부모님 앞에서 하기에는 민망하지.

오랜만에 팔짱을 낀 우리는 약간의 수줍음을 느끼면서 천천히 공원 안을 걸었다.

길가에 형형색색 꽃이 피어 있었다. 바람도 잔잔하니, 무척 상쾌하다.

"이거 무슨 꽃일까? 예쁘다."

"정말이네. 같이 사진 찍을까?"

"아냐. 지금은 느긋하게 산책하자."

"그래."

우린 벚꽃이 핀 길을 둘이서 걸었다.

녹색 잔디가 햇빛을 반사해 초록빛 융단을 이루었다. 그 잔디밭 위로 곧게 뻗은 나무에 피어 있는 흰색과 연분홍색 벚꽃이 바람에 따라 흔들렸다.

지금은 벚꽃 나무에 잎이 나 있지만, 벚꽃 철에 만개했을 모습을 상상하니 대단했을 것 같았다. 하지만 지금 풍경도 무척 아름다웠다.

바람이 불자 솨아아 하는 소리와 함께 주위의 가지가 흔들렸고, 꽃잎이 흩날려 우리 주위로 떨어졌다. 하늘하늘한 벚꽃이 마치 눈처럼 보였다……. 꽃잎으로 수 놓인 길이 아름다웠다.

부드럽고 따뜻한 바람이 뺨을 어루만져서 기분이 무척 좋았다.

평온한 분위기 속에서 좋아하는 사람과 느긋한 산책. 정말 행복했다.

"이런 분위기도 좋네. 고등학생의 데이트와는 다르지만, 평화롭고 느긋해."

나나미 씨도 나와 같은 감상인지 무척 평온한 얼굴이었다.

이런 것도 가끔은 좋군.

꼭 떠들썩해야 데이트인 건 아니다.

나와 나나미 씨는 둘이서 잔잔한 대화를 나누며 걸었다.

걷다 보니 길 위를 벚꽃 나무가 덮어 터널을 이룬 길이 나왔다. 주변이 온통 벚꽃으로 둘러싸여 있고 바닥도 꽃잎으로 흰 무늬를 만들었다.

"굉장하다. 자연스럽게 이렇게 된 건가?"

"너무 예쁘다. 걸어 볼까?"

우리는 그 벚꽃 터널을 지나갔다. 머리 위가 흰색과 연분홍색으로 덮여 마치 따뜻한 눈 속에 있는 듯한 착각이 일었다. 우리는 천천히 터널 안을 걸었다.

"나나미 씨, 사진 찍을까?"

"응, 그러자!"

우리는 서로 사진을 찍어주다가 길을 지나던 가족에게 사진을 찍어달라고 부탁했다.

일행분들은 흔쾌히 우리들의 사진을 찍어주었다. 우리도 답례로 그들의 사진을 찍어줬다.

그들에게 감사를 전하고 산책을 이어갔다. 그러자 낮은 울타리에 둘러싸인 연못에 다다랐다.

연못 주위에도 벚꽃이 피어 있어서 바람을 타고 날아간 꽃잎이 수면을 융단처럼 빼곡하게 덮고 있었다. 그 수면 위로 보트가 달리자 지나간 부분만 꽃잎이 사라지며 수면에 유선형을 그렸다. 그리고 보트가 지나간 뒤 다시 꽃잎들이 수면을 덮었다.

"넓다~. 물고기도 있을까?"

"여기에는 없을 거 같은데."

나나미 씨가 울타리로 다가가 연못을 들여다봤다. 나도

한 걸음 늦게 그녀 곁으로 향했다.

그때 나나미 씨가 작게 비명을 질렀다.

"꺄악?!"

잔디가 젖어 있었는지 나나미 씨가 발을 살짝 헛디뎠다. 그녀의 몸이 낮은 울타리 너머로 넘어가려 했다.

당황한 나는 나나미 씨의 이름을 외치며 그녀의 손을 잡아당겨 힘껏 끌어안았다.

"나나미 씨, 괜찮아?! 연못 주위는 위험하니까 조심해!"

"아…… 고마워, 요신. 미끄러져서 깜짝 놀랐어……. 근데…… 저기…….."

내 품에서 그녀의 체온과 빨라진 심장 박동이 느껴졌다. 내 고동도 절로 함께 빨라졌다.

이거, 이렇게 끌어안은 건 처음 아닌가?

조금 더 이 온기를 느끼고 싶었지만, 계속 그러고 있을 수는 없으니……. 서서히 팔에 힘을 풀자 그녀의 몸이 나를 벗어났다.

우리는 자연스럽게 서로 바라보는 자세가 되었다.

껴안아서 그런지, 아니면 시선이 마주쳐서 그런지, 내 심장이 아까보다 더 빠르게 뛰었다. 나나미 씨도 뺨을 물들인 채 촉촉한 눈빛으로 나를 올려다보았다.

우리는 서로의 눈을 바라보았고…… 그리고…….

"엄마, 저 언니랑 오빠 뭐 하는 거야?"

"이, 이 녀석…… 방해하면 안 되지……. 가자."

"엄마랑 아빠도 가끔 붙어 있지? 언니랑 오빠도 아빠랑 엄마야?"

"쉿! 어서 가자."

제삼자의 목소리로 인해 우리는 정신을 차렸다.

응, 예상했던 전개야. 가족들도 많이 찾는 공원이니까 자중해야 했다.

아이한테 엄마, 아빠 소리를 들은 우리는 서로 한 걸음 물러섰다.

어색함에 잠시 침묵이 흘렀지만, 나는 뺨의 열기가 가시지 않은 채로 그녀에게 손을 내밀었다.

"스…… 슬슬 돌아갈까?"

"으…… 응, 돌아가자. 아마 준비 다 됐을 거야."

그 후 우리는 왔던 길을 되돌아 모두가 기다리는 장소로 돌아갔다. 가는 길은 조금 전과는 다소 달라진 분위기로, 약간 말이 줄어들었다.

그렇게 우리는…… 팔짱을 낀 채로 모두의 곁으로 돌아갔다.

"어머어머, 세상에나, 이 엄마는 기쁘구나."

"흐음…… 가는 길과 돌아오는 길에 서로의 거리감이 달라지다니……. 꽤 하네, 요신."

……아뿔싸. 미리 떨어지려고 생각했는데, 깜박했다.

어머니들은 모두 웃는 얼굴로 엄지손가락을 치켜세우고 있다.

"두 사람 다 어서 와~. 먼저 먹고 있었어. 고기 맛있다. 내가 다 먹어버린다~."

사야는 아버지들이 굽고 있는 고기를 먹으면서 주먹밥을 먹고 있었다. 그러면서 엄마에게 고기를 먹여주기도 한다. 정말 친해졌구나, 두 사람.

새삼스럽지만…… 역시 나나미 씨의 여동생이랄까. 소통 능력이 장난 아니다. 나와는 전혀 달라.

겐이치로 씨와 아빠는 직접 고기를 구워 먹으면서 "젊은 부부에게 건배!" 하고 외쳤다. 취했나? 아니, 술은 없는데. 단순히 흥이 오른 것뿐인가. 이런 아빠를 보는 건…… 처음인 것 같았다.

"자, 두 사람 다 배고프지? 계속 고기 굽고 있으니까 많이들 먹어."

스토브 위에서 양념에 절인 양고기나 돼지고기, 소고기, 소시지가 지글지글 소리를 내며 먹음직스럽게 구워지고 있었다. 양파나 당근 같은 채소류도 굽고 있었다.

테이블 위에는 토마토와 모차렐라 치즈, 닭고기 샐러드, 그리고 크래커 위에 치즈를 얹은 전채 요리와 과일, 마시멜로 등의 디저트들이 놓여 있었다.

이런 걸 언제 다 산 걸까. 어제 개별행동을 했을 때 샀으려나?

"아, 나 이거 좋아해. 요신도 먹어봐."

나나미 씨는 크래커를 집어 들더니 한입에 쏙 먹었다. 그리고 내게도 그것을 내밀었다. 크래커 위에는 치즈와 사과가 올라가 있고 시럽이 뿌려져 있는 것 같았다. 그것을 입에 넣자 치즈의 짠맛과 사과의 신맛, 그리고 시럽의 단맛이 입 안 가득 퍼졌다.

"맛있네, 이거. 뭔가 과자 같은데…… 술안주 같은 건가?"

"응. 아빠가 좋아하는 안주인데, 과자 같지?"

"자자, 두 사람 모두, 이쪽 고기 다 익었어. 음료수도 있으니까 좋아하는 걸로…… 아, 술은 없으니 안심해. 특히 나나미는 전과가……."

"말하지 마! 있어도 안 마셔!"

"아, 감사합니다. 토모코 씨. 잘 먹겠습니다."

나는 토모코 씨에게 구워진 고기가 담긴 접시를 받아들고 그것을 나나미 씨와 함께 먹었다.

그물망에 구워서 불필요한 기름이 빠진 탓인지, 아니면 숯의 향기 덕분인지…… 프라이팬에 구워 먹는 고기와 전혀 다른 맛이 났다. 소시지도 안에 치즈가 들어 있어서 한입 베어 물자 뜨거운 치즈가 흘러나와 하마터면 입에 화상을 입을 뻔했다. 하지만…… 너무 맛있었다.

푸른 하늘 아래서 먹으니 더욱 맛있게 느껴졌다.

"맛있다, 요신. 아, 주먹밥은 어느 거 먹을래? 참치랑 연어랑 다시마 있어."

"그럼 다시마로."

주먹밥도 고기와 잘 어울렸다. 산책을 해서 배가 고파 그런지 우리는 정신없이 식사를 즐겼다.

푸르른 하늘 아래서 다 함께 요리를 먹고 시끌벅적 떠들고……. 인도어파인 나는 몰랐던 즐거움이었다.

곧 배부르게 먹은 나와 나나미 씨가 모두 돗자리 위에 누웠다.

그때…… 그녀의 머리와 얼굴에 벚꽃잎이 달라붙어 있다는 것을 알아차렸다.

나는 그 꽃잎을 살짝 집어 들었고…… 모두가 시끌벅적 떠드는 가운데 우리는 서로를 바라보며 조용히 미소 지었다.

따스한 양지 아래서…… 우리는 시간을 잊고 꽃구경을 즐겼다.

나와 나나미 씨가 돗자리에 누워서 흩날리는 벚꽃을 즐길 때…… 다들 저마다의 방식으로 꽃구경을 즐기고 있었다.

아버지들은 함께 담소를 나누고 어머니들도 주부 간의 대화를 나누고 있다. 금강산도 식후경…… 이라는 상태였다.

어른들의 대화는 우리가 끼어들 수 없고, 끼어들 생각도 없었다. 언젠가는 나도 저런 대화를 할 날이 올까?

"새근…… 새근……."

그러는 와중 내 옆에서 잠든 나나미 씨의 숨소리가 들려왔다. 따스한 햇살을 받아 꾸벅꾸벅 졸다가 어느새 잠이 든 것 같다.

나는 입고 있던 상의를 그녀에게 걸쳐주고 다시 돗자리 위에 앉았다.

배터리가 얼마 안 남았지만, 바론 씨에게 보고라도 할까? 나나미 씨를 깨우는 건 미안하니까. 아, 사진 한 장만 찍어두자…….

그렇게 생각하고 있는데…… 사진 찍는 소리에 맞추듯 내 앞에 누군가가 쪼그리고 앉는 그림자가 드리웠다. 사야였다.

사야는 힐끗 나나미 씨를 보더니, 나나미 씨보다 살짝 올라간 눈매로 내게 미소를 지어왔다.

"형부, 나랑 얘기 좀 안 할래? 나랑 둘만 있었던 적은 없었잖아."

갑작스러운 제안에 나는 조금 당황했다. 듣고 보니 사야와 이렇게 둘이서만 얼굴을 마주하고 이야기할 기회는 전혀 없었다.

"아, 이상한 걸 물어보려는 거 아냐……. 그냥 언니와 어떤지 이야기를 듣고 싶을 뿐이지."

"그 '형부*'라는 호칭, 새삼스럽게 들으니까 뭐랄까……

---

*일본은 형부와 오빠라는 말의 발음이 같다.

좀 간지럽네. 난 외동이라 친척들한테도 그렇게 불린 적이
없거든."

"어? 싫었어?"

"아니야. 애초에 그렇게 불러도 된다고 말한 건 나니까.
왜 그렇게 부르는지는 모르겠다만."

"어차피 언젠가는 언니랑 결혼 할 거잖아?"

갑자기 엄청난 말을 하네. 결혼이라니……. 겐이치로 씨
나 토모코 씨에게도 얼핏 듣긴 했는데, 이 가족은 너무 앞
서가는 거 아닌가요? 아니, 우리 부모님도 마찬가지인가?
어쩐지 빠져나갈 길이 완전히 사라진 기분이다.

신경 쓰면 어쩐지 무덤을 팔 것 같으니까 이 화제는 피
하자. 아마 태클을 걸면 건 만큼 반격을 받으리라.

"그래서 무슨 이야기가 듣고 싶은데?"

"음, 이것저것 있는데. 형부는 말이지, 언니의 어디가 제
일 좋아?"

뜬금없이 튀어나온 예상 밖의 질문에 나는 심장이 덜컹
거리고 식은땀이 날 것 같았다. 자고 있다고는 해도, 나나
미 씨가 곁에 있는 상황에서 대답하기는 어려운 질문이다.
더구나 나중에 나나미 씨에게 말하면…… 직접 전하는 것
보다 더 부끄러운 기분이 들었다. 직접 말하는 것도 부끄
럽지만.

"……그건 왜?"

"언니는 형부의 좋아하는 점을 자꾸 말하는데, 형부는 말해준 적이 없는걸."

나나미 씨, 무슨 말을 한 거야? 난 좀 부끄러운데……?

사야는 눈을 빛내며 나를 바라보았다.

좋아하는 곳, 좋아하는 곳이라……. 깊이 생각해 본 적이 없었다. 좋아하는 곳이 많아서 첫 번째를 정하기 어려웠다.

"역시 가슴 큰 거?"

"아니야. 아니, 싫다는 뜻이 아니라……. 그보다, 여자애가 가슴이라는 말은 삼가는 편이 좋을 것 같아."

"형부까지 친구랑 같은 소릴 하네……."

자신의 가슴을 양손으로 들면서 그런 소릴 하면 누구라도 같은 반응일걸? 만약 이걸 반 안에서 했다면 남자애들은 상당히 불편해지지 않았을까……. 잠시 사야를 나무란 뒤에…… 나는 다시금 나나미 씨의 좋은 부분을 생각했다.

좋아하는 곳, 좋아하는 곳이라…….

나를 위해 도시락을 싸주거나, 요리랑 공부를 알려주는 거나, 살뜰히 챙겨주는 점.

가끔 대담하게 다가오지만 그걸 내가 돌려주면 새빨개지면서 부끄러워하는 사랑스러움.

내가 좋아하는 것을 이해해주는 마음 씀씀이나, 나를 좋아하는 한결같은 마음……. 좋아한다는 건 예상이지만.

무엇보다도…… 누구보다도 나를 생각해주는 따뜻한 상냥함.

헤아리자면 끝이 없겠지……. 굳이 표현한다면…….

"가장 좋아하는 건 역시 귀여운 부분이려나…….'

"겉모습?"

"그게 아니라 성격 이야기야. 날 잘 챙겨주기도 하고, 마음도 넓기고…… 가끔 자폭해서 붉어지기도 하고, 그런 전부를 통틀어서 상냥한 점이…… 귀엽다고 생각해."

"맞아…… 언니는 상냥하지. 형부한테 딱이네. 형부같이 다정한 사람은 본 적이 없거든."

그래……? 영광스럽게 느끼면서도 조금 부끄럽다.

아무튼 이걸로 대답은 했지?

그러나 그녀는 나나미 씨를 똑 닮은, 놀리는 듯한 미소를 지으며 내게 질문을 계속 던졌다.

"그리고? 외모는? 어디가 제일 좋아?"

오오…… 그걸 묻는 건가. 이거 또 대답하기 어려운 질문을……. 무슨 대답을 해도 문제가 생길 것 같은데……. 그렇게 듣고 싶은 건가?

"역시 가슴?"

"아니, 아까부터 뭐야, 그 가슴 외길은. 나한테 무슨 대답을 바라는 건데."

"반 남자애들이 역시 여자는 가슴이라고 그랬거든. 남자

들은 다 좋아하나 싶어서. 언니 가슴 푹신푹신하잖아. 푹
신푹신…… 진짜 엄청나!"

으으음……. 조금이지만 그 감촉을 알기에 더욱 대담하
기 어려웠다. 아니, 안 만졌어. 닿았을 뿐이다. 우연히 닿
은 것뿐이다.

뭐, 건전한 중학생이라면 가슴에 눈이 가거나 의식이 쏠
리는 것은 어쩔 수 없다고 쳐도…… 나는 글쎄…….

처음에 나나미 씨의 외모 중에 어디가 좋으냐는 질문을
받았을 때, 먼저 떠오른 것은 가슴이 아니었다.

"눈, 일까……? 예쁜…… 나나미 씨의 눈동자."

"눈? 가슴도 엉덩이도 아니고 눈? 와, 특이한 페티시네."

"그런 말은 어디서 배운 거야? 그런 게 아니라, 나나미
씨의 눈동자 자체가 말야…… 엄청 예쁘지 않아?"

나는 나나미 씨가 날 똑바로 바라보는 것을 좋아한다.

그 보석같이 예쁘고 큰 눈동자. 가끔 불안하게 흔들리기
도 하지만, 다정하게 나를 봐주는 그 눈을 마주하면……
무척 마음이 포근해진다.

"으음…… 의외의 대답이네…….”

사야가 팔짱을 끼며 중얼거렸다.

이상한 말을 하지는 않은 것 같은데…… 뭔가 판정을 기
다리는 기분이라 가슴이 두근거렸다. 사야는 내게서 시선
을 떼고 나나미 씨 쪽으로 시선을 돌린다.

"언니, 잘됐네! 형부는 언니한테 완전히 반했어!"

사야의 그 한마디에 자고 있을 나나미 씨의 몸이 크게 움찔 떨렸다.

어? 듣고 있었어?!

나나미 씨는 천천히 몸을 일으키더니…… 붉어진 얼굴로 사야를 노려보았다.

"사야, 요신한테 뭘 물어보는 거야! 창피해서 일어날 수가 없잖아……!"

언제부터 듣고 있었지? 나 역시 수치심에 절로 뺨이 달아오르는 바람에 나나미 씨의 얼굴을 제대로 볼 수 없었다. 사야는 나와 나나미 씨의 얼굴을 보고 환한 미소를 지었다.

"아니, 남자는 어렵다고 했던 언니가 왜 형부는 아무렇지도 않은지 궁금했거든. 하지만 오늘 이야기로 그 이유를 잘 알았어……. 형부가 이런 사람이니까 언니가 괜찮았던 거구나."

"맞아, 요신이라서 괜찮은 거야……. 부끄러운 소리 하게 하지 마."

토모코 씨를 쏙 빼닮은 온화한 미소를 지은 사야는 새빨 갛게 달아오른 자신의 언니를 흐뭇하게 바라보고 있다. 새삼스럽게 들으려니 상당히 부끄럽다…….

사야는 내 쪽으로 몸을 돌리더니 굳이 정좌하고는 고개

를 숙였다.

"요신 씨……. 앞으로 언니를 잘 부탁드립니다."

사야의 말은 나나미 씨를 생각하는 마음으로 넘쳐나고 있었다.

역시 사야도 나나미 씨를 정말 좋아하는구나. 그래서 이 기회를 틈타 내게 질문을 한 거겠지. 어쩌면 마음 한구석으로 이런저런 걱정을 하고 있었는지도 모른다.

"음……. 맡겨주세요."

나도 정좌를 하고 자세를 바로잡은 뒤 사야를 향해 고개를 숙였다. 이것으로 사야와도 한 단계 나아갔다고 할지…… 조금 있던 벽이 사라졌을까?

두 사람이 동시에 고개를 들자…… 사야는 얼굴에 그 나이에 걸맞은 미소를 지으며 내게 다가왔다.

"그럼 있지! 형부 학교에 누구 멋진 사람 소개해줘! 두 사람 보고 있으면 나도 남친이 갖고 싶은데, 또래 중에는 마땅한 애가 없어."

전환이 빠르네! 사야는 어느새 나이에 어울리는 천진한 여자애로 돌아가 있었다.

"난 그렇게 친구가 많진 않은데."

"에엥~? 그렇게나 언니랑 잘 지내면서 친구가 적어? 뭔가 엄청 극단적이네, 형부는."

기백에 눌린 나는 잠시 사진을 찾아보았지만…… 내 사

진 폴더에 있는 것이라고는 게임 스크린샷이나 나나미 씨와 만난 후의 사진뿐이었다. 아니, 진짜 나나미 씨 사진밖에 없는데. 남자 사진이라고는 시베츠 선배가 유일했다. 하지만 선배는 좀……

"와아, 이 사람 엄청 미남이네! 형부랑 키 차이 엄청나!"

어느새 내 등 뒤로 온 사야가 시베츠 선배의 사진을 보고 꺅꺅댔다. 잘생긴 건 알고 있었지만, 여자 입으로 들으니 인정하지 않을 수가 없군.

최근에는 굉장히 재미있는 선배라는 인상밖에 없었으니까.

"뭐, 멋있지. 시베츠 선배…… 응, 멋있긴 한데……"

"아, 이 사람이 언니 가슴만 봤다가 차였다는 선배야? 흐음, 이런 사람이구나."

내가 말을 망설이고 있는데 사야가 선배의 정보를 태연히 입에 올렸다. 나나미 씨를 보자 난처한 미소를 지으며 혀를 쏙 내밀고 있다. 응, 선배에 대해 말했구나……

"음, 난 언니만큼 가슴이 없는데…… 안 되려나? 그래도 언니한테 고백했다면 나한테도 기회가 있지 않을까? 형부, 다음에 선배 소개해줘."

"네가 좋다면 나야 상관없다만……"

나는 힐끔 나나미 씨를 보았다. 나나미 씨도 조금 당황한 표정을 짓고 있다.

자신에게 고백해 온 남자를 여동생이 소개받는다고 하니 복잡한 심경이지 않을까. 아니, 소개하는 건 나지만. 그래도 어렵지 않을까?

"저기, 전에도 말했지만, 선배는 내 가슴만 봤는데 사야는 괜찮아? 물론 나쁜 사람은 아니야. 여러모로 오해도 있었고, 사람은 좋은데……."

"오, 언니가 형부 이외의 남자를 칭찬한다. 별일이네. 정말 좋은 사람인가 봐?"

참지 못한 나나미 씨가 말을 거들었지만, 사야의 말대로 나나미 씨 안에서 선배의 평가가 살짝 올라간 것이 느껴졌다. 응, 확실히 좋은 사람이지, 선배는.

좋은 사람이지만, 문제는 언니가 찬 사람을 여동생에게 소개해도 괜찮은 걸까……?

안 되겠지, 분명?

나도 나나미 씨도 그렇게 생각했지만, 아무래도 사야는 그에 대해선 신경 쓰지 않는 것인지 나와 나나미 씨의 발언에 의아하다는 듯 고개를 갸웃했다.

"언니, 무슨 소리야……. 남자아이는 말이지, 몇 살이 되어도 가슴을 좋아하는 법이라고. 커다란 가슴을 보는 게 자연스럽다고~. 게다가 바로 사귄다는 것도 아니고 소개만 받는 거잖아. 우선은 어떤 사람인지를 알아야지."

나도 나나미 씨도 사야의 말에 당황했다.

상당히 어른스러운 반응……! 중학생 맞지? 요즘 중학생은 다들 이런가? 그러고 보니 피치 씨도 중학생인데 상당히 어른스러운 발언을 했던 것 같다.

혹시 사야는 토모코 씨와 성격이 비슷한 걸까? 그렇게 생각하니 확 와 닿는다.

"게다가 언니 잊었어? 나는 댄스부야. 댄서가 보이는 걸 싫어하면 안 되지. 뭐, 언니 정도의 크기라면 춤추기 힘들지도……."

"동생한테 성희롱당했어?!"

사야는 나나미 씨의 가슴을 꽉 잡고 음미하듯 만지작거린다. 나는 어쩐지 보면 안 될 장면 같아서 시선을 돌렸다. 그러자…….

"잠?! 사야, 뭐 하는 거야?! 그만……!"

왠지 내가 눈을 돌린 타이밍에…… 아니, 내가 눈을 돌려서 그런지 나나미 씨의 거부하는 목소리가 강해졌다. 옷이 스치는 소리와 나나미 씨의 거부하는 소리만이 귀에 들려왔다.

뭘 하는 거지? 보이지 않으니 내 안의 상상력이 작용해 버렸지만, 돌아볼 수는 없었다. 참아라, 나. 멈춰라, 나.

한동안 묘한 대화가 들려왔지만…… 곧바로 둔탁한 소리가 들려왔다.

"아파아아앗!"

"자업자득!"

그때서야 돌아보니 머리를 끌어안고 울먹거리는 사야와 주먹을 만들며 분노한 표정을 짓는 나나미 씨가 있었다. 나나미 씨의 화난 표정은 처음 봤어……. 이렇게 화를 내는구나 생각하면서도, 처음 보는 자매의 대화에 살짝 당황했다.

내 시선을 알아차린 나나미 씨는 내밀었던 주먹을 슬쩍 뒤로 감추고는, 그대로 멋쩍게 얼버무리듯 애매한 미소를 지어 보였다. 아니, 숨기지 않아도 되는데.

나나미 씨의 숨은 일면이라는 건가. 아니면 동생이 있어서 마음이 느슨해진 걸까. 모르지만 별로 나쁜 느낌은 아니었다. 나도 형제가 있다면 이런 식으로 대응할까?

"흐앙, 형부우우. 언니가 때렸어. 가슴 좀 만지고 좀 돌려댄 것뿐인데애~."

'것뿐'이 아니잖아, 그거. 폭력은 안 되지만 맞아도 불평할 수 없는 상황이었다. 두 손을 뻗은 채 국어책 읽듯이 말하며 사야가 내게 다가왔다. 그 모습에 나나미 씨가 감추었던 주먹을 내밀고는 다시금 약간 분노 섞인 표정을 짓는다.

뻗어온 손이 내게 닿을락 말락 하는 타이밍에 나는 사야의 어깨를 잡고 그녀를 멈춰 세웠다. 멈춰진 사야가 고개를 갸우뚱하고, 그에 맞추듯 나나미 씨도 똑같이 고개를 갸우뚱했다.

"사야, 성희롱은 동성 간에도 성립하는 거야. 조심해야지."

"와아……. 아군이 없다는 건 예상했지만, 예상치 못한 대답이 왔어……."

한숨 섞인 말을 내뱉은 사야가 잔뜩 굳은 미소를 지었다. 나나미 씨도 약간 쓴웃음을 짓고 있다. 아니, 전에 바론 씨가 알려준 얘기라 자세히는 모르지만, 그렇다고 하던데? 분명 논점은 거기가 아니겠지만.

"흥, 형부는 언니 편만 들어."

"그야 뭐, 남친이니까 당연하지. 반대로 사야 편을 든다면 그거야말로 대사건이야."

"정론은 때로 타인에게 상처를 준다…… 흑흑흑."

사야는 국어책을 읽는 듯한 울음소리를 내면서 어깨를 움츠렸다. 마지막 그 말을 들은 나와 나나미 씨는 서로 얼굴을 마주 보고 동시에 웃었다. 사야는 그런 우리를 이상하다는 눈으로 봤지만, 이것만큼은 나와 나나미 씨밖에 모르는 일이니 그런 표정을 지어도 어쩔 수 없다.

사야의 말이 시베츠 선배의 마지막 말과 똑같았거든. 이런 우연이 있을까 싶어 나도 나나미 씨도 웃었다. 의아한 표정을 짓고 있던 사야도 어느 순간 함께 웃고 있다.

그리고 즐거운 시간은 순식간에 지나가 버린다…….

깨닫고 보니 이미 귀가할 시간이 되어 있었다. 아쉽지만 어쩔 수 없다. 모든 일에 끝은 있는 법이다. 끝이 있기에 즐겁다고도 할 수 있겠지.

"요신 군, 여름엔 다 같이 바다 캠핑 어때? 분명 즐거울 거다. 게다가 나나미의 수영복 차림도 볼 수 있다!"

"좋다! 바다! 형부, 그때까지 선배 소개해줘!"

돌아오는 길에 겐이치로 씨가 그런 제안을 해왔고, 사야도 동참했다. 사야…… 캠핑은 싫다고 하지 않았어? 아버지들도 이에 동참에 벌써 캠핑 계획을 세우기 시작했다. 정말이지 성격이 급하다.

바다…… 바다라……. 나는 힐끔 나나미 씨를 보았다. 그녀는 내 시선을 눈치챘는지 미소 지으며 캠핑이 기대된다는 말만을 했다. 그 말로 이번에는 내가 경직된 미소를 지을 차례였다.

"왜 그래?"

"아니, 저기…… 사실 난 부끄럽게도 수영을 거의 못 하거든……."

"어머, 그렇구나. 그럼 내가 수영을 알려줄게. 수영은 특기니까."

나나미 씨는 의기양양하게 승리 포즈를 취하더니 곧 무언가 생각하듯 시선을 약간 위로 향했다. 그리고는 뺨을 물들이며 내게만 들릴 목소리로 불쑥 중얼거렸다.

"요신은 어떤…… 수영복이 좋아? 역시 비키니……? 새 옷 사러 갈 때 같이 가줘."

나나미 씨의 수영복 말입니까?!

그 한마디에 나나미 씨의 비키니 모습을 상상했지만……
동시에 그 파괴력이 심히 걱정되었다. 엄청난데, 이거.

"나나미 씨…… 바다에선 절대 내 곁을 벗어나지 마. 그리
고 후드티 필수야. 벗는다면 내…… 우리 앞에서만 해줘."

내 말에 나나미 씨가 부드러운 미소를 지었다.

"걱정이 많네, 내 남친은. 괜찮아. 절대 떨어지지 않을
테니까."

"그야 걱정하지. 소중한 내 연인인데."

우리는 서로 웃으며 앞으로의 이벤트에 대해 이야기하
며 집으로 돌아갔다.

　여행을 마치고 돌아오는 차 안, 즐거웠던 추억을 되새기며 옆에 있는 요신에게 시선을 보냈다. 그는 꾸벅꾸벅 졸고 있었다. 그 모습에 나도 모르게 하품이 나왔다.

　지루해서 그런 것이 아니라, 단순히 돌아간다는 것에 마음이 놓이고 여러 피로가 한꺼번에 몰려온 탓이었다. 그렇게 잤는데도 졸리다니…….

　앞에서 아빠와 엄마가 오늘 여행의 소감을 이야기하며 여름 캠핑을 계획하고 있었다. 캠핑은 싫지만…… 오늘 같다면 괜찮다는 생각이 들었다. 내 마음의 변화는 그의 덕분일까.

　사야는 지금 이곳에 없다. 시노부 씨가 운전하는 차에 타고 있다.

　어쩐지 나보다 시노부 씨를 더 잘 따르는 것 같은데. 남친 어머니를 잘 따르는 여동생……. 실로 기묘하다. 시노부 씨도 사야를 귀여워해 주시고…….

　나보다 더 마음에 들어 하시면 어쩌지? 요신의 여친으로서 약간의 위기감을 느꼈다. 뭐, 사야가 상대라면 이상한 일은 일어나지 않겠지만.

살며시 그의 손을 잡자 작게 신음하더니 몸을 움찔 떨며 반응했다. 그것이 재미있어서 손을 쿡쿡 찌르자 그때마다 요신의 몸이 흔들렸다. 좀 재미있는데…….

아니, 아니. 이렇게 웃고 있기만 하면 안 되지.

"엄마, 뭔가 덮을 거 없어? 요신이 잠든 것 같아서."

깨우지 않기 위해 작게 중얼거리자 엄마가 작은 담요 한 장을 건네주셨다. 밑져야 본전으로 말해본 건데 다행이다.

"이왕이면 담요보다 딱 붙어 있어 주는 게 어떠니? 따뜻할 거란다."

"안 해……!"

작은 소리로 외치며 나는 담요를 낚아채듯 받았다. 아니, 해도 상관은 없겠지만…… 깨우면 미안하니까……. 요신에게 담요를 덮어주자 그가 조금 몸을 움직였지만, 여전히 눈을 감은 채였다.

……약간의 장난기가 발동했다.

그의 코끝을 어루만지듯 살살 간지럽히자 요신이 으음, 하고 작게 신음하며 몸을 움직인다. 응, 좀 재밌는데…… 가 아니지! 즐기면 어떡해, 나.

요신의 얼굴을 보며 나는 그에게 고백했던 날을 새삼 떠올렸다. 모든 것이 그날부터 시작됐다. 오늘이 거의 3주째…… 세 번째 데이트가 끝났고, 남은 기간은 일주일이다.

즉, 그것은 남은 데이트가 많아야 두 번밖에 남지 않았음을 의미했다. 다음 주말이 마지막이자 승부이자 모든 결판이 나는 주말이 될 것이다.

마지막 데이트는 역시 둘이서 뭔가를 하고 싶다. 마음의 준비도 있고. 이번 건 데이트라기보다는 여행이었으니까.

설마 다 같이 온천 여행을 오게 될 줄은 몰랐어…….

사실 몰래 하츠미와 아유미에게 자초지종을 전하니 다들 엄청 놀란 눈치였다. 그야 놀랍겠지. 왜 그렇게 된 건지는 이쪽이 묻고 싶다. 뭐, 시노부 씨가 발안해서 그런 거지만.

……함께 잔 것도 놀라웠다. 이건 두 사람에겐 말할 수 없어. 말하면 어떤 반응을 할지 뻔하니까.

설마 엄마한테서 정보를 입수하진 않겠지? 아니라고 생각하고 싶다.

"음…….."

옆에서 요신의 목소리가 들려왔다. 그에게 시선을 옮기자 눈을 천천히 뜨고 있었다. 나는 그것을 잠자코 바라보았다. 서두르지도, 말리지도 않았다.

"나나미 씨, 미안…… 나 잠들었어……?"

"안녕, 요신. 아주 잠깐. 피곤했나 봐."

"멀리 나가는 게 오랜만이니까……. 후아암……. 미안, 지루하지 않았어?"

"요신의 자는 얼굴을 보고 있었으니까 지루하진 않았어."

거기서 그가 쑥스러운 듯 내게서 시선을 돌렸다. 그 반응이 귀여워서 나는 살짝 의미심장한 미소를 지었다. 그는 점점 더 수줍어하며 뺨을 물들였다.

"좋은 시간 보내는데 미안해. 곧 도착이야."

바로 앞에 있는 엄마가 입을 열었고, 요신이 그쪽으로 고개를 돌렸다. 아직 잠이 덜 깬 것인지 엄마가 있다는 것에 놀란 것 같았다.

엄마는 이제 곧 도착할 거라고 했다. 어디로 도착하는 거지? 주위의 경치가 낯설어서 어디로 가는지도 알 수가 없었다. 어쩐지 요신이 창밖에서 경치를 보고 당황했다.

"이제부터 요신 군 댁에 들르게 됐어. 미안하다고 거절했는데 사야도 시노부 씨의 차를 탔으니 그렇게 하기로 했단다."

우리의 의문이 전해진 것인지 엄마가 바로 답을 알려주셨다. 그렇구나, 요신 집에 가는구나. 항상 우리 집에 갔었기에 좀 예상 밖이다.

요신도 자기 집에 가는 줄 몰랐는지 엄마의 대답을 듣고 납득한 듯 고개를 끄덕이고 있다.

요신의 집에 방문하는 건…… 굉장히 오랜만인 것 같아. 첫 데이트를 끝내고 집에 저녁 먹으러 갔을 때 이후로 처음인가? 항상 모이는 건 우리 집이었으니까.

요신의 집에서…… 방에…… 갈 수도 있을까? 아니, 다들 있으니까 당연히 이상한 일은 없겠지만, 요신 방에 들어간 적이 없다고 생각했을 뿐 다른 뜻은 없고……. 누구에게 변명하는 거야, 나는.

혼자서 안달 내고 혼자서 달아올라 버렸다.

그렇게 혼자서 망상하느라 깨닫지 못했지만, 이때 요신은 옆에서 스마트폰을 만지작거리며 어떤 결의를 하고 있었다. 그것이 직후…… 그의 행동으로 이어진다.

내가 혼자 당황하고 있는데 요신이 내 손을 살며시 만지며 속삭였다.

"나나미 씨, 돌아가면 중요하게 할 이야기가 있어……. 내 방으로 와 줄래?"

"어…… 응."

방…… 방?! 요신의 방이라면 당연히 단둘이 있겠지?

내가 시선으로만 묻자 요신은 말없이 고개를 끄덕였다.

진지한 눈빛으로 내뱉은 말에 나는 반사적으로 고개를 끄덕인다. 그의 손에 닿은 부분이 뜨거워서 나는 두근거리면서도 동시에 불안한 마음이 싹텄다.

중요한 이야기라는 게…… 뭐지?

　　대인원 행사가 끝나는 게 아쉽다고 느낀 것은 처음 있는 일이었다.

　　얼마 전이었다면 빨리 돌아가서 게임이나 하고 싶다고 생각했을 내가 이런 생각을 하다니…… 역시 사람 일은 모르는 건가. 벌써 몇 번이나 실감한 것인지 모르겠다.

　　좋은 변화라고 생각하자. 적어도 나쁜 일은 아닐 것이다.

　　지금 눈앞에서 일어나는 일도 나의 변화 중 하나였다. 조금 긴장하면서 나는 눈앞의 광경을 지켜보고 있다.

　　"음…… 이름은 이걸로 괜찮을까? 『처음 뵙겠습니다 '시치미'라고 합니다. 잘 부탁드립니다』…… 음…… 요신, 이러면 돼?"

　　"응, 괜찮네. 봐봐, 모두에게 답장이 오고 있어."

　　"정말이다. 스마트폰 채팅이랑 크게 다르지 않네. 이 사람들이 요신의 게임 동료들이구나."

　　뒤를 돌아본 나나미 씨가 내게 미소를 지어왔다. 처음 시작이 좋은 것 같아 다행이다. 나나미 씨가 내 방에서 게임을 하고 있다니, 신기한 광경이군.

그래…… 지금 내 방에 나나미 씨가 있다. 나나미 씨가 내 방에 있다.

실감이 나게 하려고 두 번이나 말했다. 그녀가 방에 있다는 짧은 한 문장에 어느 정도의 긴장감이 담겨 있는 것일까. 아까부터 심장이 두근거린다.

나나미 씨를 방에 들인 것은 이번이 처음이다.

전에 왔을 때는 내 방에 들어가지 않고 갔으니까. 이유? 이유야 뻔하지, 방에서 단둘이 있으면 내가 버틸 수 없기 때문이다. 지금도 두근거리는데 그때는 더 했겠지.

뭐, 지금도 떨리지만. 어째서일까. 나나미 씨의 방에 둘이 있을 때는 괜찮았고, 호텔에서 묵었을 때도 괜찮았는데, 내 방이라는 것만으로 긴장된다.

"요신, 뭔가 반응이 엄청난데…… 어떻게 해?"

나나미 씨가 조금 곤란해하고 있었다. 채팅상에서는 내 여친의 등장에 평소 댓글을 달지 않던 멤버들까지 떠들고 있었다. JK라는 말까지 나오고 있다. 뭐 하는 거야, 이 사람들은. 참고로 나나미 씨는 지금 안경을 쓰고 있다.

그녀가 말하길 '이쪽이 더 분위기 있다'는 이유 때문이었다. 확실히 분위기도 딱 맞고 잘 어울린다. 참고로 이 사실을 채팅으로 전하니 다들 더 달아올랐다. 그렇게 안경을 좋아하나? 나도 좋아하긴 하지만.

"일단 진정될 때까지 좀 놔두자."

"그래도 돼? 조언 같은 거 받는 사람들이잖아?"

그래. 나나미 씨를 방으로 부른 목적은 다른 이상한 의미가 아니었다. 나는 나나미 씨에게 연애에 대해 상담하고 있는 것에 대해 마침내 털어놓았다. 내가 털어놓자 그녀가 크게 한숨을 돌렸다. 그 반응에 의문을 표하자 나나미 씨는 내게 무슨 말을 들을까 전전긍긍했다고 했다.

나도 털어놓은 이후 무슨 말을 들을까 전전긍긍했으니 그녀가 안심해준 것은 예상 밖이었다. 모처럼이니 조금 이야기를 해보겠냐고 권유하자 곧바로 허락이 떨어졌다. 특히 소셜 게임 동료들에게는 내게 조언해준 것에 대해 감사의 말을 하고 싶은 모양이다. 나나미 씨다운 성실함이었다.

뭐, 나나미 씨는 아직 게임에는 참가하지 않고 채팅으로 이야기할 뿐이지만, 나는 팀원들에게 그래도 괜찮은지 물어봤는데…….

『응, 좋지 않아? 우리는 초보자 환영이야, 이참에 게임에도 관심을 가졌으면 좋겠네.』

『저도 찬성합니다. 캐니언 씨 여친 분과 이야기해 보고 싶어요. 이것저것 물어보고 싶은 것도 있고요.』

『그 설탕 제조기의 엔진이 드디어 강림하는 건가. 좋네.』

그런 식으로 여러 목소리가 들려왔지만 적어도 채팅 참여자들에게는 만장일치로 승낙이 떨어졌다. 아니, 잠깐. 뭡니까, 설탕 제조기 엔진은. 말한 사람 누구야?

참고로 나는 연료라고 한다. ……연료? 내가? 오히려 나나미 씨가 연료 아냐? 뭐, 그 부분은 반박해도 어쩔 수 없으니 패스해두자. 심히 본의가 아니긴 하지만.

물론 내가 나나미 씨의 벌칙에 대해 알고 있다는 건…… 본인들이 말할 일은 아니라며 비밀 엄수를 다짐해줬다.

그런 느낌으로 팀원들에게 양해도 얻고, 아무 문제 없이 나나미 씨와 둘이서 보낼 수 있을 줄 알았는데…….

"요신, 차랑 과자 가져왔어."

"야아, 설마 아들 방에 여자애가 있는 모습을 볼 날이 올 줄이야……."

불쑥불쑥 아빠와 엄마가 나나미 씨를 반기기 위해 찾아왔다.

아빠와 엄마는 돌아오면 바로 출장지로 이동할 예정이었는데 내가 나나미 씨를 방으로 초대한다고 하니 나가는 것을 직전까지 미루겠다는 말을 꺼냈다. 참고로 겐이치로 씨 일행도 우리 집에 있다.

제대로 노크도 해주고 있고, 신경 써서 해주는 대접이라는 건 알지만…… 여행 중에 많이 대화했잖아…….

아들의 첫 여친에 들뜬 부모님은 다 이런 느낌인가? 뭐, 수상한 짓을 하는 건 아니니까 상관은 없지만.

"아빠, 엄마…… 여행지에서 실컷 나나미 씨랑 지냈잖아."

"요신……. 아들의 여자친구를 집으로 데려오는 건 지금까지와 마음가짐이 다른 거란다."

"맞아, 요신이 여자친구를 방에 들였다는 사실만으로도 우린 긴장돼."

그렇게는 안 보이는데 긴장하고 있는 건가……. 자꾸 여기 오는 것도 긴장의 표현인가? 올 때마다 나나미 씨는 싫은 내색 하나 없이 아빠와 엄마를 맞아주었지만, 싫은 얼굴을 할 수는 없겠지. 그래도 나나미 씨의 표정은 진심 같아 보였다.

나는 한숨을 쉬면서 부모님이 언제까지 있는지 확인했다. 두 사람 모두 내일부터는 출장지에서 일해야 하기에 오늘도 그렇게 한가롭게 있을 수는 없을 것이다. 나도 그때까지는 끝내는 걸로 하자.

"나도 그이도 한 시간만 더 있으면 나가야 해. 하지만 신경 쓰지 않아도 된단다. 둘만의 시간은 소중하니까."

"가, 감사합니다! 두 분 다 또 이런저런 이야기 많이 들려주세요. 시노부 씨, 아키라 씨…… 내일부터, 일 힘내시고요."

나나미 씨가 우리 부모님을 웃는 얼굴로 격려하자 두 사람은 감동으로 몸을 떨었다. 그 기분은 잘 안다. 나나미 씨의 응원은…… 힘이 솟지.

"그럼 두 사람 다 편히 있으렴. 요신, 나가면서 다시 말을 걸긴 하겠지만…… 우리가 없다고 나나미 양에게 이상한 짓 하면 안 된다?"

"뭐, 하룻밤을 보내면서도 아무것도 하지 않는 요신이라면 괜찮겠지만…… 일단은 말해둘게. 한다고 해도, 제대로 고등학생의 범위 내에서. 알겠지?"

"알고 있어. 두 사람 다 준비해야 하잖아. 여긴 이제 신경 안 써도 돼."

두 사람은 다소 아쉽다는 기색으로 나갔고 나와 나나미 씨는 게임 속 대화를 재개했다. 나는 PC 쪽에서 게임 화면을, 스마트폰에서는 채팅을 켜놓고 있다. 나나미 씨는 스마트폰의 채팅뿐이다.

"옆에 있는데도 화면 너머로 대화하는 게 왠지 신기하다. 뭔가 재밌어."

"확실히 이상한 느낌이긴 하네……. 뭐, 나나미 씨가 바론 씨랑 다른 사람들과 대화하고 있다는 게 이미 나한테는 신기한 일이지만……."

설마 이런 날이 올 줄은 몰랐다. 채팅창에서 다시금 모두의 인사가 차례차례 날아 들어왔다.

『그럼 다시…… 시치미 씨, 처음 뵙겠습니다, 바론입니다. 일단 이 팀의 리더를 맡고 있습니다. 이야기는 캐니언 군에게서 자주 들었습니다.』

『시치미 씨…… 처음 뵙겠습니다……. 피치라고 해요. 캐니언 씨에게 늘 신세 지고 있습니다. 잘 부탁드립니다.』

두 사람 외에도 멤버들이 속속 자기소개해 나갔다. 나나미 씨는 그것을 쭉 보고 개개인에게 예의 있게 답장을 해나가고 있었다. 정말 성실하다니까.

참고로 '시치미*'라는 것은 그녀의 채팅상 이름이었다. 뭐로 할까 고민하다가 알기 쉽다는 이유로 그녀가 자신의 본명을 비틀어서 지은 이름이었다.

"요신은 여기서 '캐니언'이라는 이름이구나? 그럼 캐니언 군이라고 부를까?"

"나도 시치미 씨라고 부르니까 상관은 없지만……."

"그러면 평소랑 똑같으니까, 이왕 하는 거 게임 속에서는 반대로…… 이름만 불러줬으면 좋겠는데……."

"시치미…… 이렇게? 뭔가 그거 여친 생겼다고 자랑하는 것 같지 않아?"

"뭐, 어때. 좀 해주라."

두 손을 모으고 귀엽게 졸라오지만…… 내 안에서는 도저히 결심이 서지 않았다. 게임 속이니까 따로 말로 내뱉는 것도 아닌데, 아무리 해도 거부감이 강하게 들었다.

「시치미 씨는 오늘 게임 자체는 제 옆에서 보고 있을 거라…… 채팅뿐이지만 잘 부탁드립니다.」

『음? 캐니언 군. 모처럼 여친 분이 참여해주는데 씨를 붙여서 부르는 건가? 이름으로 부르는 게 낫지 않아?』

*일본의 조미료.

바론 씨의 장난 섞인 말에 나도 나나미 씨도 무심코 얼굴을 마주본다. 바론 씨, 나랑 나나미 씨 대화 들은 거 아니지? 너무 화제가 맞아떨어졌다.

"바론 씨 좋은 사람이다! 요신도 자, 이름으로 불러봐~."

나나미 씨는 바론 씨의 말에 넘어가 신이 나서 내게 다가왔다. ……응, 기뻐한다면 상관없으려나. 나나미 씨가 채팅으로 기뻐하는 사이 나는 게임 화면을 PC상에 표시했다.

"이게 요신이 모두와 하는 게임이야? 뭔가 예쁜 화면이다. 귀여운 캐릭터도 많이 있고. 난 게임을 안 하니까…… 아, 요신 프로필에 있는 애다."

나나미 씨는 내 뒤에서 얼굴을 바로 옆까지 들이대고 함께 컴퓨터 화면을 들여다보았다. 좋은 냄새에 두근거리면서 나는 게임 화면을 보여주며 전투 화면이나 여러 화면을 보여주었다. 지금은 이벤트도 따로 없었기에 각자 알아서 놀고 있는 상태였다.

그녀는 내가 뭔가를 할 때마다 납득한 듯 고개를 끄덕이거나 감탄한 듯 목소리를 높였다. 게임을 해 본 적이 없다고 했으니…… 보는 것마다 전부 신선한 것일지도 모른다.

『그나저나 캐니언 군에게 들었는데 시치미 씨와 캐니언 군의 진전이 무척 빠르던데. 아저씨는 깜짝 놀랐어.』

게임을 하고 있자 바론 씨가 감개무량한 듯 말을 걸어왔다. 다른 사람들도 그 말에 동의하고 있었다.

「여러분들이 캐니언 군에게 조언해준 덕분입니다. 정말 많은 신세를 졌어요……. 감사합니다.」

『아니, 둘의 노력이 있기에 가능했던 거지. 젊은이의 연애담 덕분에 모두 달아올랐었고. 나야말로 고마워요.』

바론 씨나 다른 사람들은 나나미 씨와 벌써 친해진 듯 대화가 고조되고 있었다.

반대로 나는…… 대화 내용이 나에 대한 칭찬이라든가 나나미 씨가 내게 가진 마음이라든가 그런 이야기라서…… 솔직히 참여하기 어려웠다. 칭찬이라는 이름의 고문을 지켜보는 것 같았다.

『음? 캐니언 군이 참여를 안 하네…… 무슨 일 있어?』

「아, 캐니언 군이라면 제 옆에서 부끄러워하고 있어요. 정말 제 남친은 너무 귀엽다니까요.」

그걸 말해?!

아아, 채팅이 『부끄러워하지 마~』라든가, 『리얼로 옆에 있다는 발언을 듣다니……』라며 묘한 분위기를 자아내고 있다.

「그러고 보니 캐니언 군이 저한테 좋아한다고 처음 말해 줬을 때도 여러분들이 도와주셨다면서요……. 정말 기뻤어요.」

『아아, 그건 우리라기보단 피치 단독 공적이지. 그녀가 말해야 한다고 강하게 나서준 덕분에 캐니언 군이 움직일 수 있었던 거야. 나도 움직인 사람 중 한 명이지만.』

『바론 씨……. 그건 비밀로 해주길 바랐는데요…….』

「그런가요?! 감사해요, 피치 씨! 덕분에 최고의 추억이 생겼어요!」

『아뇨…… 저 같은 게…… 무슨…… 기뻐하셨다면…….』

나나미 씨는 그 후로도 계속 피치 씨에게 감사의 말을 전했다. 그에 대한 피치 씨의 반응은 아주 조금 머뭇거리고 있다. 어쩌면 초기에 그녀가 했던 발언을 마음에 두고 있는 것인지도 모른다.

나는 그때가 생각나서 새삼 쑥스러워졌다. 그래서 나도 피치 씨에게 다시금 감사의 마음을 전하기로 했다.

「피치 씨, 나도 다시 한번 고마워. 덕분에 마음을 전하는 게 중요하다는 걸 알게 됐어.」

『캐니언 씨……. 그렇게 말해주시니…… 기뻐요. 두 분 모두 행복하세요.』

「감사합니다. 저희 꼭 행복해질게요!」

그 후로는 나나미 씨와 피치 씨의 걸즈토크가 펼쳐졌다.

그 대화를 흐뭇하게 보고 있던 와중, 다른 채팅방에 초대받았다. 그 내용은…….

『야아, 여자들의 대화란…… 정말 좋네……. 글자뿐인데 꽃이 피어 있어. 반짝반짝해 보여.』

『피치 씨가 분명 중학생 정도였지? 젊은 애들 간의 대화는 아줌마한테 생기를 전해주지~. 눈이 즐겁구나. 좀 더 해줘.』

『이 채팅 로그를 영구보존 하자……. 캡처해 둬야지……. 음성이 아닌 게 천만다행이야.』

그런 식으로 피치 씨와 나나미 씨의 대화를 지켜보는 모임이었다. 어쩌지, 조금 심정이 이해된다. 나도 둘의 대화를 방해하지 않도록 지켜보고 있었다. 무척 훈훈한 대화 장면이니까. 훈훈한 대화…… 인데…….

뭔가, 찜찜한 기분이 든다.

어째서일까. 두 사람의 대화가 딱딱 맞아떨어지는 걸 보면 나도 기쁜데, 가슴 깊은 곳에서 진정이 되질 않는다.

"요신! 피치짱 너무 귀여워! 완전 사랑스러워!"

어느새 나나미 씨는 채팅 안에서도 현실에서도 피치 씨를 피치짱이라고 부르고 있었다. 나는 그 미소를 보고 기뻤지만, 더는 참기 힘든 기분이 들어…… 깨닫고 보니 나나미 씨의 옷 끝을 잡고 있었다.

"……요신?"

나나미 씨는 의아한 얼굴로 볼에 손가락을 얹는다. 그 한마디에 정신을 차린 나는 황급히 옷에서 손을 뗀다. 나, 왜 이런 짓을 한 걸까……. 아니, 알고 있다……. 이건 약간의 질투다.

내가 보기에도 꼴사납지만……. 나나미 씨는 날 향해 흐뭇한 미소를 지어 보이고는 피치 씨에게 메시지를 보냈다.

「피치 씨, 미안해. 캐니언 군을 신경 써주지 않아서 삐친 것 같으니까 좀 챙겨주고 올게? 다른 분들도 나중에 봐요~.」

『어머, 죄송한 짓을 해 버렸네요……. 그럼 시치미짱을 캐니언 씨에게 돌려 드릴게요.』

"나나미 씨?!"

그 글을 본 내가 나도 모르게 외쳤다. 그 한마디를 계기로 채팅이 한껏 달아오르는 것이 보였다. 어느새 피치 씨도 나나미 씨를 시치미짱이라고 부르는 것도 놀라웠다.

나나미 씨는 스마트폰을 책상 위에 놓더니 내 침대 위에 걸터앉았다.

"모처럼 방에 둘이 있는데, 스마트폰만 보고 있으니까…… 외로웠지?"

"아니, 딱히 외로운 게…….."

"아까 어린애처럼 내 옷 잡아당긴 사람이 누구였더라?"

나나미 씨는 자애로운 미소를 짓고 있었지만 누가 봐도 놀리는 것이 분명했다. 나도 질투를 자각해 버린 이상 아무 말도 할 수 없었다. 이야기 속 등장인물이 항복하듯, 나는 양손을 들고 침대 위에 걸터앉았다.

"자백할게……. 둘이 사이가 좋아 보이는 건 기뻤지만, 좀 질투가 났어."

"오늘은 요신의 질투 기념일이네. 질투해줘서 기쁘다고 하면 좀 사악한가?"

"전에 나도 오토후케 씨나 카모에나이 씨의 이름을 부르거나, 사야를 사야쨩이라고 불러서 나나미 씨가 질투하게 했으니까…… 이걸로 없던 일로 하자……."

"아하하, 그런 일도 있었지. 그립다고 할 정도는 아니지만, 그 후로 3주나 지났네."

3주라…… 다시 생각하면 긴 듯하면서도 짧았다……. 앞으로 일주일이면 한 달, 기념일이 온다. 나나미 씨도 그것을 생각하는 것인지 둘 사이에 침묵이 흘렀다.

침묵을 먼저 깬 사람은 나나미 씨다.

"저기, 역시 이름을 불러주면 안 될까?"

갑작스러운 말이었지만, 나는 그 말에 놀라지 않고 조용히 그녀의 얼굴을 바라보았다.

이름이라…….

나는 오늘까지 누군가를 이름으로만 부른 적이 거의 없다. 아니, 전혀 없다고 봐도 좋다. 남자는 군, 여자는 씨……. 마지막으로 누군가를 이름으로 부른 게 언제였는지 이제는 기억도 나지 않는다.

하지만 최근에는 호칭에 대한 나나미 씨의 압력이 좀 강해진 것 같다. 무슨 이유라도 있는 걸까?

"……뭔가 호칭에 집착하는 것 같은데…… 나나미 씨라

고 부르는 거 싫었어?”

"싫지는 않지만 말야……. 왠지 가끔 벽을 느낀다고 할
까……. 쓸쓸해서.”

벽을 느낀다라……. 벽을 만들고 있었다는 의식은 없었
지만…… 어쩌면 무의식적으로 그런 마음이 있었을지도
모른다.

내 호칭에 대한 기피감은 무엇일까. 나는 그녀에게 조금
다가가 나나미 씨를 이름으로 부르려고 했다. 하지만……
말하려고 하자 체온이 단숨에 내려가며 손끝이 차가워졌다.

"미안…….”

나는 딱 한마디, 나나미에게 사과할 뿐이었다. 충격을
받은 것인지 나나미 씨는 조금 슬픈 얼굴로 눈썹꼬리를 내
렸다. 그런 얼굴을 하게 만들고 싶진 않았는데, 나는 말이
나오지 않았다.

왜 그럴까? 왜 이렇게까지 말을 못하는 거지? 자신에게
화가 났다.

"……응, 괜찮아.”

그녀가 필사적으로 짜낸 목소리는 떨리고 있었다. 슬픈
목소리로 떨리는 그녀에게 나는 어찌해야 할 바를 몰라 만
지려고 하다가…… 손을 움츠렸다. 그것이 더욱 충격이었
는지 나나미 씨의 눈에서 눈물이 한줄기 흘러내렸다.

나는 그 눈물을 보고 충격을 받았다. 그녀를 울리다니

뭐 하는 거야, 난. 이름을 부르는 것 정도는 간단하잖아. 할 수 있잖아. 전에는 할 수 있었으니까. ······전에는?

그때 무언가 떠오를 것만 같았다.

"······요신, 뭘 하는 거니?"

하지만 그 타이밍에 엄마가 와서 나는 떠오를 것 같던 무언가를 놓쳤다. 침대 위에서 눈물을 흘리는 나나미와 그 옆에 있는 나를 본 엄마와 아빠는······ 그 서늘한 눈을 내게 향하며 조용히 중얼거린다.

"요신······ 침대 위에서 뭘 하려고 했니? 만약 무리하게 뭔가를 하려고 했다면······."

엄마가 묘하게 냉정한 어조로 우리를 보며 입을 열었다. 조금 화가 난 것 같으면서도 무언가 생각에 잠긴 얼굴로 우리를 응시하고 있다. 아빠는 별말 없이 쓴웃음을 짓고 있을 뿐이었다.

내 방문 상태는 나쁘지 않다. 그래서 안쪽에서 자물쇠를 채우지 않는 이상 열 때 끼익······ 하는 소리가 나지 않고 스윽 열렸다.

그렇기에 미리 노크하지 않으면······ 아니, 뭔가에 집중하고 있을 땐 노크를 해도 깨닫지 못하겠지만······.

"엄마······ 아빠······ 방에 들어올 땐 적어도 노크를 해주면 좋겠는데."

그래서 나는 현재의 변명보다는 먼저 정석에 가까운 변

명을 먼저 입에 담았다. 그들이 무슨 대답을 할지는 상상이 되지만, 어디까지나 냉정하게. 수상한 짓은 전혀 하지 않았다고 단언할 수 있었기에…… 당당히 대했다.

"노크는 제대로 했어……. 아무 대답도 없어서 무슨 일이 있나 싶어서 들어와 보니 나나미 양이 울고 있잖니. 너무슨 짓 했어?"

"시노부 씨, 이건 저기…… 아무것도 아니에요. 이상한게 아니라…… 눈에 잠깐 먼지가 들어가서……."

나나미 씨는 내 얼굴과 엄마의 얼굴을 번갈아 쳐다보다가 겨우 현 상황을 파악한 듯 내게서 살짝 거리를 두고는 황급히 변명했다. 목소리가 잔뜩 가라앉아 있어 무슨 일이 있다는 것은 누가 봐도 확연했다.

"……그래, 자세히는 묻지 않겠지만. 요신, 내가 전에 말했지. 나나미 양을 울리면 용서하지 않을 거라고."

엄마는 애써 냉정하게, 나를 타이르는 듯한 어조로 전에 한 말을 입에 올렸다. 확실히 들은 말이었다. 현 상황을 추궁하진 않았지만, 엄마는 내가 나나미를 슬프게 했다는 것을 깨달은 것 같았다.

두 사람 모두 진지한 얼굴이었다. 설교라면 달게 받을 생각이다. 나나미 씨 앞이라는 게 좀 부끄럽긴 하지만 어쩔 수 없지.

"기억해."

나는 간결하게 그것만 말하고 각오를 다졌다. 나나미 씨가 숨을 들이켜는 소리가 들렸지만 그 후로는 아무 소리도 들려오지 않았다. 그저 잠자코 엄마의 말을 기다렸다. 하지만 엄마에게서 들려온 말은 예상 밖이었다.

"나나미 양을 울리지 말라고 했던 건, 너도 울 일을 만들지 말라는 뜻이었어. 그것만은 기억해두렴. 네가 슬퍼하면 나나미 씨도 분명 슬플 테니까."

엄마는 그것만 말하고는 방에서 나갔다.

분명 설교가 올 거라고 생각했는데, 살짝 힘이 빠지고 말았다. 내가 슬프다니…… 그게 무슨 뜻이지? 의아해하는 내게, 아빠는 떠나는 엄마의 등을 배웅하고는 조용히 입을 열었다.

"요신, 엄마 말이 이 상황에 맞는지는 모르겠구나. 하지만 그렇게 울 것 같은 표정을 짓고 있으면 나나미 양도 슬프지 않을까?"

"어……?"

나는 내 볼에 손을 가져갔다. 나, 그렇게나 울 것 같은 얼굴을 했나? 어느 쪽이냐고 하면 자신에 대한 분노 때문에 무서운 얼굴을 한 줄 알았다.

시선을 나나미에게 맞추자 그녀는 조용히, 작게 고개를 끄덕였다. 아무래도 나나미 씨가 보기에도 나는 울 것 같은 표정을 짓고 있었나 보다. 혼란스러워하는 내게 아빠가 말을 더 이어갔다.

"여기서 내가 굳이 이런저런 말참견을 할 필요는 없지. 둘이서 제대로 화해하면 좋겠구나. 중요한 건 싸운 후에 화해하는 거야. 아빠도 엄마랑 많이 싸웠기에 지금이 있는 거야."

"아빠랑 엄마가 싸워……? 본 적 없는데?"

"아니, 엄마는 저래 봬도 열정적이니까. 상대적으로 나는 냉정한 편이라 자주 부딪혔어. 옛날에 바다에 갔을 때도……."

아빠가 그런 말을 하다니 별일이네, 라고 생각했더니……. 어느새 엄마가 소리 없이 아빠 뒤에 서 계셨다.

어깨를 툭 치는 손길에 아빠는 소리가 되지 못한 비명을 질렀다. 나도 나나미 씨도, 아빠의 어깨에 갑자기 손이 튀어나온 줄 알고 튕기듯 몸을 일으킨다.

"당신, 아들한테 무슨 말을 하는 거죠……? 잠깐 부부끼리 이야기 좀 할까요?"

엄마가 공포 영화의 한 장면처럼 얼굴을 살짝 내비쳤다. 미소를 짓고 있었지만 무서운 미소다. 아빠도 경직된 미소를 짓고는 체념한 듯 아무 변명도 하지 않았다.

아니, 왜 또 온 거야.

"아빠도 슬슬 가야 하니까 말을 걸러 왔어. 그리고 다들 돌아가야 하니까 나나미 양도 부르러 왔고."

"그렇구나. 다음에 만나는 건 다음 주……. 근데, 이제 아빠한테서 손 좀 떼 주는 게 좋지 않을까?"

"그것도 그러네……. 그럼 요신, 다음 주에 보자……. 뭐, 지금의 넌 나나미 씨가 있으니 외롭지는 않겠지만. 사이좋게 지내렴."

엄마는 마치 지금까지 내가 외로웠다는 식의 말을 했다.

응…… 뭐, 확실히 그랬을지도. 다른 말로 둘러대긴 했지만, 부모님이 없어서 외롭다고 느낀 것은 사실이다. 인정해. 하지만 굳이 나나미 씨 옆에서 말하지 않아도 되잖아……?

나도 나나미 씨도 거기서 다시 엄마 아빠와 잠시 이야기를 나눴다. 별것 아닌 일상 이야기와…… 다음 주까지 나를 잘 부탁한다는 나나미 씨를 향한 부모님의 부탁이었다.

이것이 끝나면 아빠와 엄마가 만나는 건 다음 주. 기념일 직전이다. 그렇게 생각하니 새삼 긴장되네. 그런 내 생각을 헤아린 것인지 아빠가 마지막으로 내게 충고를 건넸다.

"요신……. 이건 아빠로서, 그리고 한 남자로서 말해두지만…… 나나미 양을 향한 배려의 마음을 항상 잊지 말도록 해라. 나는 무슨 일이 생겼을 때 상처받는 것은 높은 확률로 여성 쪽이라고 생각한다. 낡은 사고방식일지도 모르지만…… 학생일 땐 자신의 행동과 그 행동의 결과를 항상 생각하도록 해."

아빠에게서 그런 말을 듣는 것은 처음이었다.

애초에 남녀에 관한 이야기 같은 건 우리 가족 사이에서는 일절 나온 적이 없었으니까…… 내게 여친이 생겼고, 조금 전 나나미가 울고 있는 모습을 보았기 때문에 이 말을 한 것인지도 모른다.

"……약속할게. 뭐, 애초에 그런 사태가 되지 않도록 하겠지만. 내가 배짱 없는 거 아빠도 알잖아?"

"아니, 요신은 내 아들이지만 우리 아내의 아들이기도 하니까……. 믿지 않는 건 아니지만 말해둬야겠다 싶어서. 여차할 때는 행동력이 혀를 내두를 정도니까 말이다."

우리는 서로 마주 웃고는 내가 먼저 아빠를 향해 새끼손가락을 내밀었다. 아빠는 처음엔 놀랐지만…… 나는 아빠와 어렸을 때 이후로 처음 손을 잡았다.

"고등학생이나 돼서 뭔가 민망하네."

"무슨 소리야. 부모에게 자식은 언제까지나 어린애야."

그런 건가? 나와 아빠는 손가락을 떼고는 서로 살짝 웃었다. 나나미 씨는 엄마와 무언가 이야기하더니 역시 서로 조금 웃고 있다. 아빠와 엄마 덕분인지 깨닫고 보니 조금 전까지 있었던 슬픈 마음은 거의 사라졌다.

그리고 나나미 씨도 겐이치로 씨 일행과 함께 돌아갔고, 엄마와 아빠도 출장지로 출발했다. 나나미 씨는 "돌아가면 연락할게"라고 말해주었다. 그리고 나 혼자 남게 되었다.

"그럼…… 방으로 돌아갈까?"

나는 그대로 혼자 방에 돌아갔다. 채팅창에는 바론 씨와 다른 사람들이 말이 사라진 우리가 무얼 하고 있을지에 대한 예상전을 벌이고 있었다. 중학생도 있었기에 그렇게까지 이상한 말은 없었지만, 대체로 어떻게 꽁냥대고 있을지를 논하고 있었다.

모두가 한껏 들떠있는 가운데 나는 바론 씨만 따로 채팅방에 초대했다. 바론 씨는 내게 초대받았다는 것을 채팅창에 일절 쓰지 않고 초대에 응해주었다.

「바론 씨, 상담 좀 할 수 있을까요?」

『무슨 일이야, 갑자기? 모두가 들으면 안 되는 상담인가?』

늘 모두에게 보이도록 상담했으니 이렇게 둘이서만 이야기하는 건 처음일지도 모른다. 그는 싫은 내색 없이 흔쾌히 상담에 응해주었다.

「그게 말이죠, 사실 아까도 말했던 호칭 건인데…….」

『이름으로 부르는 거? 그건 농담이니까 신경 안 써도…….』

「아니, 실은 실제로도 여친이 불러달라고 부탁했거든요.」

『정말? 굉장한 우연이네……. 설마 그런 일이 있었을 줄이야.』

당연하지만 역시나 우연이었던 건가. 엄청난 타이밍이다. 나는 바론 씨에게 일의 자초지종을 전하고 도저히 이름으로 부르지 못했던 것에 대해 전했다. 이건 내가 해결해야 할 문제였지만 이번만큼은 내 힘으로 할 수 있을 것 같지 않았다. 그래서 뭔가 해결의 실마리를 잡을 수 있지 않을까 싶어서 바론 씨의 의견을 듣고 싶었다.

한심한 이야기지만…….

바론 씨는 내 이야기를 듣더니 잠시 채팅이 멈췄다. 조금 불안했지만, 그 후 다시금 바론 씨의 글이 올라왔다.

『호칭에 대한 기피감이라……. 나도 그런 적이 있어. 무섭지. 내 아내를 처음 이름으로 부른 게 언제였더라.』

「바론 씨도 무서웠나요?」

『그럼. 이름으로 불러서 미움받으면 어쩌나, 기분 나쁘게 생각하면 어쩌나 혼자 고민하거나 했지. 지금도 이름으로 부르는 건 좀 어색해.』

확실히 바론 씨도 나를 군으로, 피치 씨는 씨를 붙여서 부르고 있다. 비슷한 걸까 싶어서 약간 친근감이 느껴졌다. 하지만 바론 씨는 아내 분을 이름으로 부르는 걸까? 그의 말에서 그런 것을 짐작할 수 있었다.

『근데 무리해서 부를 필요 없지 않아? 시치미 씨도 내가 보기엔 그런 이유로 널 싫어할 것 같진 않은데……. 이름으로 안 부른다고 사랑이 변하지는 않는다고 생각해.』

바론 씨는 그렇게 말했지만, 나나미 씨의 그 표정을 보고 난 후였기에 그 말에 솔직하게 동의할 수 없었다. 그래서 나는 어떻게든 할 수 없을까 생각했다. 바론 씨와 상의

하면서 계속 생각했다.

　그런 나의 상담을 바론 씨는 진지하게 함께 고민하며 해결의 실마리를 생각해주었다.

「이름으로 부르려고 하면 손끝이 차가워지고 말이 안 나와요. 이건 왜 그런 걸까요…….」

『전문가가 아니라 무책임한 발언일지도 모르지만, 무슨 트라우마가 있는지도 모르겠네. 초등학교 때나…… 기억나지 않는 시절의 무언가가 원인일 수도 있어.』

「트라우마…… 요?」

『응, 나도 그런 경험이 있지만, 내가 생각하기에도 아주 별 볼 일 없는…… 사소한 일이 지금도 기억의 잔재로 남아 있는 경우가 있어.』

　초등학교…… 초등학교 때라. 기억은 잘 안 나지만 확실히 내가 무의식적으로 차가운 목소리를 냈을 때 초등학교 이야기가 나왔다. 혹시 이름을 부르는 일로…… 과거의 내게 무슨 일이 있었던 걸까?

　그걸 떠올리는 것이…… 해결로 이어질까?

『캐니언 군, 과거의 기억은 무리하게 생각해내지 않는 편이 좋아. 긴장하지 않고 편안하게 있는 편이 나을 거야.』

「감사합니다. 하지만…… 이건 해결하고 싶어요. 여친한테…… 그런 얼굴을 하게 했는데 손 놓고 있을 수가 없어요.」

『그래……. 적어도 좋은 방향으로 가길 바라.』

「감사합니다.」

　일단 목적은 명확해졌다. 감사의 말을 하고 채팅을 끝내려는데…… 바론 씨에게 마지막 글이 올라왔다. 그것은 굉장히 신경 쓰이는 말이었다.

『여친이 울었던 이유. 그거 정말로, 이름을 부르지 않았던 게 원인일까?』

　마지막으로 본 바론 씨의 그 말이 유독 강하게 내 머릿속에 남아 있었다.

"오늘은 즐거웠지……. 여행도 그렇지만 집에서 같이 게임하는 것도 좋았어……."

집에 도착한 나는 실내복으로 갈아입고 침대에 누웠다. 즐거웠던 기억과…… 그렇지 않은 기억도 함께 떠올리며 중얼거린다.

"음, 같이 게임…… 이라기보단 요신과 딱 붙어서 같은 일을 할 수 있다는 게 기뻤지…… 난 게임은 보기만 했으니까."

요신도 만족했을까? 그랬으면 좋겠다. 하지만 아직 그에게는 연락하지 않았다. 혼자가 된 지금 그에게 저질러 버린 일에 대해 죄책감이 들었기 때문이다. 시노부 씨와 아키라 씨 덕분에 어느 정도 가라앉았지만, 그것은 내 마음속에 딱 달라붙어 좀처럼 가시질 않았다.

나는 자연스럽게 스마트폰 화면을 바라보았다. 그곳에는 두 사람이 함께 찍은 사진과 처음 설치한 채팅 앱 아이콘이 표시돼 있다.

나는 그 앱의 아이콘을 쓰다듬었다. 내가 이런 앱을 설치할 날이 올 줄은 생각도 못 했다. 문자뿐이지만, 요신이 상담하던 바론 씨는 굉장히 어른스러운 남자라는 느낌이었고, 피치짱도 너무 귀여웠다.

다른 사람들도 모두 좋은 사람들이었고…… 요신은 그런 사람들과 상의한 덕분에 늘 내게 진지하게 대해준 걸까? 아니면 그 부분은 요신의 성격 때문인 걸까…….

뭐, 그런 건 생각해도 어쩔 수 없는 일이다. 요신도, 요신의 동료들도 좋은 사람들이었다는 사실만으로도 충분하다.

모두에게 감사도 전했고.

그것보다…… 요신이 그렇게까지 이름을 부르는 것에 기피감이 있을 줄은 몰랐어. 그때를 떠올리자 자기혐오가 피어올랐다. 나는 괴로움에 무심코 침대 위에서 발을 파닥거리며 몸부림쳤다. 엄마가 시끄럽다며 주의를 줬지만 그런 것은 신경 쓰이지 않았다.

단순히 벽이 느껴져서 불러줬으면 한 건데, 요신이 '씨'를 빼고 부르는 것에 그렇게 괴로운 표정을 지을 줄은 몰랐다. 내가 너무나 한심하게 느껴지고 그에게 정말 심한 짓을 했다는 생각이 들어 아주 조금 울어 버렸다.

그걸 요신에게 보여 버린 것도 실수였다. 감정을 주체할 수 없었다. 그때를 떠올리는 것만으로도 진정이 되질 않아서 도저히 가만히 있을 수가 없었다.

헤어진 지 얼마 안 됐건만, 지금 당장 요신을 만나러 가고 싶었다.

밤이니까 그럴 순 없었고, 이 마음으로 요신을 만나면 어떻게 될지도 모르겠지만…… 아무튼 그런 기분이었다……. 뭐, 실제로 만나더라도 내 성격상…… 아마 아무것도 못 하겠지…….

"인간은 욕심쟁이야. 같이 있을 수 있는 것만으로 좋았는데, 자꾸만 그 이상을 바라게 돼. 요신이 이름으로 부르지 못하는 건…… 예전에 뭔가 있었기 때문일까……?"

그런 혼잣말까지 중얼거리고 만다.

그런 생각을 해서 그런지 연락하는 것도 귀찮게 여겨지면 어쩌나 하는 생각이 들고 만다. 나로서는 드물게도 살짝 부정적인 상태가 됐다……. 오늘은 이제 잘까?

그런 생각을 하고 있는데 낯선 메시지가 스마트폰에 표시됐다. 보이는 내용은 '피치 씨로부터 초대받았습니다'라는 한 문장이다.

익숙하지 않은 것도 당연했다. 그것은 바로 오늘 막 깔아둔 앱에서 표시된 메시지였다. 앱에 숫자 1이 표시되어 있으니 확실하다.

"어? 피치짱?"

피치는 오늘 친해진 요신의 게임 동료…… 여자아이다. 앱을 켜자 화면상에는 조금 다른 한 문장이 표시되어 있었다.

『피치 씨로부터 채팅에 초대받았습니다. 참가하시겠습니까?』

채팅……. 조금 전까지 대인원으로 북적북적했었지……. 아마 그런 것에 초대한 것 같았다.

화면상에는 참가와 거부 두 글자가 있었고…… 나는 참가를 눌렀다. 이 부분은 메시지 앱의 그룹 기능과 거의 다르지 않아 보였다.

참가자는 나와 피치짱 두 명뿐……. 조금 긴장됐다.

『안녕하세요, 시치미짱……. 이런 시간에 미안해요. 지금 혼자인가요? 대화해도 괜찮나요?』

「안녕, 피치짱. 혼자야. 괜찮아. 무슨 일이야? 대화는 언제든 환영이지만 단둘뿐이라 좀 긴장된다.」

피치짱은 굉장히 사랑스러운 여자아이…… 라고 생각한다.

말투가 하나하나 귀엽지만 그렇다고 내숭을 떠는 것도 아닌 것 같았다. 글자뿐이지만 내게는 그것이 자연스러운 귀여움으로 느껴졌다.

그래서 서로에게 짱을 붙여서 부르고 싶어서 낮에 그렇게 제안했다. 그녀는 처음에는 망설였지만…… 결국은 승낙해주었다.

『캐니언 씨는…… 같이 없나요? 연인사이니까 방에 함께 있다든가……. 눈치 못 챘어! 방해해서 미안해요!』

「아니, 아니, 없어! 아무리 그래도 이 시간까지 함께 있진 않아. 이미 집에 돌아왔어. 캐니언 군에게 볼일 있어? 채팅방으로 부를래?」

피치짱, 생각이 엉뚱하네. 아무리 그래도 이 시간에 함께 있다니…… 아니, 다른 사람은 모르지만, 우리에겐 아직 일러. 요신을 신경 쓰기에 그에게 용무가 있나 싶었는데…….

『아뇨, 시치미짱과 둘이서만 얘기하고 싶었거든요……. 괜찮아요.』

잘 생각해 보면 채팅창에 나만 초대했으니 당연한가? 그보다 대화는 아까 많이 나눴는데 무슨 일이지? 뭐, 나도 좀 더 얘기하고 싶었으니 마침 잘 된 것 같기도 했다.

요신에겐 나중에 피치짱이랑 단둘이서만 대화했다고 보고할까? 내용은 비밀이지만…… 분명 놀라겠지. 또 살짝 질투하려나?

하지만 질투를 노리고 부채질하는 건 좋지 않으니 이번에는 여자끼리의 비밀 이야기로…… 무슨 일이 있다면 요신에게 상담 정도만 해 두자.

그런 생각을 하고 있었는데, 오늘의 대화는…… 나와 피치만의 비밀이 되었다.

『시치미짱, 오늘은 고마웠어요. 팀에 제 또래 여자애가 없어서…… 왠지 저한테 언니가 생긴 기분이에요. 즐거웠어요.』

「나도 즐거웠어. 나 여동생 있는데 피치짱은 내 여동생과도 다른 타입이라…… 중학생이야?」

『네, 2학년이에요.』

사야와 같은 학년이구나. 하지만 사야가 활발한 운동 소녀라면 피치짱은 얌전한 문학소녀 이미지였다. 글자뿐이지만 어쩐지 그런 느낌이었다. 분명 귀여울 거야.

『그래서 말인데…… 제가 오늘 시치미짱에게 하고 싶었던 말이 있어요. 하지만 캐니언 씨가 있으면 말하기 어려워서…… 그래서 이런 밤에 연락하게 됐어요.』

「말하기 어려운 이야기? 난 시간은 상관없지만…… 피치짱은 괜찮아?」

『지금 침대 안에서 몰래 스마트폰을 쓰고 있어요. 아빠랑 엄마는 이제 주무시고 계셔서 좀 나쁜 짓을 하는 기분이지만……. 요즘은 이 시간에도 자주 채팅하니까 괜찮아요.』

말투가 하나하나 앙증맞아서 나도 이럴 때가 있었나 싶어 흐뭇해졌다.

살짝 나쁜 짓을 하는 기분이 든다고 했으니 괜찮다고 말해줘야 하나 고민하는데, 그녀는 연속해서 채팅창에 글을 올렸다.

『저, 오늘은 시치미짱에게 사과할 일이 있어서 연락했어요.』

사과할 거? 피치짱한테 사과받을 일은 아무것도 없는

데……? 내가 뭔가 무례한 발언을 해서 내 쪽에서 사과해야 한다면 몰라도……. 무슨 일이 있었나?

……그렇게 생각하고 있는데…… 피치짱에게서 나온 말은 충격적인 한마디였다.

『저, 캐니언 씨가 시치미짱과 사귀는 걸…… 처음엔 혼자 반대했어요. 그…… 헤어져야 한다고까지 말했어요.』

조금 전까지의 대화에서는 조금도 느끼지 못했던 그 말에…… 너무 충격적인 그 말에, 순간적으로 스마트폰을 만지던 손이 멈추고 말았다.

그리고 동시에 이런 귀여운 아이가 사과하게 한 스스로가 부끄러워졌다.

그녀는 모르겠지만…… 그녀의 우려는…… 분명 맞았을 테니까. 조금 떨리는 손으로 나는 피치짱에게 물어보았다.

「……캐니언 군은 상담할 때 뭐라고 했었어?」

『갸루 스타일 여자아이한테 고백받았다고 했어요. 그래서 저는…… 캐니언 씨는 성실하고 얌전한 사람이라는 걸 알고 있었으니까…… 아니, 적어도 게임 안에서는 알고 있다고 생각했으니까……. 놀아나는 것뿐이라고 생각해서…… 처음엔 교제에 반대했어요.』

가슴이 약간 조여왔다.

문장 끝자락에서는 그녀가 요신을 생각해서 그런 반대 의견을 말했을 거라는 사실과 감정, 지금 나를 향한 미안한 마음이 전해지고 있었다.

그리고…… 이건 분명…….

「있지, 피치짱……. 반대했다는 건…… 과거형이지? 지금은 다른 거야?」

『네, 맞아요. 안심하세요. 지금은 두 분을 응원하고 있어요.』

「뭐, 그렇겠지? 응원해주니까 나한테 좋아한다는 말을 하라고 해줬을 테고.」

『네, 캐니언 씨가 매일 시치미짱과의 나날을 즐겁게 얘기하거든요. 데이트 때 이야기는…… 두 분이 서로를 소중히 생각하는 게 너무 잘 전해져서…… 그래서 저도…… 두 분을 응원하기로 했어요.』

아아, 역시……. 나는 그 말로 알아 버렸다. 피치짱의 마음을 알고 말았다.

내 짐작은 분명 맞을 것이다……. 역시 사과해야 하는 쪽은 내 쪽이다.

『그래서 오늘 시치미짱과 대화할 수 있어서 기뻤어요. 그리고 동시에 사사건건 반대만 하던 스스로가 부끄러워져서…… 점점 더 그게 커져서…… 어떻게든 사과를 하고 싶었는데…….』

점점이 끊기는 글들을 보며 나도 생각이 많아졌다. 이렇게 친하게 다가와 준 그녀가 용기 내어 내게 사과해 온 마음을 생각하니 가슴이 아팠다.

『죄송해요. 완전히 자기만족일 뿐인데, 제멋대로죠, 저…… 이런 말을 해도 시치미짱이 곤란하기만 할 텐데. 모처럼 친하게 지내줬는데…….』

「저기, 피치…… 하나만 물어봐도 될까?」

『뭔가요……? 제가 대답할 수 있는 거라면 뭐든…….』

「착각이라면 미안해. 혹시…… 피치짱…… 캐니언 군을 좋아했니?」

거기서 잠시 피치짱의 글이 멈췄다. 그 멈춰진 시간이 내게는 답처럼 느껴졌다. 그리고…… 잠시 시간을 두고 나서 그녀에게서 회신이 날아왔다.

『……죄송해요……. 맞아요. 전 캐니언 씨를 좋아했어요. 얼굴도, 본명도, 사는 곳도 모르는 그를…… 좋아했어요.』

나는 그 글을 보고 좀 잔인한 질문이 아니었을까 생각하며 반성했다. 그녀가 사과할 필요는 없는데, 역시 글만으로는 세세한 뉘앙스라든가 의도 같은 게 전달되기 어렵구나. 어렵네…….

탓할 생각은 아니었는데 용기를 낸 그녀를 나무라는 식이 되면 역효과였다. 내가 말하고 싶은 건…… 이런 게 아니라…….

그러고 보니…… 이 앱…… 음성을 주고받을 수 있지 않았나?

앱 설정을 보니 이 앱에는 음성으로 상대와 대화할 수 있는 기능이 있는 것 같았다. 나는 조금 망설였지만 그래도…… 지금의 마음을 바르게 전달하기 위해서는 이것이 가장 좋을 것 같았다.

요신과 대화할 때와는 또 다른 긴장이 피어올랐지만 피치짱이 낸 용기에 비하면 작다고 생각하며 나는 그녀에게 제안했다.

「저기, 피치짱…… 잠깐…… 글이 아니라 음성 기능으로 대화할 수 있을까? 뭔가 나…… 피치짱이랑 대화하고 싶은 기분이야.」

『네……? 대화…… 말인가요?』

「응……. 밤도 늦었고 폐가 되려나?」

『……괜찮아요. 저도…… 시치미짱과 직접 대화하고 싶어요.』

거절당하면 어쩌나 했는데 피치짱은 내 제안을 승낙해 줬다.

이렇게 해서 태어나서 처음으로…… 나는 얼굴도 이름도 모르는 연하의 여자애와 이야기를 나누게 되었다.

"피치짱…… 처음 뵙겠습니다, 시치미예요."

"네…… 처음 뵙겠습니다……. 피치…… 예요. 저기…… 시치미…… 짱?"

"의문형으로 안 불러도 돼. 사양 말고 편하게 불러줘."

나는 태어나서 처음으로 하는 내 행동에 조금 긴장하면서 피치짱의 목소리를 들었다.

상대도 긴장한 것인지 목소리가 약간 떨리고 있다. 적어도 나는 상대가 긴장하지 않도록 목소리를 최대한 신경 써서 부드럽게 냈다.

아니…… 근데…… 피치짱 목소리, 너무 귀여워…….

이 목소리…… 밤새도록 들을 수 있을 것 같은 목소리야. 속삭이는 듯한, 어쩐지 힐링되는 목소리…… 이런 걸 위스퍼 보이스라고 하는 건가? 난 절대 낼 수 없는 목소리다.

나는 한순간 귀엽다는 생각에 감회에 젖었지만…… 일단 그 감회는 잠시 제쳐놓자. 취지도 맞지 않고 대화가 이어지질 않을 테니까.

아무튼 내가 말을 꺼낸 거니까 피치짱과 더 대화해야지.

피치짱이 음성 통화를 허락해 주어서 나는 익숙지 않은 앱 조작에 애를 먹으면서도 그녀와 통화를 시작할 수 있었다. 이건 요신도 해본 적이 없다고 하고…… 그녀도 처음 경험해보는 거라고 했다.

"미안해, 갑자기 통화하자고 해서……. 글자만으로는 뭔가 마음을 전달하기 어려운 것 같아서…… 직접 얘기하고 싶어졌거든."

"네, 아뇨……. 저도 왠지…… 시미치짱의 목소리를 들을 수 있어서 안심돼요. 시치미짱 목소리 너무 예뻐요. 뭔가…… 유리처럼 투명해요."

굉장히 시적이고 아름다운 표현에 뺨이 아주 조금 달아올랐다. 이런 식으로 목소리를 칭찬받은 적은 처음이야…….

"무슨 소릴 하는 거야. 피치짱 목소리도 엄청 귀엽고 부러운걸. 내가 유리라면, 피치는 뭐랄까…… 미안, 표현할 방법이 잘 안 떠올라. 속삭이는 듯한…… 방울 소리? 아무튼 귀여운 목소리야!"

"아뇨, 저는 딱히…… 귀엽다니…… 처음 들었어요……."

우리는 서로의 목소리를 칭찬했다. 덕분에 긴장이 풀린 것인지 서로 살짝 웃었다.

저쪽은 침대 안에 누워 있다고 하니 그렇게 큰 목소리를 내진 못하겠지만…… 그 웃음소리조차 귀여웠다.

서로 살짝 웃고 난 뒤 잠시 침묵이 흘렀다. 나는 내가 방금 한 발언을 확인했다.

"피치짱……. 요…… 캐니언 군을 좋아했구나……."

하마터면 나는 평소처럼 요신의 이름을 올릴 뻔했지만, 간신히 멈추고 그의 이름을 정정했다.

"죄송해요……. 이런 말을 해도 곤란하기만 할 텐데……."

"사과하지 마. 그렇지 않아. 게다가…… 난 피치짱이 대단하고 존경스러워."

"존경이라니…… 그런…… 저 같은 게……."

저 같은 게……. 어쩐지 그 말이 처음 만났을 때의 요신과 겹쳤다.

어쩌면 요신과 피치짱은 비슷해서…… 그래서 피치짱이 요신에게 끌린 것일지도 모른다. 거기에 내가 끼어들었다고 생각하면, 미안해진다…….

"존경스러워. 그야 좋아하던 남자에게 여친이 생겼는데…… 그걸 응원할 수 있다니…… 난 절대 못 해. 피치짱은 상냥하고 귀엽고…… 존경할 만한 여자야."

"화나지 않았어요? 시치미짱의 남친을 좋아하다니…… 교제까지 반대했는데……."

"화낼 일이 어디 있어? 그야 내가 반대 입장이었더라도 반대했을걸? 좋아하는 사람이 고백받았다는 걸 알면 분명 질투할 거야……. 그게 자연스러운 반응이야."

"……고마워요, 시치미짱. ……캐니언 씨가 왜 시치미짱을 좋아하는지 알 것 같아요."

그런 내 말에…… 피치짱의 목소리에 안도의 기색과 다정한 기운이 담긴 것이 느껴졌다. 동시에 내 마음엔 약간 따끔한 아픔이 박혔다.

"피치짱, 내가 모르는 캐니언 군을 알고 있지? 그걸 알려줬으면 좋겠어. 게임 속의 그는 어떤 사람이야?"

"음, 글쎄요……. 저는 저기…… 학교엔 친구가 거의 없어서…… 혼자인 경우가 많았어요……. 그래서 새로 사게 된

스마트폰으로 게임을 시작했어요."

그 부분은 요신과 비슷하려나. 예전의 요신은 나도 이름만 알고 있는 정도로…… 얌전하고 눈에 띄지 않는 남자였다……. 누군가와 함께 있는 걸 거의 본 적이 없었다.

"그때 캐니언 씨를 만났어요. 처음엔 딱히 좋아하는 게 아니라 뭔가 말투가 저와 비슷한 사람이라고 생각한 정도였어요."

"비슷하다……. 어쩐지 알 것 같아. 두 사람 다 얌전한 스타일이라 그런가?"

"……하지만 결정적으로 달랐던 건…… 저는 학교에서 친구가 적어서 힘들었지만…… 캐니언 씨는 그걸 아무렇지도 않게 생각했다는 점이에요."

"아무렇지도 않게……?"

좀 신경 쓰이는 발언에 내가 관심을 보였다. 피치짱은 거기서 요신이 예전에 했다고 하는 말을 내게 알려주었다.

"네, 그는 저한테…… '딱히 학교에서 무리해서 친구를 사귀지 않아도 이렇게 게임 안에서도 친구는 사귈 수 있잖아. 다른 환경에서도 친구는 사귈 수 있고…… 친구가 적다는 걸 신경 쓸 필요는 없다고 생각해. 난 피치 씨를 친구로 생각하는데 피치 씨는 어때?'라고 말해줬어요."

"아…… 확실히 말할 것 같아…….."

그것은 내가 모르는 그의 일면이었지만, 왠지 그때의 말투가 쉽게 상상이 되어 아주 조금 키득거렸다. 그녀도 덩달아 웃고, 그러고서 말을 잇는다.

"아마 그에겐 아무것도 아닌 한마디였겠지만…… 전 그말을 듣고 구원받은 기분이었어요. 중학교 때 친구가 적어서 모두의 그룹에 들어가지 못했는데…… 그런데도 괜찮다는 말을 들은 것 같아서……."

"그래서…… 캐니언 군을 좋아하게 됐구나……."

거기서 말을 멈춘 피치짱은 한 번 심호흡하고는 자신의 속마음을 내게 밝혔다. 아주 큰 용기가 필요했을 텐데, 내게 모든 것을 드러내 주었다.

"그게 계기…… 였어요. 그 후부터 그의 말이 눈에 자주들어왔고, 채팅으로 함께 대화하는 게 즐거워졌어요……. 캐니언 씨 말 덕분에 학교생활도 힘들지 않게 됐고…… 깨닫고 보니 이미 좋아진 뒤였어요."

수줍게 말하는 그녀의 말이 사랑스러웠다. 하지만…… 그다음 순간 그 목소리는 불안하게 바뀌었다.

"……이상하죠? 전 그저 그의 별것 아닌 한마디에 구원받은 것뿐이에요. 캐니언 씨의 얼굴도, 본명도, 사는 곳도…… 아무것도 모르는 사람인데……. 애초에 정말로 남자인지 아닌지조차 모르는데……. 저는 캐니언 씨를 좋아하게 되고 말았어요."

불안함을 담은 그 한마디는 그녀의 사랑스러운 목소리

와 겹쳐서 금방이라도 사라질 것 같았다. 그래서 나는 그녀의 말에 지체 없이 대답했다.

"이상하지 않아."

그 짧은 한마디만을 먼저 고했다. 그래, 그녀는 전혀 이상하지 않다. 얼굴도, 이름도 몰라도 누군가를 좋아한다는 것은 이상한 일이 아니었다.

나는 그녀를 안심시키기 위해 말을 이었다.

"이상하지 않아. 얼굴도, 이름도, 자세한 성격이나, 사는 곳을 몰라도…… 누군가를 좋아하는 데 이상한 건 전혀 없어."

요신은 게임 속에서도 그 모습 그대로였다. 그래서 난 그것을 이상하다고 말할 수 없었고, 이상하다고 생각하지도 않았다.

그야 나도 그랬으니까.

이 아이는 중학생인데도…… 나보다 훨씬 어른스러운 생각을 갖고 있다.

그녀가 이렇게 자신의 마음을 표현해줬으니까…… 나도 속마음을 털어놓는 것이 그녀에 대한 예의라고 생각했다.

나도 그녀처럼 크게 심호흡을 한번 한다.

지금부터 하는 말은…… 요신에게도 말하지 않은 것이다.

어쩌면 이걸로 피치짱에게 미움을 받을지도 모른다. 하지만 나는…… 그녀에게만은 그 사실을 솔직하게 알리고 싶었다.

"피치짱, 내가 캐니언 군을 좋아하게 된 건 내가 그에게 고백한 이후야. 나는 아무것도 모르는 그를…… 나중에 좋아하게 됐어."

피치짱이 숨을 들이마시는 것이 전해져왔다. 많이 놀라게 했을까? 하지만…… 나는 그녀의 마음에 보답하듯 자신의 비밀을 그녀에게 전했다. 그에게도 전하지 않은 비밀을.

"들어줄래? 내가 캐니언 군에게 고백한 건…… 그를 좋아해서가 아니야. 난 순서가 반대야……. 그에게 고백하고 나서, 그를 좋아하게 됐어……. 왜냐하면…… 내가 고백한 건…… 벌칙 게임 때문에…… 거짓말이었어…….."

그 후 그녀는 내 말을 잠자코 들어주었다. 경멸받아도 어쩔 수 없는 내 말들에…… 그녀는 어떻게 반응할까…….. 긴장으로 몸에서 묘한 땀이 배어 나왔다.

마치 영원처럼 느껴지는 침묵을…… 그녀의 말이 깨트렸다.

"그런…… 왜, 왜 저한테 그런 걸…… 알려주는 거예요?! 제가…… 캐니언 씨에게 그걸 말하면…… 어쩌려고요?!"

쥐어짜듯 내뱉은 그 목소리는 떨리고 있었다.

그렇지, 그럴 가능성도 있겠지. 하지만 그 가능성보단, 같은 사람을 좋아하게 된 여자로서…… 진지하게 그녀를 마주하고 싶었다.

"피치짱이 진심으로 나를 마주해준 것처럼, 나도 진심을 돌려주는 게 예의라고 생각했어. 그러니까 피치짱…… 나에 대해 느꼈던 마음이나 교제에 반대했던 건 신경 쓰지 마……. 왜냐하면 전부 내 잘못이니까……. 사과해야 할 사람은…… 내 쪽이야."

거기서 잠시 숨을 고르고 자세를 바로 했다. 상대에겐 보이지 않겠지만 어디까지나 내 마음의 문제였다. 나는 사과의 말을 그녀에게 전했다.

"미안해요. 피치짱."

"시치미짱……."

떨리는 목소리로 그녀가 울고 있다는 것을 알았다. 결국 울려버린 스스로가 부끄러웠다. 그러지 않으려고 음성으로 한 건데…….

사실은 이 사죄를 고해야 하는 것은 요신이 먼저겠지만…… 하지만, 여기서 어떻게 돼도 나는 후회하지 않는다. 같은 사람을 좋아하게 된 그녀가 무엇을 하든 받아들일 생각이었다.

"……시치미짱……. 지금은 이미…… 캐니언 씨를 좋아하는 거죠?"

"응, 정말 좋아…… 너무 좋아. 함께 지내면서 점점 더 좋아지고 있어."

"그럼 왜…… 저한테 그런 말을……. 제가 못된 마음을 먹으면…… 어쩌려고요."

"피치짱이라면 뭘 당해도 후회하지 않아. 게다가 지금 한 말은…… 사귄 지 한 달째 되는 기념일에 캐니언 군에게 전할 생각이야. 모든 걸 알리고 사과하고, 다시 고백하고……. 어떻게 할지를 캐니언 군에게 맡기려고."

"그런…… 말 안 해도 되잖아요! 왜 일부러…… 그런 짓을……!"

"그게 내가 매듭을 짓는 방법이니까……. 그래서, 그러니까……."

상상만 해도 울음이 쏟아질 것 같은 그 말에, 나는 꾹 억누르고, 약간 장난스럽게 말했다. 조금이라도 밝게 말할 수 있도록, 간신히 쥐어짜냈다.

"그러니까 피치짱…… 내가 차이면, 캐니언 군을 잘 부탁할게."

뺨에 눈물이 한줄기 흘러내렸다.

그녀를 향한 미안함, 그리고 그때를 상상하니 마음이 조여왔기 때문이다. 하지만 말만은 밝게 할 수 있었다. 이게 음성이라 다행이야…….

그런 내게 그녀도 무척 밝은 목소리로…… 격려의 말을

전해주었다.

"괜찮아. 그런 일은 없을 거라고…… 내가 보증할게."

"괜찮을까?"

"반드시 괜찮을 거야. 캐니언 씨, 시치미짱을 정말 좋아하거든. 시치미짱…… 나는 행복한 보고만 기다릴게. 오늘 일은…… 여자끼리의 비밀이네."

경어가 빠진, 마치 또래에게 하는 듯한 그 말에…… 나는 기쁨을 느꼈다. 가슴 속이 천천히 따스해지면서 요신과 대화할 때와는 다른 감정이 넘쳐흘렀다.

"……피치짱, 날…… 용서해줄래?"

"응, 그야 시치미짱도 날 용서했잖아? 그렇다면…… 그래서 그런 건 아니지만, 나도 시치미짱을 용서할게. 친구니까. ……아, 연상인데 너무 건방졌……을까요?"

갑자기 마지막만 존댓말이 된 그녀가 우스워서 나는 웃으며 그녀에게 전했다.

"아니…… 기뻐, 피치짱……. 우리는 친구야. 그러니까 존댓말은 안 했으면 좋겠어. 고마워…… 피치짱."

"……고마워, 시치미짱."

우리는 서로 감사를 전했다. 얼굴도, 본명도, 사는 곳도, 다니는 학교도 모르지만…… 우리는 친구가 될 수 있었다.

그게 좀 신기하지만…… 또 내 세상이 조금 넓어진 것 같았다.

그리고 나와 피치짱은 잠시 대화를 이어갔다. 요신의 이야기부터 별것 아닌 이야기까지…… 여러 가지를. 이미 시간도 늦었으니 정말 잠시뿐이었지만.

"피치짱처럼 좋은 아이가 학교에서 친구가 적다니…… 믿기지 않아……."

"내가 먼저 말 거는 걸 잘 못해서……. 하지만 캐니언 씨 덕분에 마음이 편해져서…… 몇 명 친한 사람이 생겼어. 그래서 지금은 학교도 좀 재밌어."

그렇구나. 요신 덕분에……. 그건 기쁜 일이었다. 어쩐지…… 피치짱 덕분에 요신과 또 대화하고 싶어 졌어……. 아니, 오늘은 이대로 잘까…….

"시치미짱. 이따 캐니언 씨랑 대화할 거야?"

"……어?"

"역시 마지막은 좋아하는 사람과 대화하고 끝나는 걸까 싶어서. 시치미짱, 고마워. 오늘부로 나도 이 사랑에, 나아가지 못하고 질질 끌고 있던 마음에 이제야 결말을 지었어."

그 한마디가 내게 와 박혔다. 요신에게 슬픈 표정을 짓게 해버린 내가 그럴 자격이 있을까? 경솔한 말로 그를 슬프게 해버린 내게.

"피치짱, 좀 물어봐도 돼? 누군가를 이름으로 부르는 것에 대해 어떻게 생각해?"

갑작스러운 내 질문에 그녀가 잠시 놀란 목소리를 냈지만, 그로부터 조금 뒤에 작게 중얼거렸다.

"나는 좀 어려워……. 상대방이 싫어하지 않을까 생각하게 되거든."

"그렇구나……. 고마워. 잘 자, 피치짱."

"? 응, 잘 자, 시치미짱."

나는 피치짱과의 통화를 마치자마자 그대로 침대에 쓰러졌다. 마음속으로 피치짱에게 사과하면서.

어쩐지…… 요신이 이름 부르기를 싫어한 이유를 알 것 같았다. 그와 비슷한 피치짱과 대화한 덕분에. 어렴풋하긴 하지만.

남과 엮이지 않았던 그는 내게 미움받지 않을까 하는 것을 걱정했을지도 모른다. 그런데도 나는 멋대로 말해서 그를 곤란하게 하고…….

"실수했구나, 나……."

요신은 혹시 벌써 자고 있을까? 그에 대해 생각했다. 연락하고 싶은데 몸이 움직이질 않는다.

나는 결국 이날 사귀고 나서 처음으로…… 요신에게 연락하지 않았다.

자각몽…… 꿈이라는 것을 본인이 인식한 꿈을 말한다. 나는 지금 자각몽을 꾸고 있었다. 내 시선이 낮고, 주위엔 친구들이 있었다. 초등학교 때 꿈이었다.

하지만 내 몸은 생각대로 움직여주지 않았다. 정확히 말하자면 지금 내 의사대로 움직이지 않는 것뿐, 이건 당시에…… 초등학교 때의 행동이었다.

나는 친구들과 함께 있었고, 어느 한 소녀에게 말을 걸었다. 꿈속이라 그런지 얼굴이 확실하게 보이지 않았다. 하지만 본 기억이 있는 소녀였다.

나는 그녀에게 미소 지으며 말을 걸었고, 그리고 그녀도 미소를 돌려주며…… 그리고…….

내 눈은 거기서 뜨였다.

침대 위에서 혼자 일어난다. 지금 이 집엔 나밖에 없다. 그러니 혼잣말을 해도 누가 들을 일도 없다. 그래서 나는 작게, 내게 읊조리듯 중얼거렸다.

"……생각났다."

왜 이제 와서, 라는 생각이 솟아올랐다. 최악의 아침이었다. 우울하고 답답한 기분을 던져내듯이 크게 한숨을 내쉰다.

어젯밤 바론 씨와 대화를 나눈 덕분인지, 아니면 처음으로 나나미 씨에게서 연락이 없었기 때문인지, 어쨌든 나는 떠올렸다.

내가 왜 그녀를 이름으로 못 부르는지.

왜 내가 혼자가 되기를 택했는지.

그것을…… 떠올렸다. 떠올려 버렸다.

"……알고 나니까, 내가 생각해도 시시한 이유네."

다시 한번 나는 내게 읊조렸다. 그래, 지금 와서 생각하면 시시한 이유다. 하지만 당시의 내겐 상당한 충격이었으리라. 지금 당해도 분명 충격을 받을 거다.

이게 지금 와서 떠오르는 건가 하는 마음과 약간의 안도가 내 안에서 겹쳤다. 복잡하다.

나는 스마트폰으로 시선을 떨어뜨렸지만, 나나미 씨에게선 여전히 연락이 없었다. 어제 걱정돼서 내가 연락을 해봤지만 결국 나나미 씨는 전화를 받지 않았다. 무슨 일이 있었던 걸까.

혹시…… 이름을 부르지 못해 미움받은 건 아닐까 하는 최악의 예상이 머리를 스쳤다. 어제 그렇게 슬픈 얼굴을 짓게 했으니까…….

그런 생각을 하는데 직후 나나미 씨에게 연락이 왔다.

하지만 그 연락을 보고 나는 침대에서 벌떡 몸을 일으켰다.

『오늘은 먼저 갈게. 이따 봐.』

메시지는 그것뿐이었다.

그것을 보는 것만으로도 어제까지의 즐거운 마음 같은 게 전부 사라질 것만 같았다. 하지만 화가 나거나 미움받은 것은 아닌지 오늘의 도시락 메뉴에 대한 연락도 이어서 오고 있었다.

……무슨 볼일이라도 생긴 걸까? 어제는 아무 말도 없었는데. 나는 머리를 흔들며 마음을 고쳐먹었다.

만날 약속이 사라진 탓에 평소보다 혼자 생각할 시간이 더 생겼다. 내용은 물론 이름 부르기를 어떻게 해결할지다.

왜 내가 이름을 부르는 것에 기피감을 느꼈는지는 알아냈다. 그게 내가 이런 생활을 보내게 된 원인이다. 물론 이전의 생활을 후회하진 않지만…….

지금까지 무의식적으로 꺼리던 것을 깔끔하게 해결할 수 있다면 고생할 일은 없을 것이다. 결국 이것은 내 개인적인 문제이기 때문이다. 다만 어떻게 극복할 것인지…… 생각해도 답은 나오지 않았다.

혼자 있으면 부정적으로 흐를 것 같은 사고를 중단시키기 위해 나는 강하게 양 볼을 쳐서 기합을 넣었다. 짝 소리가 울려 퍼지고 통증으로 인한 자극 때문에 내 눈은 완전히 뜨였다.

우물쭈물하는 건 여기까지다.

아무튼 일단 나나미 씨를 만나야 했다. 그렇지 않으면 아무것도 시작되지 않는다. 바로 준비해서 학교에 가자.

욱신거리는 뺨을 내버려 두고 나는 어쨌든 빨리 학교에 가기 위해 준비했다. 어째서인지 사건 직후 만날 약속을 했을 때의 마음을 떠올리며…… 나는 학교를 향해 발걸음을 옮겼다.

나나미 씨를 만나기 위해.

사치스러운 이야기지만 혼자 등교하는 건 정말 오랜만이었다. 이상한 소문이 돌았을 때도 등교할 땐 나나미 씨가 있었다. 뭐, 오토후케 씨와 카모에나이 씨도 있었지만…… 내 옆에는 늘 나나미 씨가 있었다.

저번 달까지의 나라면 전혀 문제없을 텐데, 혼자 등교하는 것에 외로움을 느끼면서 나는 교실로 향했다. 하지만 나나미 씨는 교실에 없었다.

어디로 갔는지 몰라 여기저기 찾아봤지만, 그녀의 모습을 찾을 수 없었다. 어디로 간 거지?

그러다가 교실로 돌아오지 않았을까 싶어 가볍게 차오른 숨을 고르며 교실로 돌아갔다. 아침부터 만나지 못한 것에 교실에서 혼자 낙심하고 있는데…… 이윽고 세 사람이 교실에 나타났다. 나나미 씨와 오토후케 씨, 카모에나이 씨. 평소의 3인방이다.

"아…… 좋은 아침, 요신."

"아, 응. 좋은 아침, 나나미 씨."

내게 어색하게 인사하는 나나미 씨의 모습에 덩달아 나도 어색하게 인사를 건넸다. 이런 건 처음 대화했을 때 이후로 처음 아닐까? 왠지 어색하다고 할까, 묘하게 긴장된다.

오토후케 씨와 카모에나이 씨는 어딘가 걱정스러운 얼굴로 나와 나나미 씨를 번갈아 보고 있었다. 나나미 씨, 두 사람에게는 어디까지 이야기를 나눴을까? 어쩐지 주변의 시선이 모여들어서 아프다고 할지…… 어쨌든 이상한 기분이었다.

저번 소문 때도 시선은 모았지만 아무렇지도 않았는데…… 그때는 무책임한 소문이었기 때문일까? 주위의 시선은 비난보다는 어딘가 위태로운 것을 보는 것처럼 느껴지기도 했다.

"음…… 오늘 도시락은 전했던 대로 고로케야. 기대해."

"아, 응…… 좋네, 고로케."

"그럼 이따 봐."

평소보다 짧은 대화를 마치고 나나미 씨는 자기 자리로

돌아가 버렸다. 나는 도움을 청하듯 오토후케 씨와 카모에 나이 씨에게 시선을 보냈지만, 둘 다 나와 눈이 마주치자 조용히 고개를 저을 뿐이었다.

이럴 때 나나미 씨 이외의 여성과 연락처를 교환하지 않은 것이 후회스럽다. 아니, 후회하면 안 되는데. 그녀의 친구들이 무슨 이야길 들었는지 몰래 물을 수도 없으니 난감했다. 알려줄지는 별개의 이야기지만.

결국 그날…… 방과 후까지 나나미 씨와 제대로 말하지 못하고 끝났다.

점심은 같이 먹었지만, 평소 같으면 딱 붙을 정도로 가까웠을 텐데, 오늘은 조금 거리가 생기고 말았다. 대화도 평범하게 나눴지만 어딘가 거리감이 느껴졌다.

다른 쉬는 시간에도 나와 함께 이야기하는 것이 일상이었는데…… 오늘은 오토후케 씨와 카모에나이 씨하고만 이야기를 나누고 나와는 제대로 이야기를 나누려고 하지 않았다.

수업 중에 그녀를 빤히 보고 있으면 이쪽의 시선을 눈치챈 나나미 씨는 곧바로 휙 하고 외면해 버렸다. 그 반대도 있었는데, 내가 시선을 느껴서 나나미 씨 쪽을 바라보면 그녀가 나를 빤히 보고 있다가…… 역시 시선이 마주치면 눈을 돌렸다.

어제까지 같이 여행도 가고 즐거웠는데, 그것들이 모두

사라져 버린 기분이 들어서…… 어딘가 데면데면한 나나미 씨의 거동에 충격을 받고 말았다. 하지만 어쩔 수 없는 걸까, 먼저 그녀를 슬프게 한 건 나다. 이 정도는 달게 받아들여야지.

하지만 머리로는 이해해도 충격인 것은 충격이었다. 대체 어떻게 된 거지……?

이것은 싸움…… 인 걸까. 아니, 아니지. 하지만 명확하게 선을 긋는 듯한 태도를 보이면, 차라리 싸움이 더 낫지 않을까 하는 생각마저 든다. 게다가 싸움이라면 화해하면 되지만…… 이건 싸움조차 아닌데, 화해를 할 수 있을까?

그런 상상을 하자 눈물이 날 것 같았다. 상상만으로 울 것 같아.

만약 계속 이대로라면 나는 살아갈 수 있을까? 안 돼, 안 돼. 부정적인 생각을 하나 하면 연쇄적으로 계속 부정적인 생각이 떠오른다. 섣불리 생각하지 말자.

반 아이들도 처음 보는 나와 나나미 씨의 이런 광경에 안절부절못하며, 어딘가 심란해하는 분위기였다. ……왠지 폐를 끼치고 있는 기분이다. 아침부터 괜히 주목을 받았고.

또 괜한 소문이 돌지 않았으면 좋겠는데……. 하지만 전에 소문이 돌았던 적이 있어서 그런지 주변에 이상한 소문이 돌지 않고 방과 후를 맞이한 것은 천만다행이었다.

길고 긴 하루였던 것 같다. 영원처럼 느껴지는 시간……
은 좀 과장이지만, 평소보다 배 이상의 시간으로 느껴진
것은 확실했다.

아무튼 기다리고 기다리던 방과 후다. 분명 방과 후라면
나나미 씨와 제대로 이야기를 나눌 수 있을 것이다.

학교에서는 무리라도 나나미 씨의 집을 방문하니까 거
기서 이야기할 수 있다. 침울해 있을 수만은 없다. 어찌 되
었든 일단 나나미 씨와 제대로 얘기를 해야 했다.

……학교에서도 기회는 있었지만 어색해서 못했다는
건 제쳐놓자. 아무튼 지금은 억지로라도 긍정적으로 가야
했다.

"저기, 미스마이. 잠깐 괜찮아?"

잔뜩 벼르고 있던 나에게 느닷없이 누군가가 말을 걸어
왔다.

돌아보니 그곳에는 오토후케 씨와 카모에나이 씨가 있
었다. 나나미 씨의 모습은 보이지 않았다. 대놓고 실망하
는 나에게 둘 다 쓴웃음을 짓고 있다. 실례되는 짓을 했다
는 생각에 나는 작게 사과했다.

"오토후케 씨, 카모에나이 씨…… 미안. 난 나나미 씨랑
할 얘기가……."

"나나미한텐 말해뒀어, 시간을 좀 달라고. 기다려준대."

나나미 씨한테 말해뒀다고? 나는 거기서 다시 두 사람의

표정에 시선을 보냈다. 그곳에는 슬퍼 보이는 표정을 지은 오토후케 씨와 평소의 느긋한 미소가 아닌 진지한 표정인 카모에나이 씨가 있었다.

평소에 볼 수 없는 표정에 나는 침을 한 번 삼켰다.

"응…… 알았어. 좋아. 나…… 오늘은 평소 이상으로 어둡긴 하지만 신경 쓰지 말아줘……."

"딱히 평소에도 그렇게 어둡진 않잖아."

"이쪽도 타격이 크네……."

내 말에 두 사람 모두 진지한 표정으로 쓴웃음을 짓는다. 그 미소는 어딘가 울 것처럼 보이기도 했다. 나는 두 사람이 재촉하는 대로 따라갔다.

이쪽……도? 라는 건 무슨 뜻일까. 궁금했지만 나는 말없이 두 사람이 이끄는 대로 계속 걸었다.

이끌려 간 곳은 교실이 아닌 옥상으로 향하는 계단의 층계참이었다. 주위에 아무도 없어서 조금 쓸쓸한 장소. 하지만 비밀스러운 얘길 하기엔 알맞은 장소이기도 했다.

혹시 평소에는 여기서 이야기를 나누나? 마침 그늘진 데다 사각지대에 놓여 있고 숨기도 좋아서 남들이 찾기 힘든 장소다.

계단의 층계참으로 향하는 동안…… 우리는 완전한 침묵이었다. 어쩐지 오토후케 씨나 카모에나이 씨도 기분이 처져 있는 모습이 조금 신기했다. 분명 이 두 사람만큼은 나나미 씨 일로 내게 화를 낼 줄 알았는데, 그런 내색도 없다.

"미안, 시간 뺏어서……. 나나미한테 상담을 받았거든."

"나나미 씨가…… 뭐라고 했는데?"

"네게 상처를 줬다고…… 얼굴을 볼 낯이 없대."

……어?

나는 예상치도 못한 오토후케 씨의 말에 완전히 사고가 멈춰버렸다. 나나미 씨가 나한테 상처를 줬다고? 무슨 말을 하는 거지…… 반대 아닌가?

당황한 나를 보고 오토후케 씨도 카모에나이 씨도 얼굴을 마주 보며 쓴웃음을 짓고 있었다.

"짐작도 안 간다는 얼굴이네……."

"미스마이…… 혹시 짐작 가는 거 없어? 나나미의 지레짐작이야?"

오토후케 씨는 살짝 어깨를 으쓱했고, 카모에나이 씨는 평소의 모습에서는 생각할 수 없을 정도로 진지했다. 나는 두 사람에게 조용히 고개를 끄덕이며 대답했다.

"두 사람 다…… 어디까지 들었어?"

"음…… 뭔가 이름을 불러달라고 했다가 너한테 상처를 줬다는 것 정도? 나나미도 약간 혼란스러운 것 같은데……."

오토후케 씨는 거기서 조금 과장되게 손을 벌렸다. 그 움직임에 시선을 빼앗기면서도, 나는 그녀의 말에 귀를 기울이며 생각했다.

아까, '이쪽도'라고 말했던 건 나나미 씨가 내게 상처를
줘서 침울해하고 있다는 뜻이었나……?

왜 일이 그렇게 되어 버린 걸까. 심각한 오해가 생긴 것
같다.

하지만 그렇다면, 그녀의 태도에도 납득이 가는 것 같다.
그건 화가 났던 게 아니라…… 나를 대하기 어색했기 때문
일까? 안 돼, 두 사람에게 이야기를 듣고 해결할 수 있을
지도 모른다고 생각했는데, 역시 본인과 이야기를 하지 않
으면…….

"……저기, 미스마이. 이상하긴 한데. 왜 나나미 이름을
안 불러주는 거야? 두 사람 문제긴 하지만, 평소의 너라면
의외로 선뜻 해줄 것 같은데…… 무슨 일이라도 있었어?"

"맞아, 뭔가 묘하게 완강하지……? 미스마이라면 의외
로 선뜻 해줄 거라 생각했는데."

지금의 답답한 분위기를 밀어낼 수는 없지만, 두 사람은
되도록 어두워지지 않도록 밝은 목소리를 내며 내게 이야
기의 핵심을 물어왔다. 그런데 그 평가, 좀 너무 후한 거
아닌가?

"내가…… 그렇게 선뜻 다 할 것처럼 보여?"

"응. 평소에 '나나미를 위해서라면 물 속이든 불 속이든
가겠다!'라는 느낌이니까."

"뭐든지 할 것 같아~. 그래서 이번엔 좀 이상한 느낌~?"

일부러 그러는 것인지 두 사람 모두 의식적으로 평소의 텐션을 유지하려고 하고 있었다. 그것이 지금의 내게는 무척 감사했다.

나는 내 평가가 나나미 씨 한정으로 현저하게 높은 것에 쓴웃음을 지었다. 나는 내 안의 생각을 정리하기 위해, 두 사람에게 이전 일에 대해 털어놓기로 했다.

그것은 지금껏 누구에게도…… 심지어 나나미 씨는 물론이고 아빠와 엄마에게조차 말한 적 없는 나만의 비밀이다. 뭐, 오늘 아침 생각났다는 것도 이유이긴 하지만.

그것을 처음 말하는 것이 나나미 씨가 아닌 오토후케 씨와 카모에나이 씨라는 것이 좀 걸리긴 하지만……. 마침 나나미 씨에겐 말하기 어렵다고 생각한 참이었다. 하지만 반대로 이 두 사람이라면 털어놓는 상대로는 적합할지도 모른다. 여기서 말로 전한 다음 나나미 씨에게 할 말을 정리해야겠다.

나나미 씨를 경유하여 비로소 관계가 만들어진 두 사람이기에…… 말할 수 있는 내용이었다.

"조금 에둘러 말하자면, 내가 나나미 씨를 이름으로 부르지 못하는 건…… 부끄럽다든가 그런 게 아니라…… 그저 내가 무서운 것뿐이야."

"……무서워?"

의아한 표정을 짓는 두 사람에게 나는 최대한 감정을 배제한 채 담담하게 말을 시작했다. 감정을 담지 않고, 오직 사실만을 열거해갔다. 현 상황을 파악할 수 있도록 가능한 한 냉정하게.

"뭐, 흔한 어린 시절 체험이야. 초등학교 때, 나한테도 좀 친했던 여자애가 있었거든. 같이 놀기도 하고……. 지금 와서 생각하면 좋아했을지도 모르겠네……."

이 부분은 나나미 씨에겐 말 못 하겠네.

실제로 좋아했는지 어떤지조차 모호하지만, 과거에 좋아했던 애가 있었다는 건 굳이 말할 필요 없는 이야기다. 그것이 비록 초등학교 때의 이야기라도. 지금의 나나미 씨에게 이 부분은 말할 수 없어.

비록 그것이, 얼굴도 이름도 기억하지 못하는 여자일지라도.

"그런 애가 있었구나~. 뭐, 초등학교 때니까 나나미도 딱히 질투하진 않을 거 같은데."

"아쉽지만 그런 얘기는 아니야. 음, 그 아이와 친해진 것에 들떠서…… 너무 들뜨고, 자만해서…… 그 아이를 이름으로 불렀어. 다른 애들이 그러는 것처럼. 나도…… 그 애를 모두와 똑같이 부르고 싶어서."

거기서 나는 말을…… 잇지 못하고 잠시 멈췄다. 사실 거기까지는 말할 수 있었지만 여기서부터 입이 무거워졌다.

그런 내 심정에 맞추듯 주위에도 무거운 침묵이 찾아왔다.

두 사람이 침을 꿀꺽 삼키는 소리가 들려왔다. 말이 막힌 내 다음 말을 신중하게 기다려 주는 것 같았다.

"……그래서?"

재촉하듯 침묵을 깨트린 오토후케 씨의 한마디에 나는 얼굴에 미소를 띠며 이야기를 이어갔다. 지루하고, 어디에나 있을 법한…… 내 마음속 상처 이야기를.

"웃었어. 멋대로 이름으로 부르지 말라고. 모두의 앞에서 그 애한테 가볍게 욕을 먹었지. 다들 그걸 듣고…… 웃었고. 나를 보면서 웃었어. 악의는 없이…… 그냥 주변에서 다들 웃고 있었어."

전혀 신경 쓰이지 않는 척하는 내 모습이 반대로 애처로워 보일지도 모른다. 내 그 고백에 두 사람이 숨을 들이마시는 게 느껴졌다.

"그건……."

"심한 거 아냐……?"

시시하다고 비웃진 않을까도 생각했는데, 두 사람은 그러지 않았다. 내 말을 듣고 두 사람 다 애통한 표정을 짓고 있었다.

분명 내가 겪은 것은 누구에게나 있는, 어린아이 특유의 잔혹함 같은 것이었다. 다들 악의는 없다. 그렇기에 아무도 내가 이렇게까지 상처받을 줄은 몰랐겠지.

이건 그저 내가 약했을 뿐이다. 그게 설마 지금와서 발목을 잡을 줄은 몰랐지만.

잊고 있었던 것도 분명 기억하고 싶지 않아서 무의식적인 방어기제가 작용하거나 했던 거겠지. 그 부분에선…… 나나미 씨와 같았을지도 모른다. 나나미 씨와 비교하면 내 일은 시시하지만. 비교할 것도 아니지만 말이다.

침통한 표정을 짓고 있는 두 사람에게 나는 대수롭지 않다는 것을 알리기 위해 억지로 미소를 지으며 말을 이었다.

"그 후로 나는…… 타인에게 뭔가를 붙여야만 부를 수 있게 됐어. 이름이든 성이든 어느 쪽이라도 경칭만 붙이면 부를 수 있었으니까 특별히 생활하는 데 지장은 없었지. 오히려 예의 바르게 보이지 않았을까?"

"……나나미는 그 애들과 다르잖아. 오히려 불러주길 바라고 있으니까. 기뻐할지언정 웃거나 하진……. 아니, 미안…… 남의 일이니까 이렇게 말할 수 있는 거겠지."

"맞아~. 나나미는…… 나나미라면 괜찮을 거야. 하지만 그렇구나. 확실히 무섭겠네."

애써주는 두 사람의 말을 듣고 미안한 마음이 들었다. 그래, 나나미 씨는 당시 내 친구였던 아이들과는 다르다.

"이상한 말을 해서 미안해. 나도 알아. 나나미 씨는 기뻐하겠지. 그러니까…… 이건 내 문제야."

내 말을 들은 두 사람은 말이 없었다. 하지만 오토후케 씨가 내 말을 듣고 고개를 갸웃하며 의문을 제기했다.

"그걸 알고 있었으면 나나미에게도 말하지 그랬어. 그러면 나나미도 무리해서……."

그것은 당연한 의문이었다. 그래, 맞다. 내가 이 사실을 잊고 있어서 이야기를 더 복잡하게 만든 거였다.

"그 사건을 떠올린 게 오늘 아침이었거든."

"오늘 아침?!"

두 사람이 입을 모아 소리쳤다.

그런 반응이겠지. 나도 어이가 없다. 시시하고 한심한 과거 기억이다. 두 사람이 웃지 않은 게 다행으로 느낄 지경이다. 아니, 차라리 웃어넘겨도 괜찮았을 것 같다.

"그래서 난, 나 때문에 나나미 씨한테 상처를 입혔다고 생각했는데…… 나나미 씨는 나한테 상처를 줬다고 생각했구나."

나나미 씨는 그때 울고 있었다. 그래서 난 그녀에게 상처를 줬다고 생각했다. 하지만 아니었다.

"미스마이한테 이름으로 불러달라고 했더니 너무 슬픈 표정을 지었다고, 자기가 너한테 상처를 줬다고 생각하니까 한심하고 볼 낯이 없다고 말하더라. 이걸 내가 말했다는 건 비밀이야."

"맞아, 그런 표정을 짓게 할 생각은 아니었다면서……. 어쩐지 지금의 미스마이를 보니까 알 것 같아."

두 사람의 말에 내가 지금 어떤 표정을 짓고 있는지 살폈다. 아마 나는 지금…… 어제와 같은 얼굴을 하고 있겠지.

바론 씨의 말이 머릿속에 떠올랐다. 나나미 씨가 울었던 이유는…… 나 때문이었을까?

문득 눈을 드니 두 사람이 나를 보며 고개를 숙이고 있었다.

"미스마이, 미안해. 괴로운 기억을 말하게 해서."

"미안해. 말하고 싶지 않은 말도 있을 텐데…… 나나미보다 먼저 물어봐서."

나는 황급히 두 사람에게 고개를 들어달라고 했지만 두 사람은 요지부동이었다.

급기야 자신들이 할 수 있는 일이라면 뭐든 하겠다며 나섰다. 두 사람이 원래대로 돌아갈 수만 있다면 뭐든 하겠다고.

왜 그렇게까지 해주는 건가 싶어 내가 당황하자, 두 사람이 이유를 말해주었다.

자신들은 나나미 씨를 아주 좋아한다고. 그러니까 나나미 씨를 위해서라면 뭐든지 할 것이라고. 나와 함께 행복하게 웃는 나나미 씨를 다시 보고 싶다고. 이건 본인들을 위한 행동이니까 신경 쓰지 말라며 두 사람 다 고개를 살짝 들고는 웃어주었다.

나나미 씨가 사랑받는다는 사실을 알고, 그리고 이 두

사람의 각오를 보고…… 나도 결단을 내렸다. 이제야 결심이 섰다. 나나미 씨를 위해서라면…… 지금이라면 뭐든 할 수 있을 것 같았다.

"뭐든지 협조해 주는 거지?"

"그래. 나나미를 슬프게 하지 않기 위해서라면 우린 뭐든지 할 수 있어."

그 말을 듣고 나는 눈을 감고 심호흡했다. 이런 건 솔직히, 힘들다. 하지만 지금의 내게 필요한 건 과감한 치료였다. 어쨌든 뭐든 상관없어. 계기로 삼는 거야.

나는 두 사람을 똑바로 바라보며 천천히 입을 열었다.

"오토후케 씨…… 날 한 대만 때려주지 않을래?"

"뭐어?!"

내 요청에 오토후케 씨는 영문을 모르겠다는 얼굴로 소리쳤다. 카모에나이 씨도 내 말에 입을 쩍 벌리고 있다

"실은 M이었어……?"

멍하니 입을 벌린 것만으로는 성에 차지 않았는지 그런 말까지 중얼거린다. 아니, 아니야. 그런 취미 없어. 취미가 있다고 해도 그런 걸 반 아이한테 부탁할 리가 없잖아요.

한발 물러난 두 사람에게 나는 마음을 다잡듯 헛기침을 하고 그 진의를 설명했다.

"격투기를 하고 있다고 했지? 그러니까…… 나한테 기합을 넣어줘. 내 과거를 털어낼 만큼 강한 기합을."

이건 실로 구시대적인 방식이다. 분명 강한 사람이라면 다른 사람의 손을 빌리지 않고도 스스로 다시 일어나 그녀와 마주할 수 있으리라. 하지만 난 그럴 수 없을 것 같았다.

그렇다면 다른 사람의 손을 빌릴 수밖에 없다. 강제로라도 이 근성 없는 정신에 활력을 불어넣어 달라고 하는 거다.

"……진심이야?"

그 말을 듣고 나는 천천히 고개를 끄덕였다. 그리고 조금 웃었다. 눈만 웃는 것도 아니고, 억지로 꾸민 미소도 아닌, 각오를 다진 밝은 미소를 지어 보였다.

"나나미 씨가 나 때문에 그런 얼굴을 하고 있다는 말을 들었는데 우물쭈물하고 있을 수 없지. 남자의 고집이야. 그런 게 나한테도 있다는 게 놀라워. 혼자서는 극복할 수 없는 게 한심하지만, 그래도 누군가의 손을 빌려서라도…… 과거와 결별하겠어."

내 말에 오토후케 씨와 카모에나이 씨는 서로의 얼굴을 마주 보더니…… 씩 웃었다. 그리고는 누가 먼저랄 것 없이 "한심하지 않아"라는 한마디를 중얼거리더니 그녀들도 시원스레 웃었다.

"뭐랄까, 남자라는 건 사고방식이 다 비슷한 걸까. 미스마이, 왠지 우리 오빠랑 닮았어."

"응?"

"오빠도 격투기를 하니까 경기 전에 강한 상대에게 겁

을 먹을 때도 있어. 그럴 땐…… 나한테 기합을 받고 나갔었지."

오토후케 씨는 주먹이 아닌 손바닥을 벌린 채 팔랑팔랑 흔들며 내게 보여준다. 그대로 반대 손으로 검지를 내게 향하고는 빙글, 하고 호를 그리듯이 움직인다. 과연…… 대충 이해했다.

나는 두 사람에게 등을 돌리고 눈을 감았다. 그리고 간결하게 한마디만 했다.

"부탁해."

"오!"

여자라고는 생각할 수 없는 기합이 들어간 목소리가 공기를 진동시켰다. 그 박력에 나는 이를 악물었다. 바람을 가르는 듯한 소리가 들리고 그 직후, 내 등에 밀었다는 말로는 턱없이 부족할 정도의 충격이 전해졌다. 그럴 리가 없는데도 충격 직후 소리가 들린 것만 같은 착각이 들었다.

"으윽……!"

이를 악물고 눈물이 나려는 것을 참았지만, 입에서는 신음이 새어 나왔다. 기합을 받은 곳만 불에 덴 것처럼 뜨거웠고, 거기서부터 욱신거리는 저림이 퍼져나가는 것 같았다.

좋아! 기합, 받았어!

"나나미는 교실에 있어. 미스마이를 기다리고 있을 거야."

"힘내~."

엄지손가락을 치켜세우는 두 사람을 향해 나도 엄지손가락을 마주 세워 돌려주었다. 그리고 맹렬한 기세로 그 자리에서 뛰쳐나갔다.

"고마워, 둘 다! 다녀올게!"

"앗 잠깐……."

뭔가 두 사람이 말을 걸었지만 내 귀엔 닿지 않았다. 여러 사람의 도움을 받은 게 좀 한심하긴 하지만, 지금은 무엇보다도 나나미 씨에게 달려가는 것이 먼저였다.

"하츠미, 교실엔 나나미만 있는 게 아니라는 말, 미스마이가 들었을까~?"

"……뭐, 괜찮겠지."

주위의 시선도 개의치 않고 나는 달렸다. 금세 숨이 차오르고 목 안쪽에 타는 듯한 통증이 일었지만 개의치 않고 달렸다. 호흡하는 것이 힘겹고 폐가 비명을 지르고 있다.

교실 문을 찾자마자 난 그것을 힘차게 열었다. 문이 매끄럽게 움직이며 힘차게 벽에 부딪혔고 교실 안에 둔탁한

소리가 울려 퍼졌다.

갑작스러운 나의 등장에 교실 안에 있던 나나미 씨가 눈을 동그랗게 떴다.

머리가 약간 흐트러진 걸 보니 책상에 엎드려 있었던 걸까. 볼도 자세히 보니 한쪽만 조금 붉었다.

왠지, 나나미 씨의 얼굴이 잘 보인다. 오늘 하루 느꼈던 우울함은 어디론가 날아간 채였고, 등의 통증이 내 사고를 명료하게 만들어주었다.

나는 그대로 기세를 죽이지 않고 그녀의 곁까지 나아갔다.

"요…… 요신?"

앉아 있던 나나미 씨가 일어섰다. 덜컹거리는 책상 소리와 함께 나나미 씨는 다가오는 내게서 조금 거리를 두기 위해 뒤로 물러선 것을 나는 놓치지 않았다.

"요신…… 저기, 그러니까…… 으음……."

어색한 말이 내 귀에 들려왔지만, 나는 그 말엔 반응하지 않고 나나미 씨에게 다가갔다. 그리고 그녀의 눈앞에 서서 잠시 침묵했다.

나와 나나미 씨의 키는 별로 다르지 않다. 일어서면 시선이 거의 비슷한 정도다. 그녀의 눈을 똑바로 본 후, 나는…… 나나미 씨를 껴안았다.

"흐엑?!"

나는 아무 말도 하지 않았다. 그저 그녀를 강하게, 하지만 아프지 않도록 조심스럽게 껴안았다. 이렇게 껴안는 건 처음 나나미 씨 집에 갔을 때 이후인 것 같다. 그때 나는 위로의 말과 함께 그녀를 껴안았지만…… 오늘은 아무 말도 하지 않았다. 지금의 내가 할 말은 정해져 있었다.

"나나미, 오래 기다렸지."

나는 그녀의 귓가에 부드럽게 속삭이듯 말했다. 못다 한 한마디를 겨우.

끌어안고 있는 지금 그녀의 표정은 알 수 없지만 숨을 삼키는 소리가 들려왔다. 정말 오랜 시간을 기다리게 한 기분이다. 실제로는 그렇게 긴 시간은 아니지만, 이건 기분적인 문제다.

나는 껴안고 있던 팔을 풀고 나나미 씨에게 미소를 보냈다.

"……요……신?"

모든 것이 싹 씻겨나간 듯한…… 후련한 기분이다. 내 트라우마는 별거 아니었어……라고 말하고 싶지만 여기까지 오는데 여러 사람의 힘을 빌렸네……. 조금 한심하긴 해도 지금은 잊자.

어리둥절한 얼굴을 짓는 나나미 씨에게 나는 다시 그녀의 이름을 부른다.

"왜 그래, 나나미? 내 얼굴에 뭐 묻었어?"

"아니, 그야…… 어? 그, 괜찮아?"

"……미안해, 나나미. 여러모로 오해하게 해서."

그 순간, 나나미 씨는 내 품에 뛰어들 듯 나를 끌어안았다. 감정에 북받친 듯 말을 못 하더니, 내게 작고 작은…… 사과의 말을 전한다. 그 말은 주위에는 들리지 않았다…… 왜냐면…….

교실 안은 상황을 지켜보기 위해 남아 있던 반 아이들의 환호성에 휩싸였기 때문이다.

……아니, 왜 다들 남아 있는 거야?! 망했다! 모두가 보는 앞에서 저질러 버렸어!

그러나 일은 이미 일어났고, 나나미 씨도 조금 울고 있어서 무리해서 뿌리칠 수도 없었다.

나는 그대로 나나미 씨를 다시 안아주었다. 그녀의 지금 눈물은 차가운 눈물이 아닌, 기쁜 듯한, 따스한 눈물처럼 느껴졌다.

주위의 사람들은 나와 나나미 씨를 보고 웃고 있지만, 그 얼굴은 오늘 아침 떠오른, 과거 내가 받았던 미소와는 전혀 다른…… 축복의 미소였다.

그 반응을 보고 나는 작게 중얼거렸다.

"……뭐야……. 해보니까 의외로…… 별거 아니었네."

그 중얼거림도 환호성에 의해 지워진다.

정말이지, 내가 생각이 너무 많았던 것 같다. 여기까지 와서야 겨우 내 안에 있던 트라우마가 사라진 기분이다. 나는 여러 사람의 도움을 받기만 하네.

나나미 씨를 다시 끌어안자 그녀가 내 등에 손을 얹고 다시 힘껏 끌어안았다.

"……나나미! 미안, 지금 좀…… 등이 아파서 힘 좀 풀어 줄 수 있을까?"

"등……? 아프다니…… 왜?"

"그냥 좀…… 힘이 잔뜩 들어간 격려를 받았거든. 아니, 효과는 있었어. 정말 좋았어."

그건 그렇고, 이거 차라리 얻어맞는 쪽이 덜 아프지 않았을까? 손바닥으로 힘껏 때리는 게 이렇게 아플 줄이야…….

그래도 이 등의 통증 덕분에 계속 등을 떠밀리는 듯한 감각으로, 자신도 어이없을 정도로 담백하게 나나미 씨의 이름을 부를 수 있었던 것 같다.

"뭐야, 그게. 무슨 일이 있었는지 나중에 들려줘."

"……나중에 모든 걸 얘기할게……. 이 일에 대해서도…… 왜 이름으로 못 불렀는지도……. 한심한 이야기지만, 들어줄래?"

"……응, 들려줘. 요신에 관한 거라면 뭐든 듣고 싶어."

내게서 조금 떨어진 나나미 씨가 굉장히 예쁜 미소를 지었다. 나는 욱신거리는 등의 아픔을 느끼면서 환호성에 휩싸인 교실 안에서 나나미 씨에게 미소를 보냈다.

그렇게 서로 쳐다보고 있으니…… 뭐랄까 좀…….

"키스해, 키스해!"

"우리를 걱정하게 만든 벌이다! 해버려!"

"부부 싸움은 적당히 해~."

주위에서 그런 야유들이 날아왔다. 아무래도 내가 생각했던 것보다, 모두에게 걱정을 끼친 것 같았다. 그들에게 미안함과 동시에 매우 감사한 마음이 느껴졌다. ……적어도 반 친구의 얼굴과 이름은 외워두는 게 좋겠지.

그런 생각을 하고 있는데 나나미 씨가 내게서 멀어지더니 얼굴을 붉히며 외쳤다.

"안 할 거야! 퍼스트 키스는 더 중요한 장소에서……!"

"어?! 나나미 퍼스트 키스 아직이었어?!"

오오…… 성대하게 자폭했다. 나는 얼굴을 한 손으로 가리고 뜨거워지려는 뺨을 가렸다. 나나미 씨는 그 말을 내뱉자마자 곧바로 새빨개진 얼굴로 감정이 북받친 듯 입을 뺑긋거리며 반 친구들에게 달려들었다.

나는 그런 나나미 씨를 보고 평소의 상태로 돌아왔구나 싶어 안도의 미소를 지었다. 문득 교실 문을 보니, 오토후케 씨와 카모에나이 씨도 돌아와 있었다.

"이봐, 남편 씨. 그쪽 아내 어떻게 좀 해봐. 엄청 살벌해."

"아직 남편 아니야!"

"······아지익~?"

오오, 너무 흥분했어, 나나미 씨. 나는 두 사람에게 고개를 숙이고는 친구들을 잡을 듯한 기세의 나나미 씨에게로 걸음을 옮겼다.

과거 일로 머뭇거리는 건 이걸로 마지막으로 하자. 어쩌면 앞으로 또 뭔가 좌절할 일이 있을지도 모르지만······ 그래도 이것으로 마지막으로 하자고 맹세했다.

나는 이날 처음으로 반 친구들의 둘레 안으로 들어갔다.

여담이지만······ 남아있던 반 아이들에 의해 촬영된 우리들의 사진은······ 한동안 나나미 씨의 스마트폰 바탕화면이 되어 있었다.

돌아오는 길, 나와 그는 손을 잡았다. 손깍지를 끼고, 손
바닥을 맞추고, 몸을 최대한 가까이 붙여서. 아침에 못 했
던 것을 되찾기라도 하듯이 나는 그의 온기를 확인했다.
요신은 눈치채지 못한 것 같지만.

요신과 함께 돌아간다. 이 사소한 행위가 얼마나 중요했
었는지 다시금 깨달았다. 아침은 역시 쓸쓸했는걸. 요신은
어땠을까? 쓸쓸했을까?

만약 그렇다면 미안한 짓을 했네. 물어보고 싶다…….
힐끔힐끔 곁눈질로 그를 보자, 완전히 녹초가 된 얼굴을
하고 있었다. ……그렇지, 오늘 여러 가지 일이 있었으니
까. 주로 내 탓이지만.

"……저질러 버렸어. 나 내일부터 학교에 어떻게 가지?"

"미안해, 나 때문에…….."

"아니, 나나미 때문이 아니야."

그 호칭에 나는 새삼 두근거렸다. 부지불식간에 웃음이
터졌지만 동시에 요신이 무리한 것은 아닐까 걱정되어 그
의 얼굴을 들여다보았다.

하지만…… 지친 그의 얼굴에서는 그런 기색을 찾아볼 수 없었다.

"뭐…… 교실에 모두 있었던 건 아니니까."

요신이 약하게 웃었다. 어떡하지, 말하는 게 좋을까? 사실 아까 얼핏 보니 반 그룹 알림이 폭주하고 있었다. 결국은 모두가 알지 않았을까?

내일 등교하면 결국은 마주할 현실이다. 그때까지는 가만히 있는 편이 나으려나? 하지만 그러면 요신도 마음의 준비를 할 수 없겠지.

어…… 어떻게 하면 좋지?

"……왜 그래, 나나미?"

아뿔싸, 옆에서 끙끙거리며 고민하고 있자 요신이 이상하다는 얼굴로 바라본다. 오늘은 여러모로 둘러대기만 했으니까, 여기서 더 둘러대기도 어색했다.

"……한 가지 보고할 게 있어요."

"보고라니? 뭐야, 무섭게."

나는 스마트폰을 꺼내 그것을 그에게 향했다. 요신이 미간을 좁히며 화면에 얼굴을 가져갔고, 곧 턱이 툭 떨어질 듯 입을 벌렸다.

뻐끔뻐끔 물고기처럼, 소리가 나오지 않는지 떨면서 화면을 가리킨다.

"……으아."

간신히 나온 것은 그 신음성뿐이다. 보여주지 않는 편이 나았으려나.

"요신은 그룹에 안 들어가?"

"아니, 지금 여길 내 발로 들어가라고? 그냥 지옥이잖아."

화제 변환 실패……. 뭐, 반 그룹 채팅도 희망하는 사람만 참가하고 있으니까. 친한 애들은 따로 그룹을 만들고 있고…… 그런데 전체 그룹방에서 화제가 될 줄은…….

그렇게 생각했는데, 요신은 그 메시지를 보고 조금 안도한 듯한 미소를 지었다. 음? 왜 그러지?

"아까도 생각했지만, 기우였네. 다들 걱정해줬구나……."

확실히 메시지에는 나와 요신이 화해했다는 내용이 많았다. 그래서 다들 상당히 달아올랐다. 나와 요신이 안고 있는 사진까지 실려 있고. 이 사진은 저장해 놓고 나서 불평해야지.

"기우라니? 아까 말한 나중에 들려주겠다는 이야기 말하는 거야?"

"응, 그렇지……. 걸으면서 잠깐 얘기할까?"

그리고 요신은 걸어가면서 자신에게 무슨 일이 있었는지 알려주었다. 과거의 요신에게 있었던 일이나, 왜 이름으로 부르지 못하는지, 요신의 등이 왜 아팠는지…….

걸으면서 나는 조용히 그의 말에 귀를 기울였다. 담담하게 말을 이어갔지만, 그의 얼굴은 어딘가 후련한 듯한, 그러면서도 약간의 쓸쓸함이 담겨 있었다.

"한심하지……."

"그렇지 않아."

나는 곧바로 그의 말을 부정했다. 그래. 요신도 과거에 트라우마가 있었고, 그걸 극복했어. 역시 비슷했던 거야, 우리는. 내가 요신에게 이끌렸던 건 그런 부분을 무의식적으로 느끼고 있었기 때문에……라는 건 너무 내 입맛에 맞는 이야기일까?

나는 손에 조금 힘을 주었다. 그러자 그도 내 손을 잡아주었다. 그것이 너무 기뻤다. 그리고 동시에 걱정이 됐다.

"난 기쁘지만, 억지로 부르는 건 아니지?"

"괜찮아. 말하고 나니 아무렇지도 않았어. 하지만 뭐, 다른 사람은 이름으로 안 부를 것 같지만."

재차 묻는 내게 요신이 미소 지었다. 괜찮다면 다행이지만, 다른 사람은 부르지 않는 건 좀 아깝지 않을까? 모처럼 이렇게 친근한 느낌을 낼 수 있었으니 다른 애들도 그냥 부르면 좋을 텐데.

"요……."

"이름만 부르는 건, 나나미한테만 하고 싶어."

말하는 도중 카운터 펀치가 날아왔다.

아니, 내가 멋대로 펀치라고 느꼈을 뿐, 딱히 요신에게 그럴 의도는 없었을 것이다. 내가 말을 하려던 것을 깨닫지 못해 그와 말이 겹쳤을 뿐이다.

그래, 다른 뜻은 없다. 분명 다른 뜻은 없겠지만…….

"우헤헤……."

내가 생각하기에도 기분 나쁜 미소가 멈추질 않았다.

요신이 힘들다면 안 들어도 된다고 생각했으면서, 약삭 빠르다는 말을 들어도 전혀 반박할 수 없었다. 그런데도 기쁜 마음이 멈추질 않는다.

요신이 나만 이름으로 불러준다는 게 너무 기뻐.

"나…… 나나미?"

약간 당황한 요신의 반응을 보고 나는 뒤늦게 정신을 차렸다. 크흠, 헛기침을 한 나는 마음을 가다듬고 그에게…….

"에헤헤……."

틀렸어. 웃음이 멈추질 않아. 바보 같은 미소가 얼굴에 계속 떠올랐다.

요신은 처음엔 잠깐 당황하다가 얼마 후 쓴웃음과 함께 한숨을 내쉬었다. 서로 미소를 짓고, 그리고 서로 웃었다. 다행이다, 이렇게 둘이 웃을 수 있어서.

안정감과 행복감이 동시에 밀려왔다. 이 마음을 무언가 로 남겨두고 싶다는 생각이 들어 나는 드물게 한 가지를 떠올렸다.

"있지, 요신. 오락실 안 갈래?"

"오락실? 나나미도 가는구나. 뭔가 하고 싶은 게임이라도 있어?"

"아니, 모처럼이니까 스티커 사진 찍으러 가고 싶어서. 요신이 이름으로 불러준 기념으로. 어때?"

나와 요신이 오락실을 받아들이는 개념이 약간 다른 것 같았다. 그는 게임이고, 나는 스티커 사진. 가끔 인형을 뽑기도 하지만 그 정도려나?

그는 잠시 생각에 잠기는가 싶더니 약간 모호하게 승낙해주었다. 하지만 부끄러운 것인지 볼을 물들이고 있다. 왜 그러지?

"실은…… 스티커 사진, 한 번도 찍어 본 적 없어."

조금 쑥스럽다는 얼굴로 새어 나온 그 말에 나도 모르게 귀엽다고 생각해 버렸다. 남자에게 귀엽다는 말은 하지 않는 편이 나은가? 일단 나는 무심코 내뱉으려던 말을 삼키고 그 대신 다른 말을 했다.

"그럼…… 오늘은 첫 스티커 사진 기념일이기도 하네. 요신의 처음을 차지했어."

"나나미 씨?! 그 말투는 누가 들으면 오해하지 않을까?!"

이런, 나나미 씨로 돌아가 버렸다. 아무래도 순간적으로 나올 땐 아직도 '씨'가 붙어 버리는 것 같다. 처음을 잔뜩 공유할 수 있어서 좋다고 생각했는데, 왜 당황하는 거지?

처음을 함께…… 처음……? 어라?

"앗……!"

말의 의미를 깨달은 나는 그 한마디만을 중얼거리고…… 볼을 붉혔다. 아니, 아니거든? 그런 뜻 아니야! 얼굴이 새빨개진 나를 보며 요신은 웃고 있었다.

"으…… 요신 바보……."

"아니, 자폭한 건 나나미잖아. 내가 나쁜 거야……?"

맞잡은 손을 억지로 붕붕 휘두르며 나는 조금이라도 민망함을 얼버무리려 애썼다. 딱히 요신의 잘못은 아니지만, 기어이 참지 못하고 원망 섞인 말이 약간 입 밖으로 나와 버렸다.

잠시 말없이 뺨의 열기를 식히는 나를 그는 말없이 지켜봤다.

"기념이라고 하니까 말인데."

조금 차분해진 내게 그가 불쑥 말했다. 그 눈은 나를 보는 것 같기도 하면서 어딘가 먼 곳을 보는 것 같았다. 긴장한 것인지 그다음 말이 좀처럼 나오질 않는다. 나는 요신이 말을 잇기를 기다렸다.

조금 수줍은 듯, 어딘가 주저하듯 요신이 말을 이었다.

"……다음 주가 드디어 한 달 기념이네."

그것은 두 사람에겐 기념이자, 내게 있어서 기한을 알리는 말이었다. 그래, 너무 즐거워서 눈 깜짝할 새에 지나갔지만…… 다음 주면 내가 고백하고 요신과 사귄 지 한 달째다.

"기억하고 있었구나."

"응. 중요한 날이니까. 기념일 전 데이트는 좀 특별하게 하고 싶은데."

이번 여행이 너무 특수했기에 어떻게 해야 하나, 하고 요신이 조금 고민하는 기색을 보였다. 기억해 줬다는 기쁨과 그날을 목전에 뒀다는 긴장감이 동시에 가슴에 닿았다.

나는 그날…… 그에게 재차 고백할 것이다. 그때 요신은 어떻게 할까. 이번에 그가 용기를 냈듯이 나도 용기를 내야만 했다.

운명의 날은 착실하게, 확실히 다가오고 있었다. 어떤 결과가 되든…… 나는 후회하지 않는다. 그와 손을 잡고, 그에게 웃어 보이며, 홀로 조용히 다짐했다.

"어머, 계속 안 하니? 아쉽네."

"미안, 요신. 방해했구나."

내 외침은 조금도 아랑곳하지 않고, 엿본 것을 반성하는 기색도 없이 엄마는 진심으로 아쉽다는 듯 어깨를 들썩였다. 아빠는 두 손을 모아 사과해 왔지만 그 말은 귀에 잘 들어오지 않았다.

아니, 아니, 아니……. 친부모한테 보인다니 누가 좋아하겠냐고. 만화 같은 데 자주 나오지만 이건 부끄럽다. 전에 토모코 씨와 다른 사람들에게 보였을 때보다 더 부끄럽다.

그런 민망함에 서서히 볼이 달아오르는 것이 느껴졌다.

"야경을 배경으로 퍼스트키스를 하는 걸까 싶어 두근거렸어……."

사야가 마치 당사자처럼 양 뺨을 물들이고 그 열을 식히듯 손을 볼에 대고 있었다. 나보다 더 빨갛지 않나? 그런 사야를 부모님들은 흐뭇한 얼굴로 바라보고 있었다.

조숙하다고 생각한 그녀도 지금의 모습은 그 나이 또래다워 보였다. 나도 그녀를 보고 조금 냉정을 되찾은 기분이다.

"저, 저기…… 요신……."

작은 중얼거림과 함께 내 손에 슬며시 온기 같은 것이 닿았다. 갑작스럽게 느껴진 그 따스함에 시선을 그곳으로 보내자, 내 손에 나나미 씨의 손이 닿아 있었다.

그녀의 두 귀를 막고 있는 내 손에.

"그…… 저…… 이제 떼 줘도 되지 않을까……. 간지러운데……."

"앗……."

"언니는 귀도 약하지, 참."

……어? 그랬어?!

큰소리를 내 버려서 가까이 있는 그녀의 귀를 보호하기 위해 막은 것인데, 설마 그런 새로운 정보를 얻을 줄이야. 양쪽 손바닥에 닿는 탄력 있는 부드러움이 어쩐지 아주 신성한, 건드려서는 안 되는 무언가처럼 느껴졌다.

순간 긴장감이 더해지며 나는 나도 모르게 만지고 있던 손을 조금 움직여 버렸다. 반사적으로, 약하다는 말을 들은 그녀의 귀를 쓰다듬고 말았다.

"하웃……!"

흠칫 몸이 움직이는가 싶더니 그녀가 작고 작은 소리를 내뱉었다.

……정말 귀가 약하구나.

내 안에 장난기 같은 것이 발동하며 한 번 더 하고 싶은 충동이 일었지만…… 나를 올려다보는 나나미 씨에게 눈총을 받고 말았다. 붉은 얼굴을 한 채 보내는 그 시선에 나는 천천히 두 손을 떼고 그대로 항복하는 사람처럼 두 손을 들었다.

나나미는 살짝 뚱한 얼굴을 지었지만, 그것도 한순간이었다. 슬쩍 히죽거리는 웃음을 짓더니 두 손을 든 나를 향해 천천히 손을 뻗어온다. 그리고 내 겨드랑이에 손을 올렸다.

등줄기에 오싹한 한기가 느껴졌다. 그와 동시에 그녀의 미소가 점점 더 깊어졌다. 그렇게 내게 닿은 손가락에 힘이 실렸다는 걸 알게 된 순간이었다.

"이야기를 계속해도 될까?"

……그랬다, 그들이 있었다. 나나미 씨는 엄마 쪽을 보고는 뺨을 물들이고 천천히 손을 뗐다. 아무래도 도움을 받은 것 같다.

"참고로 요신은 겨드랑이가 약하니까…… 나중에 시도해 보렴."

……아무래도 도움을 받았다고 생각했던 건 착각이었던 것 같다. 엄마의 쓸데없는 말 한마디에 나나미 씨의 눈동자에 빛이 반짝인 것이 느껴졌다. 이거, 나중에 정말 당하는 거 아냐?

반짝거리는 눈동자와 눈이 마주치자 나나미 씨는 이를 드러낸 환한 미소를 내게 돌려주었다. 아무래도 나중에 각오하는 편이 좋을지도 모르겠다.

나는 한숨을 내쉬고, 못마땅하다는 표정을 지으면서도 엄마한테 시선을 돌렸다.

"……아니, 애초에 다 같이 모여서 뭐 하러 온 거야."

"짐도 풀었으니 다 같이 온천에 가자고 부르려고 왔어. 탕에 몸을 담그면 피로가 풀려서 잠이 잘 오니까."

"그렇다면 적어도 말을 걸었어야지."

"한창 달아오른 연인들에게 찬물을 끼얹을 만큼 멋없진 않아."

엿보는 건 멋없는 짓이 아닌가, 라고 반박하고 싶은 심정이었다. 결과적으로 찬물을 끼얹었고. 아니, 뭐 내가 눈치채서 그런 것도 있으니까 정확히는 찬물을 끼얹은 건 아닐지 모르지만.

아무튼 온천이라…… 듣고 보니 온천에 가고 싶었다.

"온천이라. 나나미 씨, 가볼까?"

"아…… 그러게. 땀도 좀 흘렸고, 좀 씻고 싶네. 앗……."

나나미 씨는 무언가 깨달은 듯 갑자기 내게서 다급히 거리를 두었다. 몸을 비틀더니 두 손으로 몸을 감추듯이 가린다. 다 가려지진 않았지만.

"저기…… 나, 땀 냄새 안 나려나……. 이동도 길었고 샤

워도 못 했는데……."

"아니, 전혀 아닌데? 오히려 좋은 냄새만 나."

무심코 나는 다시 그녀의 냄새를 확인했다. 응, 어딘가 달콤하고 부드러운…… 마치 향수처럼 좋은 향이 비강을 통해 들어왔다. 여자에겐 좋은 냄새가 난다더니 사실이었구나.

거기서 헉하고 정신을 차렸다. 이건…… 섬세함이라고는 조금도 찾아볼 수 없는, 살짝 변태 같은 행동이 아니었을까? 아니, 변명하자면 냄새가 나지 않느냐고 물으면 반사적으로 냄새를 맡게 되지 않나?

아무것도 하지 않으면 긍정도 부정도 할 수 없으니까. 순간적으로 이런 행동을 했다 해도 절대 책망받을 일은 아니라고 생각해. 응, 자기변호 끝.

왜냐하면 지금 내 눈앞에는 다시금 얼굴을 붉힌 나나미 씨가 있었기 때문이다. 음…… 뭔가 말하는 편이 나으려나? 하지만 적당한 말이 떠오르지 않는다. 뭔가 말해야 하는데…….

고민하다가 입에서 나온 말은.

"……좋은 냄새입니다."

"두 번 말하지 마!"

아니었다. 어쩐지 부모님들도 살짝 어이없다는 표정을 짓고 있다. 응, 이건 완전히 내 잘못이네. 아, 나나미 씨가 팡팡 힘없이 날 때리고 있다.

그런 나나미 씨를 달래준 뒤 우리는 온천으로 향했다.

이 책을 읽어주신 여러분, 3개월만입니다. 유이시입니다.

어떻게든 무사히 3권을 보내드릴 수 있어 기쁘게 생각합니다.

2권이 발매됐을 땐 그렇게나 쌓였던 눈도 이젠 완전히 녹고, 아직 홋카이도는 좀 쌀쌀하지만, 서서히 봄이 되고 있습니다.

시간의 흐름은 빠르군요. 전권 예고에서 5월 1일 발매라고 되어 있었는데 막상 오니 순식간이었습니다. 황금연휴도 코앞이네요.

아, 실제 발매일이 4월 30일로 되어 있어 놀랐던 것도 좋은 추억입니다.

4월부터 신입사원이 되신 분이나 새 학년, 새 학교에 다니시는 학생들은 이 황금연휴 동안 푹 쉬시길 바랍니다.

그 연휴 때 이 책을 느긋하게 읽어주신다면 그 이상의 기쁨은 없겠습니다.

자, 3권에 대해서…… 다 읽어주신 분들은 재미있게 읽어주셨나요?

후기부터 읽으시는 분들도 계실 테니 큰 스포일러는 피하겠지만, 본편을 담당자님께서 읽으셨을 때 감상은 "이 두 사람…… 싸울 수 있었군요"였습니다.

참고로 플롯을 보여 드렸을 때의 감상은 "싸울 수 있어요, 이 두 사람?"이었습니다.

뭐, 연인 간의 싸움이라는 것은 주변에서 보면 정말 별 것 아닌 것들이 의외로 많습니다만, 3권은 여러분들이 보시기에 어떠셨나요?

리얼충 폭발해라 싶으셨는지, 싸울 정도로 사이가 좋다고 생각해주셨는지…… 소감을 들려주신다면 좋겠습니다.

그리고 이야기는 마침내 3주째에 접어들었습니다. 이번 권은 기승전결로 보자면 전 부분에 해당합니다.

여러분은 자신의 어린 시절을 얼마나 기억하고 계시나요? 저는 초등학교 시절 기억은 거의 남아 있지 않아서 그무렵엔 무엇을 했는지 기억이 잘 나질 않습니다.

이번 권에서는 그런 어린 시절의 기억, 주인공인 요신의 과거 초등학교 시절에 대해 언급해 보았습니다.

WEB 버전에서는 살짝만 다뤘었는데, WEB 버전보다 조금 더 분량을 늘려 다뤄보았습니다.

유소년기의 트라우마는 남이 보기에 별것 아닌 것처럼 보여도 본인은 매우 크게 상처받는 경우가 있습니다.

성가신 점은 그 트라우마가 어린 시절에 생겼을수록, 무의식적으로 각인되어 좀처럼 해소하기가 어렵다는 점입니다. 개인적으로는 그렇게 생각합니다.

그것을 풀어내기 위해서는 본인의 자각도 필요하지만, 주변 관계도 중요하지 않을까요. 좋은 만남은 소중히 하고 싶은 법입니다.

전문가가 아니니 어디까지나 개인적인 감상이지만요.

아, 제가 과거를 기억하지 못하는 것은 단순히 잘 잊어버리기 때문이지 딱히 트라우마가 남은 과거는 없습니다. 아마 없을 거예요. 그조차 잊어버렸을 뿐일지도 모르지만……?

그런 느낌으로 3권은 새로 쓴 분량이 크게 늘어나서 제가 쓰고 싶은 것을 자유롭게 쓸 수 있었습니다. 안경 이야기를 많이 보내드린 것도 완전히 제 취향입니다.

여차하면 4권보다 3권이 더 많은 내용을 담고 있는 게 아닐까…… 싶을 정도입니다.

그렇죠, 4권입니다. 가볍게 지나갔지만 4권이에요.

2권 후기에서는 그 시점에서 3권의 발매가 결정되지 않았었기에 낼 수 있을까 생각하며 적었습니다만, 이번에는 후기를 쓰고 있는 시점에서 4권의 발매가 결정되었다는 소식을 들었습니다.

4권입니다, 4권. 내고 싶다고는 생각했지만, 설마 정말 낼 수 있을 거라고는 생각하지 못했습니다.

이것도 구매해주시는 독자분들 덕분입니다. 정말 감사합니다.

1권이 1주차, 2권이 2주차, 3권이 3주차…… 즉 4권은 4주차, 드디어 1개월이 경과합니다.

아까 3권은 기승전결의 전이라고 했는데 그것을 적용하자면 4권은 결이 됩니다.

모든 결말이 나는 한 달 기념일, 여러분들께서도 계속해서 두 사람을 지켜봐 주셨으면 합니다.

3권도 담당자님이신 코바야시 님께서 여러모로 애써주셨습니다. 서로 건강이 악화되기도 했었기 때문에 건강을 우선시하며 가고 싶습니다.

카가치 사쿠 선생님, 계속해서 3권의 일러스트를 담당해주셔서 감사합니다. 항상 러프 단계부터 고퀄리티라서 기다리는 것이 즐겁습니다. 4권도 계속해서 잘 부탁드립니다.

그리고 띠에도 공지가 되어 있습니다만 칸나 나고미 선생님의 코믹 시리즈도 여름 무렵에 개시될 예정입니다.

저도 네임을 읽었는데 한 명의 독자로서 정말 기대하고 있습니다. 네임 단계부터 퀄리티가 높아서 만화가라는 직업에 압도당했습니다.

마지막으로, 이어서 3권까지 읽어주신 독자분들께 감사들 드립니다.

그리고 2권 발매 후 처음으로 팬레터라는 것을 받아서,

예상치 못했기 때문에 정말로 기뻤습니다. 여기서 다시 한 번 감사의 말씀을 드립니다.

앞으로도 열심히 집필해 나갈 테니 계속 응원해 주시면 감사하겠습니다.

그럼 이번에는 이쯤에서. 여러분, 4권에서 뵙겠습니다.

2022년 4월 유이시

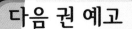

다음 권 예고

양가 가족과 함께하는 두 사람의 첫 여행도 끝나고,
요신의 트라우마도 종식.
파란 같았던 3주째는 깨닫고 보니
두 사람의 유대가 깊어지는 결과로 끝났다.

사귄 지 한 달이 되는 날까지 앞으로 일주일.
나나미가 요신에게 벌칙으로 고백했다는 걸 전하는
운명의 날은 착실하게 다가오고 있었다!
하지만 요신도 한 달 기념일에 다시금
나나미에게 고백할 결의를 굳히는데…….

그리고 마지막 데이트가 시작되고
한 달간의 벌칙은 끝이 난다.
"오늘은 말이지…… 내가 벌칙으로
요신에게 거짓 고백을 하고……
딱 한 달이 되는 날이야."

과연 두 사람의 관계는——

Inkya no Boku ni Batsu Game de Kokuhaku site kita hazuno Gyaru ga dou mitemo
Boku ni Betabore desu 3
©Yuishi
Originally published in Japan in 2022 by HOBBY JAPAN CO., Ltd.
Korean translation rights ©2022 by Somy Media, Inc.

**아싸인 내게 벌칙 게임으로 고백해 온 갸루가
아무리 봐도 나한테 반한 것 같다 3**

2023년 1월 15일 1판 1쇄 발행
2024년 3월 15일 1판 2쇄 발행

저　　　　자 유이시
일 러 스 트 카가치 사쿠
옮 긴 이 이소정
발 행 인 유재옥
이　　　　사 조병권
출판본부장 박광운
편 집 1 팀 박광운 최서영
편 집 2 팀 정영길 조찬희 박치우 정지원
편 집 3 팀 오준영 권진영 이소의
디자인랩팀 김보라 박민솔
디지털사업팀 박상섭 김지연 윤희진
라이츠사업팀 김정미 맹미영 이윤서
영업마케팅팀 최원석 박수진 이다은
물 류 팀 허석용 백철기
경영지원팀 최정연
인쇄제작처 ㈜코리아피엔피
발 행 처 ㈜소미미디어
등　　　　록 제2015-000008호
주　　　　소 서울시 마포구 토정로222, 403호 (신수동, 한국출판콘텐츠센터)
판매 및 마케팅 (070) 8822-2301

ISBN 979-11-384-3544-4
ISBN 979-11-384-1250-6 (세트)